Mark Scheppert

90 MINUTEN SÜDAMERIKA

Bibliografische Information der Deutschen Bibliothek:
Die Deutsche Bibliothek verzeichnet diese Publikation in der
Deutschen Nationalbibliographie, detaillierte bibliographische
Daten sind unter http://dnb.ddb.de abrufbar.

Foto Buchcover: Larubia
Satz und Umschlaggestaltung: D. Werk & K. v. Günner
Herstellung und Verlag: Books on Demand GmbH, Norderstedt

ISBN: 978-3-8423-5336-7

www.markscheppert.de

Inhalt

1990: Der Weltmeister 7

1992: Der Start 9

1994: Die Prophezeiung 24

1996: Die Sehnsucht 35

1998: Die Freunde 52

2000: Die Feinde 64

2002: Der Test 86

2004: Die Rückkehr 94

2006: Die Weltreise 103

2008: Das Auswärtsspiel 129

2010: Das Heimspiel 140

2012: Die Wünsche 155

2014: Die Danksagung 155

Du lebst nur einmal.

Alles was zählt, ist das Jetzt und Hier.

Genieße den Augenblick Tobias Gürteltier!

1990: Der Weltmeister

„Scheiß Ostler!", brüllt Ottmar, doch sie können ihn nicht hören. Wir sitzen mit zwei Sixpacks Schultheiss auf einem mit Gras überwucherten Sockel der Oberbaumbrücke. Er hatte sie als erster gesehen und gemeinsam mit Matze, Krog, Bernd und Göte betrachte ich nun die grölend vorbeiziehenden Idioten. Zehn unangenehme Zeitgenossen mit Schnauzbart torkeln im Zickzack an uns vorbei in Richtung Kreuzberg. Sie brüllen: „Deutschland ist Weltmeister!" Zwei Kerle in Marmorjeans schwenken schwarz-rot-goldene Fahnen. Doch die scheißhässlichen Typen wirken nicht martialisch, böse oder gar gefährlich – eher peinlich und unfassbar dumm. Ich kann nicht glauben, was sie da unten gerade veranstalten und schäme mich für meine Landsleute – zutiefst.

Die Oberbaumbrücke, deren Türme im Krieg ihre Dächer verloren hatten, symbolisiert in diesen Tagen grenzenlose Freiheit. 28 Jahre lang war es für DDR-Bürger nahezu unmöglich gewesen über sie, von Osten in den Westen zu gelangen. Kurz nach dem Mauerfall entdeckten wir sie für uns. Hoch oben auf den verfallenen Stümpfen haben wir einen fantastischen Blick über die Spree, bis hin zum Hotel Stadt Berlin und dem Fernsehturm. Wir können die neugierigen Menschenmassen von der Warschauer Brücke, aus Richtung Friedrichshain kommend und gleichzeitig das bunte Treiben in Kreuzberg am Schlesischen Tor beobachten. Der Sonnenuntergang, über dem sich verändernden Berlin, ist hier der schönste in meiner Stadt. Es ist ein magischer Ort, bei dem ich mir sicher bin, dass ich ihn – und die damit verbundenen Erinnerungen – niemals im Leben vergessen werde.

Der besoffene Ossi-Mob ist nun schon fast an der U-Bahn, die sie wohl zum Ku'damm bringen wird. Doch wir können noch deutlich hören, dass sie ein Lied angestimmt haben. „Sind die bescheuert oder was?", ruft Ottmar, der aussieht, als ob er sich gleich auf sie stürzen will. „Deutschland, Deutschland, über alles. Über alles in der Welt", schallt es zu uns hinauf.

Wir hatten die erste Halbzeit des WM-Finales in einer kleinen verrauchten Kneipe gesehen. Keine deutschen Devotionalien schmückten den Raum und nur vereinzelt trauten sich einige Gäste, zurückhaltend und unsicher, ihren Emotionen freien Lauf zu lassen. Einige drückten sogar Maradona und seinem Team offenkundig die Daumen. Die Jungs hatten mich – obwohl ich das Spiel ganz gerne zu Ende gesehen hätte – zur Halbzeit überzeugt, dass wir gerade jetzt mit ein paar Bieren auf die Brücke klettern müssten. Die Stadt war wie ausgestorben. Diese leere Straße mit dem ruhig dahin fließenden Fluss würden wir vielleicht nur einmal im Leben an einem Sonntagabend in dieser unfassbaren Stille erleben können. Sie hatten Recht behalten. Berlin gehörte für 45 Minuten nur uns allein.

Plötzlich ertönt ein gewaltiger Urschrei, der aus tausenden Kehlen gleichzeitig zu kommen scheint. An der ehemaligen Mauer und den Häuserwänden hallt das Echo sekundenlang nach. Deutschland musste in Führung gegangen sein. Doch der Jubel lässt mich nicht freudig erschaudern und hemmungslos in Tränen ausbrechen. Obwohl die Wiedervereinigung in wenigen Monaten bevorsteht und ich mit der DDR schon lange nichts mehr am Hut habe, empfinde ich nichts. Das ist nicht mein Land, nicht mein Team und auch nicht mein Tor. Es ist nicht mein Schrei! Die deutsche Fußball-Nationalmannschaft kann mir heute und wahrscheinlich bis in alle Ewigkeit gestohlen bleiben. Und dieses Deutschland eigentlich auch. Ich bin kein Deutscher! Ich möchte reisen und rote Punkte auf eine riesige Weltkarte kleben. Will andere Kulturen kennen lernen, andere Landschaften und Architekturen bestaunen, andere Lebensweisen begreifen lernen, andere Menschen treffen, andere Bier- und Fischsorten testen, andere Musik hören und anderen Sex haben.

Ich drehe mich zu Ottmar und sage mit ironischem Unterton. „Weißt du eigentlich, dass heute ein ganz besonderer Tag ist?" Er schaut mich fragend an. Ich erhebe mein Bier und rufe: „Die BRD ist letztmalig Fußball-Weltmeister geworden!" Raketen fliegen in den nächtlichen Himmel. Diese einfachen, billigen: rot oder gelb, einige grün. Auch Böller sind nun zu hören. Es ist der Abend des 8. Juli 1990.

1992: Der Start

Vor dem Ausgang umzingeln uns Menschenmassen und reden wild gestikulierend in Spanisch auf uns ein. Mit leuchtenden Augen besteigen wir einen monströsen amerikanischen Straßenkreuzer. Im Gegensatz zu den Typen, die uns zu Taxis mit gelben Türen, auf denen ein Flugzeug abgebildet war, schleusen wollten, spricht unser Fahrer passables Englisch. Versunken in großen Ledersitzen, fahren wir in die gigantische Metropole, die mehr Einwohner haben soll, als die gesamte ehemalige DDR – 20 Millionen Menschen.

Die Stadt stinkt nach billigen Zigaretten, Müll und verbrannten Autoreifen. Auch für meine Nase beginnt nun eine Entdeckungsreise. In der dünnen Luft auf 2 200 Metern Höhe verkeilen sich die Autos schnell in einem wirren Verkehrschaos. Auf unmarkierten Spuren quetschen sich bis zu acht Wagen hupend nebeneinander. Unser Chauffeur rast halsbrecherisch von einer Lücke in die nächste und schnell wird klar, warum viele der alten VW-Käfer keine Stoßstangen und Kotflügel besitzen. An einigen Rostlauben fehlen sogar Türen. Schon über eine Stunde fahren wir jetzt durch dieses Chaos. In Mexiko City komme ich mir erstmals im Leben wie ein kleiner Dorfdepp vor und will sofort ans Meer.

Ich deute aufs Autoradio. „Maná!", ruft der Fahrer und strahlt mich an. So wird wohl die Band heißen. Matze studiert derweil unseren Marco-Polo-Reiseführer. Das Büchlein hat 96 Seiten inklusive der Bilder – für das komplette Land. Wir reisen mit Insidertipps. Er entscheidet, dass wir zum Zocalo fahren. Obwohl wir scheinbar das Doppelte des üblichen Preises zahlen, um an den großen Platz im historischen Zentrum zu gelangen, geben wir ein saftiges Trinkgeld. Dem Offiziellen, der unsere alten Ost-Rucksäcke die Treppen des Hotels hoch schleppt und trotzig im Zimmer stehen bleibt, gebe ich 5,- Dollar damit er endlich verschwindet. Bin ich bescheuert oder was? Duschen. Runterkommen. Ankommen!

Auf dem Zocalo bewegt sich eine grün-weiß-rote Einfamilienhaus-große mexikanische Flagge halbherzig im Wind. Federgeschmückte, traurig wirkende Indianer tanzen barfuß zu laut dröhnenden Trommeln und Göte legt einen großen Pesoschein auf die Pflastersteine. „Kleine Spende aus Ostberlin", ruft er und grinst. Matze schaut mich fragend an. Auch ich weiß, dass wir jeder nur 1 000,- Mark für die sieben Wochen dabei haben.

In einer Bar besprechen wir bei einigen Dos XX-Bieren, dass wir bei diesem Spendiertempo, in zehn Tagen pleite sind.

„Darauf einen Tequila", ruft Göte und deutet mit drei Fingern auf die Flaschen hinter dem Tresen. Es dauert einige Zeit bis wir dem verwunderten Barmann klar gemacht haben, dass wir dazu Zitronenscheiben und Salz benötigen. Wie gewohnt, streuen wir eine kleine Prise auf die Fläche zwischen Daumen und Zeigefinger der leicht geballten Faust, brüllen „hipp, hopp, rinn in Kopp", bevor wir das Salz mit der Zunge ablecken, den Drink hinunterstürzen und in eine Limette beißen. „Was heißt eigentlich ‚Prost' auf Spanisch?", frage ich und nicke dem Kellner zu, der gerade nachschenken will. Matze zuckt mit den Schultern. „Kann eigentlich jemand ein einziges Wort Spanisch?", hakt er nach. „Maná", antworte ich lachend und greife nach dem Salz. Zwei Männer in grauen Anzügen schütteln fassungslos den Kopf und flüstern: „Gringos!" Kurze Zeit später bestellen auch sie zwei Drinks aus der Pulle und nippen, wie an einem Likör, ganz genüsslich daran.

Ich schaue mich etwas genauer um. Die rustikale Eckkneipe mit den bunten Torero-Plakaten an den Wänden ist durchgängig gefliest und hat um die Theke herum eine eingelassene Pissrinne mit zwei Abflüssen. Auf dem Nachhauseweg essen wir Tacos mit einer Soße aus Tomaten, Zwiebeln, Chilis und einem grünen Zeug, das das komplette Essen nach Seife schmecken lässt. Es begegnen uns keine raubeinigen Kerle, die mit Sombrero-Hüten auf dem Kopf, deftiges Chili con Carne löffeln und Desperados aus hellen Flaschen trinken. Mexiko ist in Mexiko anders.

Natürlich ist es ein bisschen affig, dass sich Göte alle drei Tage bei seiner Elli melden will. Und ich fühle mich eher genötigt, am nächsten Morgen in den kleinen Telefon-Laden mitzugehen. Mit einer Mischung aus Enttäuschung und Erleichterung lausche ich dem Freizeichen, bevor ich wieder aufhänge. Jeannet hatte schon am Flughafen zu viele Tränen vergossen – ich werde ihr lieber mal schreiben. Stattdessen wähle ich die Nummer meiner Eltern. „Wart ihr denn schon im Aztekenstadion?", brüllt mein Vater in den Hörer. Obwohl ich sofort verneine, plappert er einfach drauflos und erzählt vom EM-Halbfinale, das vor zwei Tagen stattgefunden hatte. Endlich hätten die mal vernünftig gespielt und wären durch das 3:2 ins Finale gegen Dänemark eingezogen. „Häßler und zweimal Riedle", berichtet er, als ob das für mich eine Rolle spielt. „Danke Alter, aber eigentlich wollte ich euch nur sagen, dass ich gut angekommen bin!" Erstmals wird mir bewusst, wie gerne mein Vater zur Fußball-WM 1986 nach Mexiko gefahren wäre. Doch den göttlichen Maradona einmal live im Aztekenstadion zu sehen, war ihm nicht vergönnt gewesen. Der Mauerfall kam für ihn ein paar Jahre zu spät.

Mit einem grün-weißen Käfer-Taxi geht es zum Busbahnhof. Auch die Jungs wollten sofort den Pazifik sehen. ‚Gegen Dänemark?', sinniere ich. ‚Dann werden die jetzt auch noch Europameister. Sollte Beckenbauer also recht behalten, dass die BRD nun auf Jahre hin unbezwingbar wäre.' Ich entdecke einen Obststand. Viele der exotischen Früchte habe ich noch nie zuvor gesehen. „Ist mir doch scheißegal", murmele ich vor mich hin. „Was?", fragt Matze. „Nichts Wichtiges!"

Am Terminal verursacht das Wort „Mazatlán" Hektik. Mehrere Leute stürmen auf uns zu, reißen an den Rucksäcken und zerren uns zum Tickethäuschen. Völlig unvorbereitet sitzen wir in einem Zweite-Klasse-Bus, der in die gewünschte Stadt fahren soll. Wir tragen T-Shirts, kurze Hosen und Badelatschen und haben eine kleine Flasche Wasser dabei. Aber es ist ja nur ein Katzensprung. In der Karte des Marco Polos sind es lediglich vier Daumendicken. Bei klimagekühlten sibirischen Temperaturen versteht der Fahrer partout nicht – obwohl wir zitternd vor ihm stehen – dass er das blöde Gepäckfach unten mal öffnen soll. Nach unzähligen planmäßigen Stopps – inklusive Klamotten- und Buswechsels – und einer Reifenpanne erreichen wir Guadalajara. Trotz mehrerer Versuche in Englisch und Zeichensprache erfahren wir nicht, wie weit es noch ist. „Tres Cervezas!" (drei Bier) versteht der Mann mit dem zerknautschten Gesicht am Kiosk jedoch sofort. Das haben wir mittlerweile drauf. Knautschke freut sich. Wir uns auch.

Die Landschaft wird immer karger. Wir sind nun im Land der Kakteen und seit über zehn Stunden unterwegs. Mitten in der Nacht stoppen wir in einem kleinen Kaff. Göte und ich laufen zu einem der unzähligen Verkaufsstände. „Wisst ihr, wo wir gerade sind?", ruft uns Matze hinterher. „In Tequila!" „Darauf einen Tequila!", brüllt Göte erwartungsgemäß. Wir kaufen eine Pulle und eine kleine Flasche Mezcal, nur weil darin eine kleine Raupe schwimmt und mixen den Agaven-Schnaps mit Pepsi in Plastikbechern. „Ach du meine Nase", brabbelt Göte irgendwann, „ich hab den Wurm verschluckt." Ich muss lachen, lehne mich zurück und träume vor mich hin. Während meine Eltern in den letzten zwei Jahren nur einmal – fast ängstlich – ein paar Tage an die Nordsee gefahren waren, schippert mein Bruder Benny mit der Handelsflotte durch die Weltgeschichte und ich reise leicht beschwipst durchs tiefste Mexiko. Die Wiedervereinigung lässt uns die neuen Möglichkeiten ganz unterschiedlich nutzen.

* * *

„Attention! Jellyfish", steht in Englisch auf einem Holzschild in der Badebucht. Nach 18 Stunden waren wir in Mazatlán gelandet, hatten uns kurz hingelegt und rennen nun – die Sonne ist mittlerweile untergegangen – schreiend in die dunklen Fluten des Pazifiks. ‚Achtung! Qualle', was für ein Quatsch, denke ich. Fände ich eine, würde ich Göte damit bewerfen, oder sie Matze heimtückisch von hinten auf den Schädel legen, so wie wir es an der Ostsee immer getan hatten. Obwohl der Mond bereits zu sehen ist, leuchtet der Himmel in einem, noch nie zuvor gesehenen Abendrot. Es gibt nicht nur rote Töne – auch gelbe, lilafarbene, violette und sogar grüne. Wir schwimmen dem Farbpaletten-Horizont entgegen. Hinter mir schreit Göte und ich sehe, wie er zurück zum Ufer rudert. Bereits nach zwei Tagen hatte sich gezeigt, dass wir auf ihn ein bisschen, wie auf einen kleinen tollpatschigen Bruder, achten müssen. „Was ist denn?", rufe ich aus dem Meer kommend. „Mich hat was Fieses ins Bein gestochen. Das hat vielleicht gezeckt!", sagt er und massiert seinen Oberschenkel. Ich kann bei der Dunkelheit nichts erkennen und heitere ihn auf. „Da hilft nur eine Tequila-Behandlung. Lasst uns in die Stadt düsen!"

Gegen 1 Uhr kehrt die Müdigkeit zurück. Wir verlassen den Laden, in dem besoffene Amis auf den Tischen getanzt hatten und schlendern heim. Göte greift sich ans Bein und jammert: „Ist doch Scheiße, das tut ja immer noch weh!" Um den Running-Gag am Laufen zu halten, renne ich über die Straße zu einer jungen Frau, die gerade in ihr Auto steigen will und frage sie, wo man denn jetzt noch Tequila trinken könne? Sie schaut mich amüsiert an: „At my house", antwortet sie und zeigt mit dem Schlüssel auf ihren Kleinwagen. Ich deute skeptisch auf meine Freunde. „Yes, all together!" Sie nickt auffordernd. „Hey, die Tante lädt uns noch auf einen Tequila ein!", rufe ich und denke: ‚Attention! Woman'.

Sie ist keine mexikanische Schönheitskönigin, aber ihr bezauberndes Lächeln, die dunklen Augen und die braunen Beine, welche aus einem zitronengelben Kleid ragen, machen mich ein bisschen nervös. Sie streicht sich die schwarzen Haare aus dem

Gesicht und unterhält sich mit uns. Gabriela ist 27 und besitzt in der Stadt eine kleine Boutique, von der sie ganz gut leben kann.

Das Eis ist längst gebrochen, als wir die Wohnung in der Apartmentanlage betreten. Gabriela steigt auf einen Stuhl, wuchtet einen Fünf-Liter-Plastikkanister vom Küchenschrank und sagt mit tiefer Stimme: „Tequila!" Nach zwei Stunden hat uns die zierliche Frau unter den Tisch gesoffen. Der Jetlag, die lange Busfahrt, was weiß ich. Wir hängen total in den Seilen, während sie uns, fast nüchtern wirkend, immer wieder fragt, ob wir nicht lieber hier schlafen wollen. Irgendwann hat Göte drei Streichhölzer in der Hand, zieht den kürzesten und muss auf der Wohnzimmercouch pennen. Ich habe das Bett im Gästezimmer erspielt und Matze teilt sich das Schlafzimmerbett mit Gabriela. Die beiden verschwinden. Kaum liege ich im Bett dreht sich alles über mir. Ich stelle ein Bein auf den Boden, um zu vermeiden, dass ich kotzen muss. ‚Attention. Tequila!'

Am Morgen blockieren wir abwechselnd das Klo. Der leere Kanister steht mahnend auf dem Küchentisch, doch wir schließen das Besäufnis als Ursache für den Durchfall aus und geben Montezuma die Schuld. Dann holen wir die Rucksäcke aus dem Hotel und ziehen endgültig bei unserer Mexikanerin ein. Ich beobachte, wie sie flüchtig Matzes Arm berührt und dabei lächelt.

Wir fahren die Küste entlang und erreichen eine Villensiedlung. Wie von Zauberhand öffnet sich das schmiedeeiserne Tor. Ich schaue mich um und kann nicht fassen, wo wir gelandet sind. Meine erste eigene Bude in Berlin ist ein finsteres Loch im Hinterhof mit Außenklo und Ofenheizung und dieses Grundstück gleicht einem botanischen Garten. Unter riesigen Palmen fahren wir einem imposanten weißen Haus entgegen. Der Pool ist größer als das Schwimmbad in Friedrichshain und drei braun gebrannte Grazien rekeln sich in Liegestühlen davor. Dahinter, keine zweihundert Meter entfernt, erstreckt sich der blaue Pazifik. Meterhohe Wellen schlagen in der Brandung lautstark gegen einen menschenleeren Strand.

Ein Typ, Mitte 40, in Shorts und Schlappen begrüßt uns herzlich. Jimmy aus Colorado und seine Familie – am Pool liegen Liz, seine Frau, und die Töchter Abby und Emily – nutzen ihr Schloss am Ozean lediglich als Ferienresidenz. Josie ist die Haushälterin und Freundin von Gabriela. „Let's have a drink", ruft Jimmy und deutet einladend in Richtung Luxus-Badelandschaft. Während er Mixgetränke zubereitet, möchte er wissen, was uns die

Wiedervereinigung gebracht hat. Halb im Wasser stehend, mit den Ellenbogen auf den Tresen der Bar gestützt, lecke ich am Salzrand meines Glases. Ich könnte ihm jetzt viel erzählen, doch was würde er davon verstehen? Dass in Ostberlin zurzeit Anarchie herrscht und wir versuchen, die Könige der Nacht zu sein? Dass ich nur zehn Minuten zu einem Dönerladen nach Kreuzberg laufe? Dass mich Jeannet in einem weißen Golf beim Trampen aufgesammelt hatte und wir jetzt zusammen sind? Dass ich Hamburger Freunde habe, die mir vor dieser Reise einen Arzt empfohlen hatten, der mich sechs Wochen krankschreibt und ich trotzdem mit harten D-Mark weiterbezahlt werde? Wohl kaum. Ich kann jetzt alles studieren und jeden Beruf erlernen, darf meine Meinung immer frei äußern und vor allem kann ich endlich Länder außerhalb einer kasernierten Welt erkunden. Dennoch, das intensive Gefühl, welches ich gerade empfinde, kann ich ihm nicht beschreiben. Ich bin zusammen mit meinen besten Freunden in Mexiko. All das hier habe ich noch nie zuvor gesehen. Die erste Margarita meines Lebens schmeckt nach grenzenloser Freiheit.

Neben mir strampeln nun auch Abby und Emily in ihren fleischfarbenen Bikinis im Wasser. Sie lassen ihre rot lackierten Fingernägel in der Piña Colada kreisen und lecken verführerisch daran. Vorsichtig stoße ich mich ab und schwimme ein paar Meter. Unser Gastgeber scheint sich zu freuen, dass er schon nachmittags ordentlich saufen kann. Wir lernen in kurzer Abfolge Tequila Sour, Sangrita, Mango- und Erdbeer-Margarita kennen. Doch vor dem nahenden Sonnenuntergang wollen wir noch einmal ins Meer. Josie kommt uns mit drei Brettern im Arm hinterhergerannt. Dankbar schwimmen wir mit den Bodyboards hinter die mannshohen Wellengebirge. Immer wenn wir im richtigen Augenblick aufspringen, rasen wir im Affenzahn fünfzig Meter auf den tosenden Brechern gen Küste. „Wahnsinn, ist das geil.", schreit Matze fast ununterbrochen. Nach einer Stunde lege ich mich erschöpft ans Ufer. Jemand hatte drei Handtücher und sechs Flaschen Pacifico-Bier in den Sand gelegt.

Zehn Minuten später kommen die Jungs. Matze brüllt: „Bist du bescheuert oder was? Du musst doch Bescheid sagen, wenn du raus gehst. Wir dachten du bist abgesoffen!" Seine Stimme klingt ernsthaft besorgt. „Okay, komm runter – ich bin quicklebendig", antworte ich, sehe aber in seinen Augen, dass ich das nie wieder machen sollte. „Sorry", nuschele ich, werfe ihm ein Bier entgegen und rufe: „Attention! Cerveza." Matze grinst.

Langsam wird uns die Gastfreundschaft peinlich. Jimmy lädt uns zum Hummeressen in ein schickes Lokal ein. Ungeschickt werkeln wir an dem Riesenkrebs herum, als er uns eröffnet, dass es morgen um 6 Uhr zum Angeln hinausgeht. Wir lehnen zunächst ab, doch Hochsee-Fischen würden wir uns auf dieser Reise niemals leisten können. Im „Señor Frogs" besiegeln wir es mit zwei Zinkeimern voller Bier. Gegen 1 Uhr verabschieden sich alle, auch Matze und Gabriela. Nur Göte und ich schweben noch lange auf der Tanzfläche zu „Maná" durch eine laue mexikanische Nacht.

Es ist 6:20 Uhr als wir die Wohnung verlassen. Wir haben verpennt. „Sag mal, hast du gestern eigentlich alle Touris gefragt, wie Deutschland gespielt hat?", will Göte im Wagen neben mir wissen. „Mmmh?", überlege ich mit schwerem Kopf. „Und du hast jeder zweiten Tante ‚Te quiero' ins Ohr gebrüllt", antworte ich. Matze freut sich, dass wir uns freuen. „Ich liebe dich" (Te quiero), „Herz" (Corazón) und „Aschenbecher" (Cenicero) können wir neben „drei Bier" und „Danke" (Gracias) nun auch schon sagen. Das Finalergebnis der Fußball-EM weiß ich noch immer nicht.

An der Marina sehen wir einer Yacht hinterher. Gabriela rennt zum Hafenmeister und über Funk informiert, kehrt das Boot wieder um. Jimmy grinst etwas säuerlich, während Göte und ich sofort unter Deck verschwinden. Verschwitzt wache ich wieder auf und schwanke nach oben. Am Heck herrscht hektisches Treiben. Matze sitzt neben Jimmy auf einem Campingstuhl und umfasst die im Boden stabilisierte Angel mit beiden Händen. „Attention! It's a blue marlin. It's a big trophy", brüllt eines der Crewmitglieder aufgeregt. Mit angespanntem Bizeps spult mein Freund die Sehne immer weiter auf, bevor er sich und dem riesigen Fisch eine kleine Atempause gönnt. Jimmy wirkt angepisst. Es ist der erste Biss am heutigen Tag – ausgerechnet an der Angel, die er meinem Kumpel zuvor großzügig angeboten hatte. Matze hat ihn jetzt bis kurz vors Boot herangezogen. Mit dem Speer voraus springt er im Todeskampf immer wieder aus dem Wasser. Sein Oberkörper glänzt kobaltblau, während die Unterseite silbernweiß schimmert. Ich gehe zu Jimmy hinüber. „This must be the most beautiful fish in the ocean", flüstere ich begeistert.

Der Speerfisch hat nun das Heck erreicht. Der Typ, der das mit der Trophäe gesagt hatte, springt auf und hämmert ihm mit einer Baseballkeule auf den Schädel. Zu zweit wuchten sie ihn schließlich an Bord. Innerhalb weniger Sekunden verliert das Tier sämtliche Farbpigmente und den Glanz seiner Schuppen. Ein über zwei Meter großer, grauer Fisch liegt vor uns auf den Planken. Ernüchtert setze ich mich zu Abby und Emily, die ihre Leiber mit den Bikini-Titten lasziv auf dem Bug bräunen und beschreibe ihnen meine Gefühle. Doch sie scheinen mich nicht zu verstehen.

An Land verabschieden sich Jimmy, Liz und die Mädels emotionslos von uns und schenken den Marlin der Fischfabrik. Ich weiß, dass wir sie nie wieder sehen werden.

Göte und ich wollen noch ein bisschen am Hafen bleiben und lassen die Beine über die Kaimauer baumeln. Auf einer Yacht nebenan läuft „Summer of 69" von Bryan Adams, als zwei Typen quatschend an uns vorbei laufen. Ich drehe mich um. ,Das war doch Deutsch!', denke ich und rufe die beiden zurück: „Wisst ihr zufällig wie das Finale ausgegangen ist?" Sie scheinen zu verstehen. „2 : 0", sagt der eine und fügt hinzu: „Aber Achtung! Für Dänemark." Ich schaue an meinen Füßen herab. Das Meer funkelt in der Sonne, wo es gegen die Steine der Mauer schlägt. Exotische Muscheln kleben an den Wänden und bunte Fische sind zu sehen. Was werde ich vom Sommer 1992 aufbewahren? Dass in jener Zeit eine Fußball-EM stattgefunden hatte? Aus dem Radio nebenan erklingt der Refrain „Those were the best days of my life", doch ich ahne, dass die besten Tage meines Lebens noch vor mir liegen.

*   *   *

Was für ein Trip! Über unzählige Brücken und Tunnel hatte uns die Bahn durch die Schluchten des größten Canyons der Welt geführt, hunderte freche Delfine begleiteten uns zuvor durch den Golf von Kalifornien, tausende bunte Fische umkreisten uns beim Schnorcheln vor dem Felsbogen von Cabo San Lucas und an den Millionen Stacheln der hoch aufragenden Kakteen hatten wir uns gepikst, um sicher zu gehen, dass dies alles kein Traum ist. Diese Welt ist weit entfernt davon, schnelllebig, oberflächlich und künstlich zu sein. Das färbt auf uns ab.

Matze hatte Göte tränenreich gestanden, dass er mit Elli geschlafen und sich in sie verliebt hatte. Nach dieser Tour müsse sie sich entscheiden, mit wem sie lieber zusammen sein wolle. Auch ich denke während der langen Busfahrt sehr oft an Jeannet. Unsere Beziehung hatte den Punkt des großen Verliebtseins gerade überschritten, doch in Mexiko vermisse ich sie ungemein.

Der Bus hatte sich in Oaxaca fast völlig geleert. Wir kurven nun auf einer abschüssigen Serpentinenstraße, die spektakuläre Ausblicke ermöglicht, aber auch Schweißausbrüche verursacht. Der Fahrer befummelt permanent die heilige Jungfrau von Guadalupe, die vom Spiegel baumelt. Außer uns sitzt jetzt nur noch ein junges Pärchen in der letzten Reihe. Ich lehne mich an die beschlagene Fensterscheibe und kann meinen Blick nicht von dem Mädchen losreißen. Sie sieht fantastisch aus und hat eine verdammt erotische Ausstrahlung. Der Typ streichelt zärtlich die braunen Oberschenkel. Ihre Beine öffnen sich dabei ein wenig. Oh Mann! Sie trägt keine Unterwäsche! Zunächst sehe ich nur ein kleines schwarzes Büschel, doch plötzlich lächelt mich das rosa Fleisch ihrer Möse an. Ich muss fast kotzen vor Erregung. Es beginnt zu dämmern. Nur wenn uns Autos entgegenkommen, kann ich jetzt noch ihre Umrisse erkennen. Sie hat sich scheinbar auf seinen Schoß gesetzt.

Draußen fegt ein Unwetter über uns hinweg. Das kann nicht nur ein tropischer Regenfall sein. Der komplette Himmel stürzt wie ein umgeworfenes Fass auf uns herab und überflutet die Straße. Der wütende Sturm peitscht Palmwedel gegen die Scheiben. Armdicke Äste und etwas, das nach Steinen klingt, fallen scheppernd aufs Dach. Trotz des bedrohlichen Krachens und Pfeifens kann ich das Paar weiterhin hören. Es ist ein Gemisch aus Stöhnen, Keuchen und Schmatzen. Immer deutlicher übertönt ihr Liebesspiel das Gewitter. Endlich. Ein dumpfer Schrei der Ekstase – so, als ob er ihr den Mund zuhält. Schweres Atmen. Dann Stille. Vor mir beginnen Matze und Göte zu kichern.

Als wir Pochutla erreichen, hat der Sturm hurrikanartige Züge angenommen. Ein Bus fährt nicht mehr nach Zipolite, doch wir wollen mit aller Macht unser Endziel erreichen. Am Taxistand steht ein Mädchen, das uns fragt, ob wir uns die Kosten teilen könnten. Gemeinsam mit Veronica – sie ist ähnlich hübsch wie die Tante im Bus, aber viel zu dünn – landen wir in Puerto Angel. Der Fahrer erklärt uns, dass die Straße nach Zipolite weggespült worden ist und wir von hier aus zu Fuß weiter müssten.

Drei Sekunden nachdem wir unsere Rucksäcke geschultert haben, wiegen sie einige Kilo mehr. In senkrechten, dicken Säulen schlagen die Wassermassen auf uns nieder und die alten Ostfabrikate saugen das Nass schwammartig auf. Losgerissen vom Sturm verlieren die Bäume ihre Bestandteile und besonders

Kokosnüsse, die wie riesige Steine zu Boden krachen, erweisen sich als heimtückisch im Palmenhain des Todes. Wir müssen gerade entstandene Flüsse durchqueren und knapp hinter uns bricht plötzlich ein Hang von einem Berg ab. Die Lawine aus Erde, Stein und Geröll hätte uns fast unter sich begraben.

Klitschnass und vollkommen fertig erreichen wir eine kleine Hüttensiedlung. Veronica bietet uns an, die stürmische Nacht hier zu verbringen und führt uns in ein Gebäude mit Schilfdach, in dem Hängematten in verschiedene Richtungen aufgespannt sind. Jedes unserer Kleidungsstücke ist nass geworden, dennoch ruft Göte: „Wenn ihr mich nicht hättet", und reicht uns eine trockene Kippe. „Ist doch scheiße", meckert er. Ernüchtert stellen wir fest, dass unsere Feuerzeuge nicht mehr funktionieren.

Wir waren um 18 Uhr in Creel im Copper Canyon gestartet. Nun ist es 24 Uhr in Zipolite. Nach 54 Stunden Fahrt ohne Übernachtungskosten und erschreckend wenig Alkohol liegen wir entkräftet in unseren Hängematten.

Ich schlafe unruhig, so als ob ich immer nur für wenige Augenblicke wegdöse. In der Dusche geht das Wasser an. Mühsam öffne ich die Augen und blinzele hinüber. Das kann doch nicht sein! Dort steht das wunderschöne Mädchen aus dem Bus. Über volle Brüste perlen die Tropfen den Deluxekörper hinab. Plötzlich schaut sie mich an. Obwohl sich ihre Lippen nicht bewegen, erkenne ich in ihren verführerischen Augen, dass sie zu sagen scheint: „Komm doch!" Was für ein Traum.

* * *

Oh Mann, hab ich einen Schädel! Ich lege mir das Handtuch über die Schultern und laufe hinunter zum Strand. Matze kommt mir entgegen und ruft kopfschüttelnd: „Geh lieber nicht weiter, wir haben da gerade eine Leiche herausgezogen." Seine Augen sind vor Entsetzen geweitet. Ich schaue mich um. Dulce sitzt schluchzend neben den Hängematten. Christoph hat einen Arm um sie gelegt und versucht sie zu trösten. Auch Xochil läuft barfuß durch das kleine Restaurant und weint. Ich schaue gebannt auf ihre Füße. Am rechten fehlen zwei Zehen. Reste-Knut starrt irritiert auf die vielen stehen gelassenen Teller der Gäste und auf einem Hügel hockt Veronica in sich zusammengekauert. Mit leerem Blick schaut sie an mir vorbei. Wie in Trance laufe ich weiter. Fünf Meter vor mir steht Robert, der mit einem Polizist spricht. Vor ihm liegt etwas im Sand. Doch die Plane ist viel zu kurz, sodass man die Füße und den Kopf mit den vollen schwarzen Haaren erkennen kann. ‚Ist das Göte? Bitte nicht! Scheiße!' Geschockt bleibe ich stehen. Sein dümmliches „Live fast, die young"-Gequatsche kommt mir in den Sinn. Doch nun erkenne ich das aufgeschwemmte Gesicht. Es ist einer der Einheimischen, mit denen wir gestern gefeiert hatten. Mir wird kotzübel. Wir befinden uns seit acht Tagen in Zipolite. Was war geschehen?

Als wir von Veronica mit „café americano" geweckt werden, strahlt die Sonne. Sie erklärt uns, dass wir die Nacht in der „Piña Palmera" verbracht hatten – einer Fürsorgeeinrichtung für wahrnehmungsgestörte Kinder. In unserer Hütte schlafen eigentlich die Studentinnen der Uni von Mexiko City, die hier ihren sozialen Dienst leisten. Heute werden alle nach den Ferien wieder eintreffen. Veronica ist eine von ihnen und auch das überaus erotische Mädchen vom Vortag arbeitet hier. Ein Traum wird Wirklichkeit, denn sie kommt zusammen mit einer Freundin, die einen weißen Bikini und schwarze Gummistiefel trägt, zu uns herübergelaufen. Veronica stellt sie uns als Dulce und Xochil vor. Die Brüste und der Hintern der Gummistiefelfrau sind fast schon zu gewaltig, um ästhetisch zu sein. Dennoch geht von ihrem prallen Körper und dem zynischen Lächeln, eine gewisse Versautheit aus. Dulce ist sowieso zuckersüß. Schüchtern bedanken wir uns für das rettende Nachtasyl und verlassen die Anlage. Die drei winken uns kichernd hinterher.

Wir durchqueren einen verwüsteten Palmenhain und erreichen Zipolite. Der Ort scheint nur aus hellem Sandstrand, blauem Pazifik, sattgrünen Pflanzen und ein paar Holzverschlägen zu bestehen. Wir laufen zu einer kleinen Ansammlung dieser Bretterbuden, mieten uns ein Zimmer und drei Hängematten am Strand.

Respektvoll beobachten wir die gigantischen Wellen, während unser „Filete de Atun" zubereitet wird. Zwei langhaarige Kiffer-Typen setzen sich an den Nachbartisch. „Warum ist denn hier keiner im Wasser?", fragt Matze. Es sind Deutsche und der Kerl mit der Brille erklärt, dass Zipolite in der Sprache der Zapoteken „Strand der Toten" bedeutet. Besonders dieser Abschnitt ist für gefährliche Rückströmungen und extreme Sogs bekannt. Jedes Jahr ertrinken hier Menschen. „Lauft runter zum Playa del Amor", endet er freundlich. Am Strand der Liebe könne man nicht ersaufen.

Christoph und Robert kommen aus dem Wedding in Berlin und scheinen in Ordnung zu sein. Obwohl der Mauerfall nun schon über zwei Jahre zurück liegt, hatten wir noch keinen einzigen Menschen aus dem anderen Teil der Stadt richtig kennen gelernt. Ost- und Westberliner waren unter sich geblieben.

Bei einer zweiten Scheibe des fleischartigen Fischs am Abend nähern wir uns langsam an. „Hey Knut, komm mal her!", ruft Christoph einem völlig verpeilt wirkendem Typen zu, der aus der Ferne auf unsere Teller gestarrt hatte. Obwohl nur ein paar Pommes übrig geblieben waren, stürzt er sich gierig auf die labbrigen Teile und verschlingt sie schmatzend am Nachbartisch. „Jetzt habt ihr auch gleich mal Reste-Knut kennen gelernt", sagt Robert schmunzelnd. „Der kriegt gar nichts mehr mit. Völlig durch den Wind!" Der arme Kerl mit dem Rauschebart wäre wohl auf einer Droge hängen geblieben – Meskalin vermutlich – und habe dabei, die Fähigkeit zu Sprechen verloren. Er ist der erste Däne, den wir auf unserer Reise treffen und lebt hier von Speiseresten. Ich rufe hinüber: „Hey Knut, du alte Rinde. Dänemark ist gerade Europameister geworden!" Er starrt mich mit ängstlichen Augen an, steht auf und verschwindet im Hain der Palmen. Christoph kullert sich eine Tüte und lacht.

Mein erstes westeuropäisches Reiseziel war Dänemark gewesen. Elli, Göte, Matze und ich hatten im Dezember 1989 am Bahnhof an der alten Anzeigetafel das Reiseziel „Kopenhagen" entdeckt und spontan entschieden, in den Zug zu steigen. Die Dänen hatten uns mit einer unerwarteten Herzlichkeit und Wärme empfangen und – da wir nur wenig Westgeld mit uns führten – auch mit unzähligen Kronen aus der Patsche geholfen. Allein wegen dieser zwei Tage werde ich ihnen ein Leben lang dankbar sein. Manchmal hätte ich mir sogar gewünscht, dass dieses kleine Land unser Partner bei einer Wiedervereinigung gewesen wäre.

Wir sitzen im Sand unter den Hängematten und mischen Cola mit Bacardi. Robert ist auf das Thema Fußball angesprungen. Er hatte das EM-Finale auf dem Darß an der ostdeutschen Ostsee gesehen und beschwert sich bitterlich bei mir, dass die meisten Leute in der Bar bei den Toren der Dänen gejubelt hätten. „Seid ihr Ossis eigentlich alle bescheuert oder was?", fragt er mit höhnischem Grinsen. Ich versuche es zu erklären. Viele meiner Landsleute hatten in den letzten zwei Jahren den Bezug zu ihren lokalen Teams verloren. Bekannte ostdeutsche Mannschaften kicken nun in tieferen Ligen und Fankurven wurden von Hooligans übernommen. Die Menschen hatten, wie ich, ihre Identifikation verloren. Millionen Ostdeutsche waren Fans von Dynamo Dresden und Hansa Rostock geworden, nur weil sie die Einzigen waren, die in der Bundesliga spielten. Warum sollten wir also nicht auch für die Dänen jubeln?

In diesem Moment sehe ich etwas Schwarzes mit zwei Scherenbeinen über den Sand krabbeln. Am Ende der panzerartigen Ringe seines Hinterleibes ragt ein sichelförmiger Stachel nach oben. Robert ruft: „Okay, ihr seid bescheuert." Ich springe auf, deute nervös auf das unbekannte Krebsding und brülle: „Ja!"

Sieben Tage später: Wir hatten unsere Abreise immer wieder verschoben, doch jetzt hängen wir regelrecht fest. Göte, der bereits zweimal durch den Fluss geschwommen war, berichtete, dass die Straßen noch immer unpassierbar wären. Kein Bus, kein Taxi, kein Telefon. Wir versacken im Paradies. Ich liege in der Hängematte, schaue aufs rauschende Meer und denke an die zurückliegenden Tage. Wir hatten viele angenehme Leute getroffen und Christoph und Robert waren zu richtigen Freunden geworden. Mit Veronica, Dulce und Gummistiefel – wie sie nun alle nannten – da sie die Dinger immer trug, waren wir gleich auf die hübschesten Studentinnen der Piña Palmera gestoßen. Fast jeden Abend sitzen wir zusammen am Lagerfeuer, philosophieren über Gott und die Welt und kommen uns immer näher.

Am Ende des Strandes sehe ich Veronica winken und erwache aus meinem Tagtraum. Ich bin am Playa del Amor mit ihr und einigen, der zum Teil auch körperlich behinderten Kindern verabredet. Waren sie mir gegenüber anfangs noch ängstlich und zurückhaltend gewesen, rennen wir nun schon seit Tagen gemeinsam über den Strand und schaufeln kleine Wannen in den Sand, in denen wir stundenlang plantschen. Die kleinen Wesen mit den schwarzen Knopfaugen strahlen, sobald sie Vertrauen gefasst haben, eine so ansteckende Lebensfreude aus, dass ich immer ganz traurig bin, wenn wir uns verabschieden müssen. Veronica genießt meine Anwesenheit sichtlich und empfindet scheinbar auch mehr für mich. Sie hatte mir viele Wörter erklärt, indem sie Sachen mit dem Finger in den Sand malte. „Te quiero" umschrieb sie mit einem Herz, in welchem ein Pfeil in der Mitte steckte. An die Enden zeichnete sie ein „V" und ein „M". Doch ich kann ihre Gefühle nicht erwidern. Eine unverbindliche, heiße Nacht, das könnte ich mir vielleicht sogar vorstellen, aber eben nicht mit Veronica. Sie ist ein naives, katholisches Mädchen, viel zu gut und zerbrechlich, um verletzt zu werden.

Nach unserem Treffen laufe ich am Strand zurück und entdecke zwei Körper eng umschlungen im Sand liegen. Es sind Dulce und Christoph. Die Traumfrau, die so unerreichbar erschien, gibt sich vor meinen Augen, dem verpeilten, tätowierten Kiffer-Taxifahrer aus Westberlin hin. Mann, bin ich naiv! Ich laufe zum Restaurant, bestelle Thunfisch und beschließe, mich heute abzuschießen. Reste-Knut grinst, als er sieht, dass ich die Hälfte des Essens liegen lasse und zum Lagerfeuer laufe.

Davor hockt Göte mit ein paar Einheimischen. Sie trinken Mezcal – da bin ich dabei. Auch Robert und Gummistiefel stoßen dazu. ‚Bitte nicht die beiden auch noch', denke ich kurz, doch die Rubensfrau mit den Riesentitten setzt sich neben mich. Aus den Lautsprechern der Bar ertönt Reggae-Musik und nachdem die ersten zwei Pullen im Sand liegen, kreisen die Joints. Obwohl ich damit sonst immer sehr vorsichtig bin, ziehe ich in kräftigen Zügen, wenn ich an der Reihe bin. Das Zeug ist heftig. Die Gesichter vor mir verschwimmen und die Gespräche werden zu zusammenhangslosen Fetzen. Andererseits sehe ich bestimmte Dinge in überraschender Klarheit. Reste-Knut läuft im Schatten der lodernden Flammen vorbei. Seine Lippen bewegen sich. Er scheint: „Mark, du alte Rinde. Dänemark ist gerade Europameister geworden!", zu sagen. Das Zeug ist zu heftig!

Ich lasse mich nach hinten in den Sand fallen, schaue zu den Sternen und spüre eine warme Hand auf meinem Bauch. Ein Schuh aus Gummi berührt meine Wade. Doch jemand ruft: „Hey Scheppi, lass uns baden gehen!" Göte zieht mich nach oben. Er hatte soeben mal wieder den Mezcal-Wurm verspeist und scheint, wie ich, dicht zu sein. Eine Abkühlung könnte uns nicht schaden. Als ich meine Short ausziehe, beobachte ich, wie Gummistiefel lächelnd meinen Schwanz betrachtet.

Nackt stürzen wir uns in den tiefschwarzen Ozean. Wir sind bereits hüfttief im Wasser und ich bilde mir ein, dass die nächtliche Brandung nun noch viel gewaltiger gegen den Strand donnert. Eine Welle trifft mich mit voller Wucht. Sie wirbelt mich herum und drückt mich zu Boden. Mein Körper wird von einem kräftigen Sog erfasst und als ich den Kopf endlich wieder über die Wasseroberfläche bekomme, habe ich die Orientierung verloren. Ich kann nicht mehr erkennen, wo Horizont und Ufer sind, und rufe in panischer Angst nach Göte. Der nächste Brecher haut mich um. Es fehlt mir die Kraft, mich aufzurichten und ich ahne, dass ich jetzt sterben werde. Die nächste Mörderwelle rollt über mich hinweg. Plötzlich umfasst jemand von hinten meinen Arm. Ich schreie, spüre aber zugleich, dass mir die bärenstarke Hand zu helfen versucht. Meine Füße berühren wieder den Meeresboden und an Land ist ein kleines Licht zu sehen. Zusammen mit Matze falle ich entkräftet in den Sand.

Nach fünf Minuten steht er auf und geht wortlos zurück zu unserer Hütte. Ich bin kurz davor laut loszuheulen, als sich Göte neben mich setzt. Matze, der seit Tagen fiebrig erkältet ist, hatte ihn noch vor mir an Land gezogen. Auch Göte geht schlafen, doch ich brauche noch etwas Zeit für mich. Mit pochenden Schläfen schraube ich den Verschluss der Flasche auf und trinke in kräftigen Zügen. Meine, um den Schnaps geschlungenen, Fingerknöchel werden immer weißer.

Mitten in der Nacht wache ich auf. Ich liege auf dem Rücken im Sand und schaue seitlich auf die ineinander greifenden Fäden einer Hängematte. Giftige Skorpione laufen hier nachts herum. Wir hängen unsere Schuhe sogar nachts unters Dach. Doch ich kann keinen Muskel meines Körpers bewegen, so dermaßen habe ich mich betäubt. Nur meine Augen scheinen mir noch zu gehorchen, denn über mir bewegt sich etwas. Langsam werden die Konturen deutlicher. Christoph spannt die Hängematte mit seinem Kopf und den Füßen so, dass er darin fast waagerecht liegt. Auf ihm hockt Dulce, die Hände auf seine Brust gestützt und die Augen fest geschlossen. Ihre Lippen und die Haut um die Brustwarzen glänzen. Sie biegt ihren Rücken weit nach hinten und beginnt, keuchend auf ihm zu reiten.

Plötzlich spüre ich, dass sich jemand neben mich legt. Eine schmale Hand langt sachte in meine Shorts und gleitet immer tiefer hinab. Ich kann meinen Kopf keinen Zentimeter zur Seite bewegen. „Gummistiefel", flüstere ich auf Deutsch. „Bitte nicht jetzt. Nicht heute. Nicht!" Ich denke an Jeannet, die sehnsüchtig in der Heimat auf mich wartet. Wieviel unermessliches Leid hätte ich ihr und meiner Familie bereitet, wenn ich im Sarg nach Hause zurückgekehrt wäre.

Doch mein Schwanz schnellt in die Höhe. Vorsichtig spielt sie mit ihm, bevor sie fest zupackt und die Vorhaut langsam vor und zurück schiebt. Noch immer schaue ich dabei den beiden beim Vögeln in der Hängematte zu. Dulce öffnet die Augen und stöhnt laut auf, doch er hält ihr den Mund zu. Ein dumpfer Schrei der Ekstase und auch ich komme in einer gewaltigen Explosion. Dann Stille. Ich fühle den Samen über meinen Bauch rinnen.

Jemand beugt sich über mich und gibt mir einen Kuss auf die Stirn. Schwarze Haare fallen mir ins Gesicht. Nun kann ich sie auch erkennen. Veronica lächelt.

Gegen 12 Uhr wache ich auf. Oh Mann, hab ich einen Schädel! Ich lege mir das Handtuch über die Schultern und laufe zum Strand. Matze kommt mir entgegen ...

1994: Die Prophezeiung

‚Die spinnt doch komplett, die alte Hexe. Das hatte sie doch bestimmt beim Fußball gesehen und will nun die Gringos damit erschrecken.' Das alte Mütterchen schaut mich mit milchigen Augen an und verlangt das Geld. Ich schmeiße ihr den Peso-Schein wütend vor die Füße und drehe mich um. Jeannet steht neben mir. Dicke Tränen kullern über ihre Wangen, während ich sie in Richtung Ausgang ziehe. Eigentlich hatte ich mir etwas Positives davon versprochen – eine aufmunternde Geste, eine Aussage, die uns erheitern soll – doch genau das Gegenteil war eingetreten. Bloß weg hier.

Meinen ersten großen Urlaub mit Jeannet wollte ich 1994 wieder im Land meiner Träume verbringen. Ich hielt das zunächst für ein typisches Ossi-Ding, bis ich begriff, dass 23-mal hintereinander nach Mallorca zu fliegen durchaus ein gesamtdeutsches Phänomen ist. Es fühlt sich gut an, mit einem dicken Reiseführer, einem beendeten Spanisch-Anfängerkurs und vor allem mit dieser hübschen Frau an der Seite, hier zu landen. Aufgeregt zeige ich ihr schon auf der Fahrt vom Flughafen „mein" Mexiko. Im Autoradio läuft zur Begrüßung „Maná".

Schon im Vorfeld war klar gewesen, dass es eine andere Reise werden würde. Ich wollte Orte meiden, die ich bereits auf der Tour mit den Jungs gesehen hatte und ein bisschen mehr über die Kultur des Landes erfahren. Bedeutende Pyramiden, historische Sehenswürdigkeiten oder gar Museen hatten wir damals eher gemieden.

Gleich am zweiten Tag fahren wir ins knapp 50 Kilometer entfernte Teotihuacán. Im Tal des Valle de Mexico stockt uns sofort der Atem, als wir die geheimnisvolle Ruinenstadt das erste Mal erblicken. Ehrfürchtig laufen wir durch das riesige Areal. Ich muss die Stelle im Reiseführer zweimal lesen, um zu begreifen, dass bis heute unklar ist, welches rätselhafte Volk hier einst gelebt hatte. Auf unserem Weg durch die „Straße der Toten"

– gesäumt von heiligen Palästen, Tempeln und den beiden gewaltigen Pyramiden – bilde ich mir ein, noch nie etwas derart Schönes gesehen zu haben. Mir wird ein bisschen schummrig von den schmalen Stufen, die hinauf zur Sonnenpyramide führen, doch Jeannet ermuntert mich, auch die kleine Mond-Schwester zu erklimmen. Erschöpft setze ich mich am Fuße des Bauwerks auf einen Sockel und gönne mir eine Raucherpause.

Eine alte Frau mit faltigem Gesicht und einer schmutzigen, bunt gemusterten Tracht stellt sich vor mir auf und schnappt nach meiner rechten Hand. Obwohl ich ihr Gebrabbel nicht verstehe, ist schnell klar, dass sie mir aus der Hand lesen will. Im Ferienlager hatte ich anderen Kindern früher einmal ihre Zukunft vorausgesagt, indem ich mir anhand der Linien irgendetwas ausgedacht hatte. Ohne groß darüber nachzudenken, rufe ich Jeannet herbei. Die Alte greift sofort nach ihrem Arm und schaut nun abwechselnd in unsere Handflächen. Plötzlich scheint sie etwas zu entdecken. Mit tiefer Stimme murmelt sie etwas vor sich hin, streckt ihre Arme nach vorn und imitiert, hin- und herschwenkend, eine Babywiege-Bewegung. Sie zeigt auf Jeannet, dann auf mich und schüttelt mit dem Kopf. Nochmals deutet sie ein schaukelndes Baby an und verneint gleichzeitig. Jeannet schießt augenblicklich das Wasser in die Augen.

Auf dem Rückweg versuche ich sie zu trösten, denn ich weiß, wie sehr sie sich Kinder wünscht. Die Fußball-WM 1994 war vor zwei Wochen in den USA zu Ende gegangen. Der Brasilianer Bebeto war dort nicht nur durch viele Tore und den Titel weltberühmt geworden. Nach seinem 2:0 gegen Holland war er zur Außenlinie gestürmt und hatte mit seitlich schwingenden Armen ein wiegendes Kind imitiert. Romario und Mazinho hatten sich neben ihn gestellt und synchron mitgeschaukelt. Es war das Bild der WM gewesen. Diesen Jubel hatte man noch nie zuvor gesehen.

Das hatte sicherlich selbst die alte Handleserin mitbekommen, versuche ich mein Mädchen zu besänftigen. Jeannet umarmt mich und flüstert schluchzend „Danke!" Doch auf einmal stößt sie mich weg, läuft ein paar Meter zurück und brüllt mit erhobenen Stinkefinger: „Bist du bescheuert oder was? Fick dich!", in Richtung der überrascht aufschauenden Wahrsagerin. Ich muss schmunzeln. Auch diese Geste sorgte während der WM für Aufsehen. Effenberg hatte deutschen Fans bei seiner Auswechslung gegen Südkorea den Mittelfinger gezeigt und war dafür nach

Hause geschickt worden. Ich glaube nicht, dass sie das weiß, freue mich aber, dass ihr diese Aktion gut getan hat.

„Dos tequilas por favor" (zwei Tequila bitte) rufe ich drei Stunden später in einer Bar und drücke die Flasche mit der pikanten Sauce in meinen Taco. Obwohl wir das Aztekenstadion soeben nur von außen besichtigt haben, bin ich glücklich, endlich das Beweisfoto für meinen Alten in der Tasche zu haben. Da die Sauce zu lasch ist, hole ich mir das Gurkenglas vom Tresen. Darin schwimmen rote Chilistücken, Tomaten und Zwiebeln. „Zum Glück kein Koriander drin!" Ich weiß mittlerweile, dass das petersilienähnliche Kraut jedes Essen nach Seife schmecken lässt. Auch Jeannet strahlt übers ganze Gesicht. Um ihren Hals baumelt eine Kette im onyxschwarz-silbernen Muster der Ohrringe. Die Tante mit der Visa-Karte hatte zugeschlagen und nimmt mich glücklich in die Arme. Sie hat die Geschichte mit dem Baby endgültig vergessen.

In der, für seine spektakulären Panoramablicke bekannten, Pyramidenanlage von Monta Albán werde ich zwei Tage später eines Besseren belehrt. Obwohl die Tempel, Paläste und Fresken der Zapoteken nicht ganz so prachtvoll, wie die von Teotihuacán erscheinen, verströmt der „Weiße Berg" eine einzigartige Magie. Wir trennen uns kurz, um die Anlage mit der Fünf-Sterne-Aussicht, in Ruhe auf uns wirken zu lassen. Als ich am L-förmigen Ballspielplatz gerade darüber sinniere, dass die alten Indios so ein Feld schon 1 000 Jahre vor der ersten Fußball-WM errichtet haben, sehe ich meine Freundin am anderen Ende der Steinterrassen mit Jemandem stehen. Doch erst als sie die Arme hin- und herschwingt, denke ich: ‚Das darf doch nicht wahr sein' und renne hinüber. Die arme Frau mit der rot bestickten Bluse, scheint überhaupt nicht zu verstehen, was mein Mädchen von ihr will, doch ich komme zu spät. Jeannet ahmt wieder diese bekloppte Babywiege nach und zeigt mit dem Finger auf ihre Brust. Gebannt schaue ich in die dunklen Augen der Mexikanerin. Vor ihr liegen bunte Armbändchen, die sie hier augenscheinlich verkauft. Doch mit einem Lächeln erhebt sie ihre Hand zu einem Zeichen in den Himmel. Jeannet beginnt zu weinen. Doch es klingt anders – nach Tränen der Erleichterung. Auf den Boden werfen die Umrisse ihrer Finger drei lange Schatten.

„Du Schwein! Du wirst mich also verlassen!" Wir sitzen vor einem der größten Lebewesen der Welt auf einer Bank und lassen den Tag noch einmal Revue passieren. Der 2 000–3 000 Jahre alte „Baum von Tule" ist der wahrscheinlich dickste Baum der Welt, doch Jeannet hat keine Augen für ihn. Sie hatte auf dem Berg noch einmal mit den Armen gewedelt und dann auf mich gezeigt. Die freundliche Verkäuferin hatte bei mir nur den Kopf geschüttelt. „Na wie soll ich denn auch Babys bekommen?", antworte ich amüsiert. Ich hole mein Taschenmesser aus der Hosentasche und ritze in die Lehne der Bank ein Herz. An die Pfeilenden schreibe ich „J" und „M" und darunter „for ever".

*   *   *

„Pasaporte, Pasaporte", brüllt der Typ mit dem Maschinenge-wehr immer wieder. „Scheiße. Schönes Eigentor!", sage ich zu Jeannet. „Meiner ist im Rucksack." Nervös suche ich im Gepäck-fach unter dem Bus nach meinem grauen Teil, während sich die Passagiere ihre Nasen an den Scheiben platt drücken. Auch hier – mitten in der Pampa – riecht es nach verbrannten Reifen. End-lich sehe ich das gute Stück, eingeklemmt zwischen zwei schwe-ren Baumwollsäcken. Mit voller Kraft zerre ich am Schultergurt. Langsam bewegt sich das Ding in meine Richtung, doch plötzlich gibt der Trageriemen nach und reißt. Ich verliere das Gleichge-wicht und lande auf dem Rücken im Matsch. Mühsam rappele ich mich hoch. Ein kühler Metallgegenstand drückt gegen meinen Schädel. „Pasaporte!", schreit der Kerl in den Tarnklamotten nun deutlich lauter und nimmt die Waffe wieder runter. Wir fahren mitten in der Nacht durch Chiapas – das Guerillagebiet der Za-patisten.

Noch vor zwei Jahren hatten sich Matze, Göte und ich in diesen Bundesstaat verliebt. Das abgelegene Hochland war seit Jahr-hunderten Rückzugsgebiet der Maya und anderer Urvölker ge-wesen. Nur hier waren religiöse Bräuche, eigene Sprachen und eine kulturelle Vielfalt erhalten geblieben, wie sie es sonst nir-gendwo in Mexiko mehr gab. Wir konnten in Dschungeldörfern oder auf Märkten von Kopfsteinpflaster-Städten eine völlig an-dere Lebensart bestaunen, so als existiere die heutige Zivilisa-tion überhaupt nicht. In Chiapas waren wir in eine andere Welt eingetaucht und begriffen nicht, warum so viele Menschen ihre Heimat gen USA verlassen wollten, während wir in die umge-kehrte Richtung fuhren.

Endlich habe ich meinen Pass herausgefischt und reiche ihn mit wackligen Knien herüber. Minutenlang blättert ein zweiter Uniformierter darin herum und vergleicht meine Visage mit dem Passbild. Ich frage mich besorgt, ob es viele Maya-Rebellen mit blonden Haaren und blaugrünen Augen auf deren Fahndungslisten gibt.

Natürlich hatte ich es in der Heimat mitverfolgt. Zu Jahresbeginn waren 2000, seit Jahrhunderten gedemütigte Mayas plötzlich aus den Urwäldern von Chiapas aufgetaucht und hatten verschiedene Städte eingenommen. Die Zapatisten wollten unter der Losung: „Eine andere Welt ist möglich", ihren Willen zur Selbstbestimmung zum Ausdruck bringen und sogar bis nach Mexiko City weitermarschieren, um den Präsidenten zu stürzen. Doch nach acht Tagen eroberten Streitkräfte der Regierung die Städte zurück und die Rebellen verschwanden wieder im Dschungel.

Der Armeetyp scheucht mich in den Bus zurück. Einige schauen mich missmutig an, denn wegen mir hatten wir hier so lange gehalten. Trotzdem sehe ich in den Augen auch Erleichterung. Ich hatte, obwohl ich die Ziele eigentlich unterstütze auch schon von Raub und Geißelnahmen gehört. In diesem Fall war es vielleicht ganz gut, dass uns „nur" die Armee gestoppt hatte.

Schief lächelnd, setzte ich mich neben meine eingeschüchtert wirkende Freundin. „Für ein Eigentor wurden manche auch schon erschossen", sage ich lächelnd. Vielleicht, um mich selbst ein wenig zu beruhigen, erzähle ich ihr vom Kolumbianer Escobar, der bei seiner Rückkehr von der letzten WM vor einer Bar getötet wurde. Sie kuschelt sich an mich. „Aber der hatte ja wirklich ins eigene Tor getroffen", rede ich einfach weiter und schaue auf meine modderverschmierten Waden. An meiner Schläfe meine ich noch immer, den Abdruck des Gewehrlaufes zu spüren. Der Bus schlängelt sich halsbrecherisch die Berge empor und einsetzender Regen trommelt aufs Dach. Jeannet ist eingeschlafen.

Umgeben vom dichten Grün des Regenwaldes laufen wir entlang eines Flusses zu den Ruinen von Palenque. Wir hatten uns ganz in der Nähe einen Bungalow gemietet und unsere erste gemeinsame Urwaldnacht in einer unheimlichen Geräuschkulisse verbracht. Überall hatte es gesummt, geraschelt, geknackt, gejault und einige Viecher hatten im Wald sogar regelrecht gebrüllt. Doch im morgendlichen Nebel werden wir für den unruhigen Schlaf entschädigt. Gewaltige oliv- und giftgrüne Pflanzen wachsen direkt vor unserer Hütte oder ranken sich an den Stämmen der Bäume empor und Schmetterlinge umflattern die gelben und roten Blüten. Orangefarbene Früchte hängen direkt vor uns in den Bäumen und – für den kleinen Ossi noch immer wichtig – Bananen auch! Auch der große Palast, der Ballspielplatz und die Tempel der Mayaruinen sind umgeben vom Urwald. Fette Leguane sonnen sich auf den steinernen Stufen und Tukane mit bunten Schnäbeln sitzen in den Bäumen. Warum auch diese einmalig schöne Stadt von ihren Bewohnern einst verlassen wurde, ist nicht nur mir ein Rätsel.

Obwohl Jeannet hier den ganzen Tag herumklettern könnte, überzeuge ich sie, noch heute ein weiteres Highlight zu sehen. Die feuchtwarme Luft und die Mittagshitze machen mir arg zu schaffen. Wir organisieren einen Fahrer und schon um 14 Uhr sind wir in „Agua Azul" – bei den hellblauen Wasserfällen. Vielleicht hatte ich auch darauf gedrängt, da sich hier erstmals die Wege mit meiner Reise von 1992 kreuzen. Stundenlang war ich mit Matze und Göte in den kaskadenförmig verlaufenden Wasserfällen geschwommen, war von Baumstämmen und Steinplatten metertief in türkisfarbene Becken gesprungen. Sämtliche Verbotsschilder ignorierend, hatten wir uns einfach mit der Strömung von einem Fall zum nächsten treiben lassen. Auch heute springe ich unbekümmert ins Wasser. Um Jeannet zu beeindrucken, erklimme ich eine drei Meter hohe Klippe und hechte vor einem Wasserfall kopfüber in den weiß schäumenden Pool. Ich kenne diese Stelle noch gut. Kurz nachdem ich die Wasseroberfläche berühre, wird alles schwarz.

Als ich die Augen wieder öffne, liege ich auf dem Rücken neben Jeannet am Ufer, die mich schockiert anstarrt. Ein kräftiger Einheimischer mit indianischen Wurzeln beugt sich über mich. Ich fasse mir mit der Hand ins Gesicht. Es ist, wie meine Brust, blutverschmiert. Ich erkenne die schwarz funkelnden Augen des Mannes. Es ist unser Fahrer und ich ahne, dass er mir soeben das Leben gerettet hat. „Gracias amigo" (Danke Freund), flüstere ich.

Drei Stunden später baumele ich in der Hängematte vor unserer Hütte. Jeannet liegt drinnen unter dem Ventilator und liest. Wir hatten uns ein bisschen gestritten. Sie hatte mir den Scherz: „Na dann wäre wenigstens klar gewesen, warum du drei und ich keine Kinder bekomme", übel genommen. Bis auf die dicke Beule am Kopf hatte ich nichts weiter abbekommen. Trotzdem wäre ich ohne fremde Hilfe ohnmächtig ersoffen. Von Itzel, die unsere Anlage betreibt, erfuhr ich, dass mein Retter dem Volke der Choles entstammt. In ihren Augen war es kein Zufall, dass genau er mich aus dem Wasser gezogen hatte. Hier im Dorf wird der Kerl überall nur „El Sacerdote" (der Priester) gerufen.

Über mir ist es längst dunkel geworden. Ich greife mir eine Dose Tecate-Bier und denke über den Urlaub nach. Es ist schön, mit ihr zu reisen. Mit staunenden Augen scheint sie die exotischen Bilder genauso in sich aufzusaugen, wie ich es bei meiner ersten Reise getan hatte. Fast immer wohnen wir komfortabler als in unserer Hinterhaus-Bruchbude in Friedrichshain und jede Nacht kann ich mich an ihren warmen Körper anschmiegen. Allerdings staune ich darüber, wie wenig selbstbewusst sie in Mexiko ist. Alle Entscheidungen überlässt sie mir. Als Paar lernen wir zudem viel weniger Leute kennen. Nicht nur deshalb realisiere ich, dass ich mir so einen Sprung in Zukunft nicht mehr leisten kann. Bei dieser Reise habe ich nicht ständig jemanden an meiner Seite, der mich rechtzeitig aus dem Wasser zerrt.

In Gedanken versunken, schaue ich hinüber zum gegenüberliegenden Bungalow. Dort sitzt „El Sacerdote" – mein indianischer Lebensretter. Mit zwei Bier bewaffnet gehe ich hinüber, um ihm nochmals zu danken. Er lehnt die Dose lächelnd ab, bietet mir aber den Platz neben sich an. Es entwickelt sich ein holpriges Gespräch. Die ganze Zeit malt er komische Zeichen mit einem Stab in den Boden und versucht mir zu erklären, was sie bedeuten. Doch ich begreife es nicht. Wahrscheinlich sind es Sternenformationen, da er ständig in den Himmel deutet.

Plötzlich habe ich eine Idee. Wenn er wirklich ein heiliger Priester wäre, dann ist er ja vielleicht auch ein Hellseher. Im Wald finde ich einen Ast und beginne etwas in die schwarze Erde zu kritzeln: 1998, 2002, 2006, 2010. Um jede Zahl ziehe ich einen ovalen Kreis und bitte ihn, eine dieser Nummern anzukreuzen. Grübelnd betrachtet er die aufgemalten Zahlenreihen, doch plötzlich schnappt er sich den Stock und macht etwas vollkommen Unerwartetes. Er malt einen neuen Kreis, schreibt eine Zahl hinein und kreuzt diese an.

Ich kann es nicht fassen. Das ist ja noch so lange hin. Unmöglich! Da wäre ich ja schon über 40. Nein, ich wollte nicht wissen, wann ich mit Jeannet das erste Kind zu erwarten habe. Meine Frage lautete: Wann wird Deutschland wieder Fußball-Weltmeister? Irgendwie glaube ich nicht mehr daran, dass sie es nie wieder schaffen werden. Er hatte sie mir beantwortet: 2014.

* * *

„Scheiße, oh mein Gott, Scheiße!", kreischt Jeannet. Sie tritt unter dem Unterstand hervor und sprintet in den Urwald. Es schüttet, als ob Löschflugzeuge ihre Tanks über uns leeren. Auch ich bin noch geschockt. Es ist gerade etwas aus heiterem Himmel unmittelbar vor meine Füße gefallen. In Sekundenbruchteilen muss wohl auch meine Freundin realisiert haben: Das ist eine fette, haarige Vogelspinne! Obwohl sie vielleicht nur sechs Zentimeter groß ist – wirkt das tiefschwarze Ding mit den rötlichen Haaren auf dem Rücken und den fiesen Beißklauen, wie ein todbringendes Monster aus Gruselfilmen.

Ich hechele Jeannet fast blind hinterher. Der Regen ist so gewaltig, dass meine Augen voller Wasser sind. „Eh warte doch mal, du rennst ja in die falsche Richtung!", brülle ich, doch sie ist bereits stehengelieben und schreit wie am Spieß. Durch den dichten Schleier der Regenwand hindurch sehe auch ich sie plötzlich. Vor uns laufen nun dutzende dieser Ekelviecher umher. Auch für sie scheint der starke Regenguss eine Bedrohung darzustellen und sie ahnen sicherlich nicht, dass ihr wildes Herumirren für uns einem Horrorszenario gleicht. Atemlos und klitschnass erreichen wir den VW-Käfer. Ich ziehe mir alle Klamotten aus und werfe sie auf den Rücksitz. Jeannet ebenso. Plötzlich kracht etwas auf unser Dach. „Scheiße! Starte den Wagen! Kurbel die Fenster hoch! Scheiße, ist das ein Albtraum!" Mit geschlossenen Fenstern tuckere ich mit 10 km/h in Richtung Tulum. Die Scheiben sind schnell beschlagen und der hektisch wedelnde Scheibenwischer kommt nicht mehr hinterher. Aber es ist momentan niemand auf der Straße, außer uns und unzähligen schwarz-roten Vogelspinnen. Wir beruhigen uns langsam und ich beobachte gerührt, wie Jeannet erst mich und dann sich mit einem Handtuch sachte trocken reibt. Sie sieht extrem süß aus, so vollkommen nackt neben mir auf dem Beifahrersitz. Auf einmal fällt mir ein, was ich ihr in der ganzen Aufregung noch gar nicht sagen konnte. Sie hatte mich die ganze Zeit dafür ausgelacht, doch es hatte sich etwas bewahrheitet. Ich bin doch nicht bescheuert oder was? Soeben wurde der endgültige Beweis erbracht!

Wir haben den Endpunkt unserer Reise erreicht. Ich hatte zwar schon einige schneeweiße Pulverstände in meinem Leben gesehen, doch die Farben, in denen das Karibische Meer hier schimmert, sind auch für mich neu. Je nach Tageszeit sehen wir hellblaue, türkise, grüne und dunkelblaue Töne. Im beschaulichen Playa del Carmen haben wir eine günstige Hütte gemietet. Es sind nur wenige Touristen hier, sodass wir in den gemütlichen Restaurants oftmals die einzigen Gäste sind. Ein idealer Ort, der geradezu dazu einlädt, einfach mal dem Nichtstun zu frönen.

Mit Matze und Göte war die Reise 1992 in Cancun zu Ende gegangen. Wir hatten zwei Nächte in einem überteuerten Hotel übernachtet und panisch versucht, unseren Rückflugtermin um-zubuchen. Uns war das Geld ausgegangen und tatsächlich flogen wir eine Woche früher als geplant in die Heimat. Wären wir damals doch bloß noch ein Stück die Küste entlang gefahren.

In die entsetzliche Touristenhochburg müssen wir diesmal nur kurz. Jeannet hatte endlich einmal die Zügel in die Hand genommen und beschlossen, dass wir uns einen Inlandsflug zurück nach Mexiko City leisten werden. Die Tante mit der Visa-Karte zahlt erst einmal. Für sie sind das „Peanuts", denn nach dem Mauerfall haben wir uns ganz unterschiedlich entwickelt. Während Jeannet arbeitet und regelmäßig Geld nach Hause bringt, dümpele ich nach wie vor eher gemächlich durchs Leben. Über meine Hamburger Freunde habe ich einen Nebenjob begonnen, der so viel Geld einbringt, dass mein Studium völlig zweitrangig geworden ist. Ich bin zufrieden. Die Kohle reicht für die Miete, einen vollen Kühlschrank, Kneipentouren, Konzerte, Festivals, für Daddelautomaten, Stadionbesuche, einen großen Rosen-strauß für Jeannet und den Mexikourlaub. Eine Kreditkarte be-sitze ich nicht.

Auf dem Rückweg aus Cancun lassen wir uns an einer Kreu-zung herausschmeißen und fahren von der Abzweigung mit einem Taxi nach Puerto Morelos. „Hast du denn überhaupt Bade-zeug dabei?", fragt Jeannet skeptisch, als ich mir in einer Bar eine Taucherbrille leihe. Doch vor uns breitet sich ein menschenlee-rer Sandstrand aus. Nach einigen hundert Metern ziehen wir uns aus und rennen nackt in die 25 Grad warme Badewanne. Jeannet springt mich von hinten an und hält sich an meinem Hals fest. Langsam schlängelt sie sich um mich herum, gibt mir einen zärt-lichen Kuss und schaut mich an. Schon vor Tagen hatte ich sie wiederentdeckt. Es sind diese leuchtenden, rehbraunen Augen, die mich zu Beginn unserer Beziehung immer so umgehauen haben. Langsam gleitet sie an mir herab. Dann lieben wir uns.

Erschöpft liegen wir im warmen Sand. Ich hatte mich auf den Bauch gelegt und habe nun das Gefühl, als ob mich irgendetwas von unten zwackt. Ich laufe erneut ins Meer und betrachte, bevor ich den Kopf unters Wasser stecke, noch einmal mein überaus erotisch anmutendes Mädchen.

Schnell erkenne ich, dass dies hier keine besonders faszinierende Unterwasserwelt ist, doch dafür entdecke ich riesige weiße Muscheln und Meeresschnecken. Diese großen, die man sich ans Ohr hält und dabei den Ozean rauschen hört. Begeistert hole ich sie vom Boden, schmeiße sie im hohen Bogen an Land und sehe erst spät, dass mir Jeannet vom Ufer aus, ganz aufgeregt zuwinkt.

Hunderte durchsichtige Krebse krabbeln nun aus Löchern im Sand und auch einige größere, graue sind in den Mulden zu sehen. „Die Mistdinger haben mich in den Po gezwickt", ruft Jeannet lächelnd. Ich strahle zurück. Was für ein schöner Nachmittag. Voller Harmonie und neuer Erfahrungen. Erstmals hatten wir uns im Meer geliebt. Glücklich beobachte ich Jeannet beim Bestaunen der angeschleppten Schätze.

Auch Kellner Juan streckt im Restaurant anerkennend den Daumen nach oben. Nach dem Essen setzt er sich kurz zu uns und als er erfährt, woher wir kommen, entspannt er sich zusehends. Dass der Satz: „Somos alemanes", (wir sind Deutsche – und eben keine Gringos aus den USA) in Mexiko alle Türen öffnet, hatten wir schon vor zwei Jahren schnell begriffen.

Er berichtet, dass vor drei Wochen alle Mexikaner im Viertelfinale der WM für Deutschland gewesen wären, da die Bulgaren zuvor sein Heimatland raus geschossen hatten. Wir kommen ins Gespräch und ich erzähle, wie ich das Spiel erlebt hatte. Zusammen mit Matze und Göte waren wir bei unseren Freunden in Hamburg eingeritten. Fast jeder vor dem „Happy Altona" hatte einen deutlichen Deutschen Sieg erwartet. Bobo hatte sogar um seinen roten Alfa Spider gegen Roman gewettet, dass wir im Turnier bleiben – gegen dessen Converse Turnschuhe. Doch Stoitschkow und Letschkow zerstörten all unsere Hoffnungen. Nur Roman war amüsiert, schenkte Bobo die stinkenden Chucks und raste – nur zum Spaß – rotzbesoffen mit dem Liebhaberstück ums Viertel. Juan versteht die Anekdote zwar nicht ganz, spendiert uns aber dennoch eine Abschieds-Margarita und ruft ein Taxi.

Im Wagen rekapituliere ich noch einmal den denkwürdigen Sommerabend in der Hansestadt. Auch Gernot, Kaschi und Steve waren dabei gewesen. Alle drei hatten sich zwei Jahre zuvor, in meiner sechswöchigen Abwesenheit, herzzerreißend um Jeannet gekümmert. Letzterer etwas zu innig, da sie miteinander gevögelt hatten. Das hatte mir meine Freundin, in Tränen aufgelöst, sofort gebeichtet. Doch während ich nach einer Bierseeligen Aussprache im Kiez schon nach zwei Monaten wieder mit Steve feierte, darf ich bis heute den Namen Veronica nicht erwähnen. Gekränkt hatte ich erlogen, dass auch ich in Zipolite fremdgegangen war. Sie ahnte ja nicht, dass ich das Mädchen nicht einmal geküsst hatte. ‚Schnee von gestern', denke ich und nehme die Frau meiner zukünftigen Kinder in die Arme.

Am nächsten Tag mieten wir uns einen weißen Käfer und fahren zu den Ruinen von Tulum. Sie sollen das Mexiko-Postkartenmotiv schlechthin sein, da es die einzige Mayastadt war, die direkt am Karibischen Meer erbaut wurde. Schon von weitem sehen wir, wie sich die alten Gebäude majestätisch über dem türkisfarbenen Wasser erheben. Doch auf dem Parkplatz stehen zu viele Reisebusse, sodass wir entscheiden, erst am Nachmittag zurückzukehren. Beinahe eine Stunde brauchen wir auf der holprigen Straße für die 40 Kilometer nach Cobá. Es ist fast schon ein bisschen gespenstig, dass wir, an Seen vorbei, auf einsamen Pfaden ganz allein durch die weitläufige Anlage laufen. Obwohl an den meisten Tempeln und Gebäuden „No hay paso" (nicht passieren) steht, benehmen wir uns, wie übermütige Affen. Die gewaltigen, von Flechten und Kletterpflanzen gekaperten Pyramiden sollen eher denen von „Tikal" in Guatemala ähneln. Wir schlagen uns durchs Unterholz und erklimmen die Stufen hinauf zum „El Castillo" (Schloss). Die Aussicht von der höchsten Mayapyramide auf Yucatán ist umso spektakulärer, da sie auf einem natürlichen Hügel erbaut wurde. Kilometerweit erstreckt sich der Regenwald unter uns bis ins Nirgendwo. Doch am Himmel drohen schwarze Wolken mit Regen.

Auf dem Weg zum Auto beginnt es sintflutartig zu schütten, aber wir entdecken einen kleinen Unterstand. Unter der einfachen Holzkonstruktion sitzt bereits ein alter Mann mit indianischem Einschlag, der geschnitzte Holzfiguren und Masken in schwarzen Plastiktüten verstaut. Während der Regen lautstark niederprasselt, lässt sich meine Freundin eine Jaguarmaske zeigen.

Jeannet hatte Tränen gelacht, als ich die Story vom Priester erzählt hatte. Wie naiv ich nur sei. Der vermeintliche Hellseher hätte doch nur meine Zahlenreihe vervollständigt. 2002, 2006, 2010. Die sinnvollste Lösung wäre 2014 gewesen.

Ich schaue mir den Kunstgewerbe-Verkäufer etwas genauer an. Okay, ein Versuch ist es wert. Ich male mit einem Ast in eine Reihe: 1998, 2002, 2006 und darunter 2010, 2014, 2018 und umrahme die Zahlen mit einem Rechteck. „Scheiße, oh mein Gott, Scheiße!", kreischt Jeannet. Sie tritt unter der Hütte hervor und sprintet in den Urwald. Eine fette, haarige Vogelspinne!

Erst im Auto fällt mir ein, was ich in der ganzen Aufregung noch gar nicht erzählen konnte. „Weißt du eigentlich auf welche Jahreszahl die Spinne unter dem Dach gefallen ist?" Sie schaut mich fragend an und ich grüble bereits in welchem Land das große Ereignis wohl stattfinden wird. „Deutschland wird also tatsächlich 2014 das nächste Mal Fußball-Weltmeister!"

1996: Die Sehnsucht

Ein trauriger Blick zurück. Jeannet steht vor dem Check-In und weint mit rot unterlaufenen Augen. Ich winke ein letztes Mal und verschwinde dann um die Ecke. Auch mir kullern warme Tränen über die Wangen, die ich mir mit dem Ärmel vom Gesicht wische. Beträufelt reihe ich mich in die Schlange ein und besteige den Flieger. Wir verabschieden uns in unterschiedliche Richtungen im Leben.

Ich bin jetzt fast 25. Seit dem Mauerfall hatte ich nur herumgelungert und mich mit Nebenjobs über Wasser gehalten. Eine innere Stimme sagte mir, dass ich endlich einmal etwas Sinnvolles anpacken müsse. Doch was, wann und wo? Spontan hatte ich mir einen Flug nach Santiago de Chile gebucht. Auf dem Ticket schien „Ausgang aus der Verwirrung" zu stehen. Die sieben Wochen würde ich ernsthaft dazu nutzen, um über meine Zukunft nachzudenken.

So groß der Abschiedsschmerz auch war: der Flieger saugt mich in eine andere Welt. Wie auf Knopfdruck kehrt diese intensive Neugier nach dem Fremden zurück. Ich weiß, dass ich jetzt einfach nur abwarten muss, dass etwas mit mir passieren wird. Nur unterwegs entdecke ich Dinge und mich ständig neu. Wie zur Bestätigung setzen sich zwei Jungs neben mich und grüßen auf Deutsch. Sven aus Braunschweig und Jörg aus Zürich sehen sehr speziell aus. Ich hatte zwar schon einige durch meine Stadt laufen sehen, aber nie geahnt, dass ich die ersten auf einem Flug nach Südamerika kennen lerne.

Beide tragen weite schwarze Schlaghosen aus Cord, dazu passende Westen und ein Jackett mit großen Knöpfen. Darunter weiße Hemden und Krawatte. Sven hat einen Hut mit breiter Krempe und Jörg einen Zylinder auf dem Kopf. Es sind Zimmerleute auf der Walz. Ihre Habseligkeiten hatten sie in einem kleinen Bündel (Charlie) zusammen mit ihrem Stock (Stenz) in den Ablagen verstaut.

Begeistert lausche ich den Geschichten ihrer Wanderzeit und stelle fest, dass es, sobald wir die deutsche Grenze überflogen haben, kein Ost oder West, arm oder reich, schlau oder ungebildet mehr gibt. Alles, was jetzt noch zählt, ist Sympathie. Der Schweizer schüttet mir mitten in der Nacht ein Bier über den Schädel, da er der Meinung ist, dass wir jetzt Äquatortaufe feiern müssten. „Bist du bescheuert oder was?", schreie ich künstlich entsetzt, aber er hat ja recht, auch ich überquere erstmals diesen Breitengrad. Die Jungs sind sympathisch!

Da sie ohne Reiseführer nach Chile fliegen und kein Wort Spanisch sprechen, fragt Sven mich, ob wir die ersten Tage gemeinsam verbringen können. Als wir in die Stadt fahren, beobachte ich, wie sie ihre ersten südamerikanischen Eindrücke gierig aufsaugen. Santiago wirkt im Gegensatz zu Mexiko City modern, sauber und unaufgeregt. Nur die Außentemperaturen lassen zu wünschen übrig. Ich Idiot fliege in den chilenischen Winter, während in Europa gerade bei Sonnenschein die Fußball-EM zu Ende geht. Diese Reise war mir wirklich wichtig gewesen!

Um dem Jetlag zu entgehen, kaufen wir Rotwein und beginnen im Hotel, mit einer Streichholzschachtel zu spielen. Derjenige, der an der Reihe ist, schnippt sie in die Luft und je nachdem auf welcher Seite sie landet, gibt es verschiedene Punkte. Wer die siegbringenden 22 Zähler als Erster erzielt, muss aufspringen und „Leckarsch" brüllen. Wir lachen Tränen und duellieren uns bis tief in die Nacht.

Am nächsten Tag fallen wir nicht nur beim Bummel durchs Kneipenviertel „Bellavista" und der Fahrt mit der Seilbahn auf den Hausberg auf. Während für uns der Panoramablick auf die von den Anden umrahmte Stadt eine Sensation ist, sind wir es für die Einheimischen. Ich passe als großer, blonder Typ schon nicht so recht ins Stadtbild, doch die Wandergesellen sind der Knaller. Überall verursachen wir einen kleinen Menschenauflauf. „Carpintero" (Zimmermann) wird das dritte Wort, was Sven und Jörg auf Spanisch lernen. „Tres cervezas" (drei Bier) waren die ersten gewesen. Doch auch ich bin fasziniert von den beiden. Mit einer fast kindlichen Naivität erkunden sie die Stadt, schäkern grinsend mit den Frauen, bringen Kinder zum Lachen oder ziehen charmant vor älteren Herren den Hut. Aber ich beneide sie nicht nur um ihre Ausstrahlung. Sie verkörpern in meinen Augen das Wort „Freiheit" in Reinkultur. Sie können jederzeit überall hinfahren, arbeiten und einfach wieder abhauen. Es gelten immer nur ihre eigenen Regeln. Sie sind unabhängig und mindestens für drei Jahre und einen Tag unterwegs. Ich wäre gerne wie sie.

Gut gelaunt kehren wir zurück. Vor unserem Hotel wird gerade ein Film gedreht. Schnell kommen wir, mit einem Becher „Gato Negro" Rotwein in der Hand, mit den Akteuren ins Gespräch und da zumindest ich ein paar Brocken verstehe, erfahren wir, dass sie einen Kinderfilm produzieren. Wir genießen die angenehme Stimmung in der Abenddämmerung und versuchen die Handlung herzuleiten. Tief in der Nacht – wir spielen längst wieder „Leckarsch" – haben die Geschehnisse so eine Eigendynamik entwickelt, dass wir uns nur noch mit unseren neuen Namen ansprechen: Sven ist nun „Ulf der irre Igel", Jörg „Klaus-Dieter das lachende Lama" und ich bin „Tobias das gütige Gürteltier".

Am nächsten Tag fahren wir ans Meer und behalten die Namen einfach bei. Wir übernachten in einem Kaff, auf dessen Fischmarkt etliche Seelöwen und Pelikane herumlungern, bevor es weiter nach Cartagena geht. In einem Restaurant lernen wir Chilenen in unserem Alter kennen. Trotz Sprachbarrieren mögen wir uns auf Anhieb und quartieren uns in deren Hostal ein. Wir verlieren gegen die Jungs im Strandfußball und beim Wettschwimmen im eiswürfelkalten Meer, was sie dazu animiert, lauthals: „Chi, Chi, Chi, le, le, le", zu brüllen. Dafür schlagen wir sie locker im Tischfußball und beim „Leckarsch". Ulf und ich rufen: „Deutsch, Deutsch, Deutsch, land, land, land.", doch nur die Chilenen hatten es ernst gemeint.

Besonders mit Valeria und der kleinen Saqui verstehe ich mich blendend. Bei Kerzenlicht, Wein und Gitarrenmusik erzählen sie mir, dass sie einer linken politischen Gruppe angehören. Ich weiß natürlich, dass sich auch in Chile seit 1989 einiges verändert hatte. Die ersten freien Wahlen nach 15 Jahren Pinochet-Diktatur waren für sie die große Erlösung – der chilenische Mauerfall – gewesen. Ich ahne, was ihnen die neu gewonnenen Freiheiten bedeuten und bewundere sie dafür, dass sie noch immer aktiv an der Neugestaltung ihres Landes mitwirken. Ich bin, obwohl ich Anfang der 90iger noch Juso-Chef von Friedrichshain war, politisch gesehen, extrem ernüchtert und desillusioniert. Eine „unterm Strich zähl ich"-Mentalität hatte langsam von mir Besitz ergriffen.

Beim Ausflug nach Isla Negra zeigen sie uns voller Stolz das Arbeitshaus von Pablo Neruda. Die Ausstellungsräume gleichen einem voll gestopften Museum, da der Literaturnobelpreisträger scheinbar von einer ungeheuren Sammelleidenschaft besessen war. Alle Zimmer sind voller Kitsch und Tinnef. Trotzdem ist es ergreifend, durch die Wohnräume von Chiles größtem Poet und Messie zu wandeln. Ein verloren geglaubtes Gefühl kehrt zurück. Die Bibliothek meiner Kindheit hieß aus Solidarität mit dem chilenischen Volk „Pablo Neruda". Ich nehme Valeria und Saqui in die Arme. Was würde ich den Mädels wohl in Deutschland zeigen wollen?

In den Adern von Saqui fließt das Blut der Mapuche-Indianer. Blauschwarze Haare bedecken ihren fast kreisrund wirkenden Kopf und ihre Nase ist fast so breit wie der immer lächelnde Mund. Mit den dichten Augenbrauen und stolzen Indianeraugen sieht sie eher aus, wie ich mir eine Frau aus dem äußersten Norden der Erde vorgestellt hätte. Ich nenne sie deshalb: Eskimo. Obwohl es zwischen uns, außer herzlichen Umarmungen, zu keinerlei körperlichem Kontakt kommt, sehe ich in ihrem feurigen Blick, dass dies nicht immer so bleiben müsste.

Um mein Gewissen zu beruhigen, telefoniere ich mit Jeannet. Als ob ich im Ferienlager wäre, erzähle ich überschwänglich, dass ich gut angekommen bin und schon richtig gute Freunde gefunden habe. Sie klingt ein wenig verstimmt und sagt mir, dass ich mich sofort bei Matze melden soll. Wäre wohl wichtig. Außerdem hätte Deutschland das Endspiel der EM erreicht. Diese Info würde mich ja sicherlich auch interessieren. Ihr Unterton irritiert mich. Erst als ich auflege, bemerke ich, dass ich vergessen hatte, „Ich liebe dich", zu sagen. Ich wähle die Nummer meines Freundes und gehe dann zurück zu den anderen. Ulf Igel und Klaus-Dieter Lama sitzen zusammen mit den Chilenen, brüllen schon wieder „Leckarsch" durchs halbe Hostal und rücken eiligst einen weiteren Stuhl an den Tisch heran.

Als ich mich in Santiago von den herzensguten Zimmerleuten verabschiede, kullern mir beinahe Tränen über die Wangen. Sie waren mir in dieser Woche richtig ans Herz gewachsen. „Mach's gut Tobias Gürteltier", rufen sie zurück und winken ein letztes

Mal, bevor sie um die Ecke verschwinden.

* * *

Ich sehe ihn schon am Gepäckband stehen. Mit der neuen Brille und dem blau-weiß karierten Hemd sieht er ein bisschen wie Guido Westerwelle aus. Matze hatte sich in den letzten Jahren nicht nur äußerlich verändert. Dennoch ist er nach wie vor einer meiner besten Freunde und ich freue mich, dass er spontan für zweieinhalb Wochen nach Chile kommt. Er hievt einen monströsen Rucksack auf seine Schultern und nimmt mich am Ausgang in die Arme. „Guido, die schöne Schnecke, trägt seinen Kleiderschrank auf dem Rücken", begrüße ich ihn lächelnd. Wir fahren mit dem Bus in die City und er berichtet aufgeregt, dass sie sich alle zum EM-Finale getroffen hatten. Er wäre sogar nach dem Sieg über die Tschechen noch auf dem Ku'damm den Titel feiern gewesen. Natürlich hätte ich die Partie sehr gerne gesehen, hoffe aber innerlich, dass meine Eindrücke bleibender sein werden.

Wir bringen seine Sachen ins Hotel und ziehen los. Bei ein paar Bieren erzähle ich ihm, wie meine erste Woche verlaufen war. Eine Gruppe junger Mädchen in Schuluniform läuft vorbei. Eine zeigt mit dem Finger auf mich und ruft etwas, bevor alle gackernd wegrennen. Den chilenischen Slang, der mir am Anfang noch etwas „Spanisch" vorgekommen war, verstehe ich mittlerweile recht gut. „Ach so, ich sehe wohl aus wie Sting", erkläre ich Matze ein wenig stolz und quatsche einfach weiter.

Als ob ich sie herbeigeredet hätte, kommen Valeria und Eskimo die Straße entlang geschlendert. Wir umarmen uns überschwänglich und Matze flüstert respektvoll: „Mann, was hast du denn hier schon für Tanten aufgerissen!"

Spontan laden sie uns zu sich nach Hause ein. Mit einem Bus verlassen wir die mondänen Straßen, auf denen gut gekleidete Menschen an restaurierten Häusern entlang stolzieren. Obwohl wir recht bald eine deutlich ärmere Gegend erreichen, spüre ich, dass ich nun endlich auch ins „Südamerika" von Santiago eintauche. In Penalolen gibt es keine europäisch anmutende Infrastruktur, die Menschen werden zeitgleich mit der Dämmerung immer dunkler und die Gebäude mutieren zu einfachen Bretterbuden. Besonders Matze scheint etwas geschockt davon zu sein, wohin ich ihn gleich am ersten Abend schleppe. An einem schäbigen Kiosk kaufen wir ein paar Literflaschen „Becker" Bier. Davor lungern etliche zwielichtige Typen herum und als der schöne Guido – der Name ist nun Programm – seinen Geldbeutel öffnet und bezahlen will, reiße ich ihm den 10 000 Peso-Schein sofort aus der Hand. „Bist du bescheuert oder was?", fauche ich ihn an. Das wird selbst mir ein bisschen zu heiß. Es ist momentan die größte Note in Chile.

Unbeschadet erreichen wir das Haus von Valeria. Ihre Eltern begrüßen uns herzlich, werden jedoch samt Fernseher sofort ins Schlafzimmer verfrachtet. Eskimo ist kurz weg und kommt mit Freunden zurück. Ich kenne die meisten noch von unserem Ausflug ans Meer. Wir werden mit Hühnersuppe verköstigt und müssen zu „Maná" mit allen Mädels – und Jungs – hemmungslos tanzen. Die „Fiesta Chilena" ist in vollem Gange als mich Eskimo vor die Tür zieht. Sie legt den Zeigefinger auf meinen Mund und schaut mich mit ihren Kulleraugen an. Zärtlich umfasst sie meinen Hals, zieht mich zu sich herunter und küsst mich mit warmen Lippen. Ich lasse es zu. Für einige Minuten vergesse ich, dass in der Heimat eine Freundin auf mich wartet und genieße meinen ersten Kuss mit einer Südamerikanerin. Danach möchte ich gehen.

Am nächsten Tag zeigen uns Valeria und Eskimo ihre Stadt. Wir schauen uns die Universität und das Stadion ihres Vereins „Colo Colo" an, gehen ins Historische Museum und schlendern durchs Künstlerviertel „Barrio Brasil" bevor sie uns zum Bahnhof bringen. Im Zug kann zumindest ich meinen Schlafmangel ausgleichen, denn mein Freund quatscht im Speisewagen stundenlang mit einem widerwärtigen Kerl. Als wir aussteigen und der Zug an uns vorbeirollt, steht das Arschloch an einem der Fenster und verabschiedet uns mit Hitlergruß. Matze, alias Guido, mit seinem Schneckenhaus auf dem Rücken, schmunzelt, doch ich habe kein Verständnis dafür. „Sieg Heil und gute Laune" bringe ich nicht zusammen, weder daheim noch in Chile. Und auch mein Freund hat ja mit dem Nazischeiß nichts am Hut.

Paul Schäfer wird gerade landesweit gesucht, da er in seiner sektenartigen „Colonia Dignidad" unzählige Minderjährige misshandelt und vergewaltigt hatte. In der deutschen Vorzeige-Kolonie fanden zudem zahlreiche Gegner des Pinochet-Regimes den Tod. Vielleicht war es ja die alte Drecksau aus dem Zug?

Obwohl die meisten eingewanderten Deutschen sicher ehrbare Menschen sind, habe ich auf Streuselkuchen, Erdbeermarmelade, Tischdeckchen, Spitzenvorhänge und Deutsches Haus überhaupt keinen Bock. „Aber zu meinem Geburtstag gehen wir 'ne schöne Schweinshaxe essen", ruft Guido. Ich muss grinsen.

Wir erreichen Villarica und grübeln, ob es eine gute Idee gewesen war, im Juli in den Süden zu fahren. Wir befinden uns nun in einer Landschaft mit spiegelglatten Seen, dicht bewaldeten Nationalparks und spitz zulaufenden Vulkankegeln. Doch wir sehen davon nichts! Drei Tage lang schüttet es und tief hängende Wolken sorgen dafür, dass wir lediglich auf eine neblig-trübe Suppe schauen.

Was macht man in so einer beschissenen Situation in einem beschaulichen Kaff mit Schwarzwaldambiente? Richtig, saufen! Bei dieser Betätigung ist mein Kumpel allerdings wahrlich keine Schnecke. Er ist mittlerweile bekannt dafür, dass er, wenn alle schon unter den Tischen liegen, zu sagen pflegt: „Jetzt trinken wir aber mal richtig einen!" Das kann anstrengend und teuer werden. Wird es auch! Wie immer habe ich viel zu wenig Geld dabei. Das Gehalt vom Zivildienst reicht gerade so zum Leben und die Kohle, die ich im Anschluss in der Nachtschicht bei der Post verdient hatte, war noch nicht auf dem Konto. Noch immer hält mich keine Bank für kreditkartenwürdig.

Am zweiten Abend treffen wir Marcello. Wir verstehen uns auf Anhieb mit ihm und seinen Leuten, die wir auf dem Weg in die Disko kennen lernen. Wenngleich wir dort viel Spaß haben und ungewöhnlich oft tanzen, streiche ich gegen 3 Uhr die Segel. „Tobias, du altes Gürteltier, bis später", ruft mir mein Freund hinterher, da auch er den Namen aus meinen Erzählungen einfach übernommen hatte. Ich kann verstehen, dass er noch bleiben will. Viele Chileninnen, besonders Parmelita, finden den dunkelblonden Guido richtig schön. „Okay Schneckchen, pass auf dich auf!" An der Bar bezahle ich zu wenig und hoffe, dass es nicht weiter auffällt.

Endlich kann ich noch einmal in Ruhe den Brief von Jeannet lesen, den er mir mitgebracht hatte. Gerührt stelle ich fest, wie sehnsuchtsvoll sie meine Rückkehr erwartet. Ich umarme sie in Gedanken und schlafe ein. Gegen 6 Uhr werde ich von einem Geräusch geweckt, das ich zunächst nicht einordnen kann. Als das Gestöhne immer lauter wird, ist klar: Guido liegt im Bett gegenüber und vögelt. Ich versuche mich abzulenken und denke an die Heimat.

Benny und ich hatten Vater letztes Jahr zu seinem 50. ein Wochenende in Liverpool geschenkt. Wie sehr hatte er sich gewünscht, einmal im Leben barfuß über die Abbey Road „seiner" Beatles zu laufen. Allein dieses Bild verdiente Applaus.

Die graue Industriestadt war nach 40 Jahren DDR sein Südamerika gewesen. Wie in meiner Kindheit schleppte er uns sogar zum Fußball und so wurde mir, um mit Nick Hornby zu sprechen, der FC Everton gegeben. Die „Toffees" spielten 2:2 gegen Sheffield Wednesday und ich ahnte, dass ich diesmal nicht beim künftigen Serienmeister gelandet war. Was für schöne Tage! Ich schlafe wieder ein.

Guido will weiter. Ihn plagen Gewissensbisse, da auch er in der Heimat seine Elli sitzen hat. Wir vereinbaren Stillschweigen, fahren ins weiter südlich gelegene Städtchen Puerto Varas und nehmen ein Zimmer mit Postkartenmotiv-Fenster auf den See. Aus diesem müsste uns eigentlich der Osorno-Vulkan die Sprache verschlagen. Wieder nichts!

Enttäuscht setzen wir uns mit ein paar Bier ans Ufer und rauchen schweigend Zigaretten. Es kann hier manchmal drei Monate hintereinander bewölkt sein, hatten wir gehört. Deshalb erscheint es mir zunächst wie eine Fata Morgana. Ich bilde mir ein, die Spitze des Vulkans gesehen zu haben. Urplötzlich springt Guido auf, holt hektisch seine Kamera heraus und drückt zig Mal ab. Der obere Teil liegt nun frei. Nach und nach klart es auf und der kegelförmige Berg zeigt sich in seiner ganzen Schönheit. Überrascht, wie nah er nun vor uns in den Himmel ragt, klatschen wir uns ab und prosten dem Eumel euphorisch zu. Die betagten Spaziergänger halten uns für geistesgestört.

Am nächsten Tag mieten wir ein Auto und sehen nun endlich all die Vulkane, Stromschnellen, Wasserfälle und Seen, für die diese Gegend berühmt ist. Matze hatte im Reiseführer „Pauls Kneipe" entdeckt und weil heute sein Geburtstag ist, habe ich gedacht, ich singe ihm dort ein schönes Lied. Sogar eine bunte Platte mit Sülz- und Leberwurststullen und eine saftige Haxe schmücken seinen Tisch. Wir sind schon ordentlich beschwipst und fast hätte ich es überhört. Paul hatte von zwei komischen Vögeln erzählt, die hier vor ein paar Tagen aufgekreuzt waren. „Ja, richtige Tippelbrüder in schwarzer Kluft und so. Die sind jetzt weiter zu Martin", ruft er herüber. „Weißt du noch, wie die hießen?", frage ich, plötzlich hellwach. „Ulf Igel und Klaus-Dieter Lama", antwortet er. Ich falle vor Lachen fast vom Stuhl. Mir kullern warme Tränen über die Wangen, die ich mir mit dem Ärmel vom Gesicht wischen muss. „Leckarsch", brülle ich. „Wir müssen sie suchen!"

* * *

Aus zweihundert Metern Entfernung kommen uns aggressiv bel-
lende Schäferhunde entgegen gerannt. Nun fletschen sie vor dem
bedenklich flachen Zaun ihre wolfsähnlichen Zähne. Ihre Augen
funkeln bedrohlich im Vollmondlicht.

Guido war fast noch aufgeregter als ich. Die Geschichten über
die Zimmerleute hatten ihm sehr gefallen und so drängt er mich
regelrecht dazu, dass wir uns sofort auf die Suche begeben. Ich
könnte nach der kleinen Feierlichkeit zwar nicht mehr fahren,
doch ihm scheint es nichts auszumachen, mitten in der Nacht,
auf abgelegenen Landstraßen, mit zwei Promille im Turm, nach
Martins Farm zu suchen. Bei Rio Negro finden wir den beschrie-
benen Feldweg und bald auch das große Holzhaus. Es brennt
noch Licht. Wir steigen aus, öffnen das quietschende Eingangstor und schieben es sofort wieder zu. Die Köter kommen angerannt.

Instinktiv sprinten wir ins Auto und kurbeln die Scheiben
hoch. Guido startet den Wagen, parkt ihn im Kiesbett vor der
Einfahrt und drückt auf die Hupe. Es kommt jemand aus der Tür.
Der Kerl, das ist auch aus dieser Entfernung zu sehen, ist riesig
und hält etwas in seiner rechten Hand. Zu früh entscheiden wir,
aus dem Wagen zu treten, denn als wir uns an der Pforte treffen,
schauen wir in die Mündung einer Schrotflinte. Die Tölen sind
am Durchdrehen. Der Typ brüllt uns auf Spanisch an, doch ich
reagiere schnell und antworte: „Somos Alemanes." „Was wollt
ihr denn hier um die Uhrzeit?", brüllt er gereizt. „Wir suchen Ulf
und Klaus-Dieter", erklärt Guido. Er entspannt sichtlich, lässt die
Waffe langsam sinken und auch Bestie eins und zwei wedeln nun
mit dem Schwanz. Die beiden waren tatsächlich ein paar Tage
bei ihm gewesen und hatten beim Bau der Scheune geholfen.
Gestern sind sie jedoch in Richtung Chiloé weitergetrampt. Die
Informationen reichen uns. Erleichtert verlassen wir den bewaffneten Riesen und seine wilden Kreaturen.

Die Abreise verzögert sich, da Guido seinen Schönheitsschlaf
etwas überzieht. So beschließen wir, heute nur bis nach Puerto
Montt zu fahren. Die Temperaturen klettern nach wie vor kaum
über 8 Grad, aber wir haben ein gutes Zeitfenster erwischt und
seit Tagen wolkenlosen Himmel. Wir erklimmen einen Hügel
und genießen die Aussicht auf die viel befahrene Meeresbucht
zur einen und die geschäftige City zur anderen Seite. Im Hintergrund thront, wie ein weißes Toblerone-Stückchen, der Kegel

des Osorno-Vulkans. Eine auffallend hübsche Frau sitzt auf einer roten Bank und zeichnet das Panorama mit Bleistift in einen Block. Sie grüßt und winkt uns heran. Kate ist 25, studiert in New York, ist sehr sympathisch und findet uns wahrscheinlich auch ganz putzig, denn sie lädt uns zum Essen in ein Restaurant an der Plaza ein.

Unsere charmante Begleitung ist, wie scheinbar alle Amerikaner, die allein auf Reisen gehen, sehr interessiert, offenherzig und intelligent. Es ist ein unterhaltsamer Abend und als Guido und Kate gerade in ein Gespräch vertieft sind, spüre ich wieder dieses komische Kribbeln im Magen. Gerade jetzt – in diesem so unspektakulären Moment – empfinde ich ein großes Gefühl der Freiheit. Ich, der kleine Ossi, der vor ein paar Jahren noch fast nirgendwo hinfahren konnte, sitze in einer Bar in Südchile, am Arsch der Welt und lausche den Worten meines Freundes und einer süßen New Yorkerin. Viele Deutsche, die ich bisher in Südamerika getroffen hatte, wussten es oftmals gar nicht zu schätzen, was es bedeutet, dass sie diesen fantastischen Kontinent sehen können. Sie waren es gewohnt, ihr Scheiß Visum überall auf der Welt zu bekommen, dort mit ihrer D-Mark zu protzen und später auch noch über ihr furchtbares Heimatland zu lästern. Etliche verlotterte Backpacker laufen hier herum und haben nicht die leiseste Ahnung, dass es eine glückliche Fügung ist, in einem verdammt reichen Land geboren worden zu sein. Sogar Dispo-Kredit-Menschen wie ich können sich das leisten. Millionen Südamerikaner werden nie im Leben ein fremdes Land bereisen.

Wir müssen nur unsere Biere der Marke „Kunstmann" selbst bezahlen und verabschieden uns per Küsschen und herzlicher Umarmung. Als wir die schwach beleuchteten Straßen in Richtung Hotel zurücklaufen, schubst mich Guido zur Seite und fragt: „Sind wir eigentlich bescheuert oder was?" Ich schaue in verschmitzte Augen. „Weil wir eben nicht angerammelt sind?", antworte ich. Er nickt und legt seine Hand auf meine Schulter. Arm in Arm laufen wir durch die verlassenen Straßen der Hafenmetropole. Das überforderte Herz hatte Frauenentzug angeordnet.

Mit Bus und Fähre fahren wir auf die Insel Chiloé. Wieder dauert die Reise ewig, da es keine Haltestellen gibt und die Menschen einfach dort einsteigen, wo sie gerade herumstehen. Der Fahrer setzt sie genau vor ihrer Haustür wieder ab.

Wir hatten uns wenig darum geschert, dass die Bewohner des Eilandes aufgrund seiner Abgeschiedenheit, eine Vielzahl von Traditionen bewahrt haben – wir wollen lediglich die Zimmerleute finden. Und sie müssen hier sein! Castro ist eine überdimensionierte Bretterbude: die Häuser – viele auf Pfählen im Wasser – die Scheunen, die Boote, die Zäune und sogar die alten Kirchen sind hölzern. Ein Paradies für Jungs auf der Walz. Wir fragen unzählige Passanten, ob sie „schwarze Zimmermänner" gesehen haben. Leider vergeblich.

So beschließen wir, in einem Tagesausflug, an die Pazifikküste zu trampen. Bis Chonchi fährt noch ein Bus, bevor wir uns zu Fuß auf den Weg in Richtung Westen machen. Es kommen drei Autos vorbei, doch niemand hält. Da meine Turnschuhe hinüber waren, hatte ich mir neue gekauft, die ich heute einlaufe. Meine Füße beginnen schon nach wenigen hundert Metern zu schmerzen. Weil wir kein Wasser dabei haben, bedienen wir uns durstig am See. Nach fünf Stunden Fußmarsch erblicken wir endlich Cucao, das Dorf am Ende der Welt. Es ist umgeben von grünen Hügelchen und ein friedlich dahinfließender Fluss teilt es in zwei Hälften. Nun hören wir auch das Rauschen des Meeres und als wir den mit Walgerippen übersäten Strand erreichen, ziehe ich mich aus und renne schreiend in die Fluten. Es ist eine schmerzhafte Schocktherapie. Die Blasen brennen wie Feuer und der Rest des Körpers wird gleichzeitig von hunderten Nadelspitzen durchstochen. Ich bilde mir ein, noch nie so gefroren zu haben und renne minutenlang am Ufer auf und ab.

Der ältere Herr wundert sich gar nicht, dass wir im chilenischen Winter, ohne jegliches Gepäck bei ihm einkehren. Doch Guido, der Mann für große Auftritte, zaubert im Zimmer etwas aus der Innentasche seiner Jacke. Bei eisigen Temperaturen sitzen wir auf den Stufen der Terrasse, suchen am Himmel, unter Millionen Möglichkeiten, das Kreuz des Südens und trinken aus seiner, aus Berlin importierten, Doornkaat-Pulle. Er hatte sie bis heute mit sich herumgeschleppt. Obwohl ich Klaren gar nicht mag, ist es eine magische Nacht unserer Freundschaft.

Die kleinen Ackergäule können uns natürlich auch ohne Begleiter problemlos in den Nationalpark bringen – und zurück – denken die feinen Berliner Herren, ohne jemals zuvor geritten zu sein. Falsch gedacht. Störrisch wie Esel wollen sie nur in eine Richtung laufen und unter keinen Umständen wenden. Zumindest meines können wir schließlich umdrehen, sodass ich die große Guido-Rückholaktion veranlassen kann. Zwanzig Minuten vor Abfahrt ist er mit dem nicht sehr gesprächigen

Besitzer zurück. Wir sehen am Horizont den Bus die Hügel hinunter tuckern, doch ich schaue kurz nach rechts und renne los. Über die hölzerne Hängebrücke kommen fröhlich pfeifend zwei Typen mit dicken schwarzen Cord-Schlaghosen und komischen Hüten geschlendert: „Wir bleiben noch!", brülle ich aufgeregt.

Klaus-Dieter und Ulf waren gestern, kurz nach uns, mit dem Bus (!) in Cucao angekommen und hatten im Sternenhotel – also draußen – übernachtet. Ich schaue in ihre leuchtenden Augen und ahne, dass uns eine lange Nacht bevorsteht. Wir essen fettigen Lachs und berichten, wie unsere Reisen verlaufen waren. Ulf lässt sich von Guido nochmals die Spiele der Fußball-EM nacherzählen. Wie ein Radioreporter schildert er detailgetreu, wie England im Elfmeterschießen versagt und die, so oft belächelte Pfeife Bierhoff, die beiden Dinger im Finale gegen die Tschechen versenkt hatte. Klaus-Dieter findet das weniger spannend. Er holt eine Streichholzschachtel aus seiner Weste, packt sie auf den Tisch und brüllt: „Leckarsch!" Irgendwann ist das Bier ausverkauft und auch der Wein geht schnell zur Neige. Zu später Stunde trinken wir mit der Flasche Pisco aus dem wackligen Holzregal den letzten Tropfen Alkohol, der in dieser Pinte erhältlich ist. Es ist die erste Kneipe, die ich mit Freunden „leer" trinke. Ihr Name: „Worlds End." Als wir hinaustreten, leuchten Abermillionen Sterne über uns – doppelt so viele wie gestern. Auch das Kreuz des Südens ist heute zweimal vorhanden.

Am nächsten Nachmittag galoppieren das lachende Lama, der irre Igel, die schöne Schnecke und das gütige Gürteltier mit heißblütigen Pferden den Strand entlang und sitzen beim Sonnenuntergang lachend zusammen. Natürlich wurden wir von den riesigen Rössern irgendwann abgeworfen und der Verleiher sucht noch immer zwei seiner Lieblinge. Etwas wird mir beim Anblick der seltsam langsam versinkenden Sonne bewusst: Ich habe seit Tagen nicht mehr an Jeannet gedacht und auch meine Pläne für die Zukunft interessieren mich momentan wenig. Ich lebe nur einmal. Alles was zählt, ist das Jetzt und Hier. Genieße den Augenblick, Tobias Gürteltier!

* * *

Gestern wäre ich fast gestorben. Nur ganz langsam realisiere ich das. Ich drehe den Wasserhahn der Badewanne aus und lehne mich weit zurück. Es ist meine dritte Reise nach Südamerika und zum dritten Mal bin ich nun schon dem Tod von der Schippe gesprungen. Doch diesmal wäre ich nicht einfach nur ersoffen. Auf dem Leichenschein hätte stehen können: Senior Scheppert ist erfroren, wurde überfahren, wurde ermordet, ist verblutet oder an seiner eigenen Kotze erstickt.

Wir stehen am Busbahnhof von Puerto Montt und trinken den Sekt direkt aus der Pulle. Klaus-Dieter hatte zwei Flaschen im Supermarkt geholt und macht sich über uns lustig. Guido und ich jammern, dass wir schon seit vier Tagen weder geduscht noch die Zähne geputzt hätten und wie Asoziale in denselben Klamotten herumlaufen. Er spuckt im hohen Bogen auf die Straße und deutet auf seine Kluft. „Was sind denn schon vier Tage", fragt er lachend und reicht mir das edle Gesöff. Mit dem Bus fahren wir nach Osorno, um uns endgültig, von den Zimmerleuten zu verabschieden. Guido gibt dem Fahrer ein Zeichen, sodass wir direkt vor „Pauls Kneipe" aussteigen können. Leere Flaschen poltern durch den Mittelgang.

Am späten Nachmittag ist die Gaststube leer. Schnell stehen vier frisch gezapfte Halbe vor uns und eine Streichholzschachtel segelt durch die Luft. Paul kommt mit einem Tablett Leberwurst-Stullen an den Tisch und fragt beiläufig: „Wollt ihr Fußball gucken?" Ulf nimmt die Hölzer vom Tisch. „Was denn für Fußball?" „Na die EM!" Wir schauen ihn ungläubig an. „Die hat mir der Heinz vom Deutschen Haus vorbeigebracht." Er öffnet eine Tür und deutet auf den Fernseher, der dort auf dem Tisch steht. Wir folgen ihm und können nun auch den Videorekorder sehen. Auf dem Boden liegen beschriftete Kassetten. Zwei Minuten später laufen die Spieler ins Old Trafford von Manchester ein. Wir hatten uns darauf geeinigt, alle Spiele ab dem Viertelfinale zu schauen. Nur der Schweizer fragt ein bisschen genervt, ob wir nicht nebenher weiter „Leckarsch" spielen können. Als Sammer – noch immer bin ich stolz darauf, dass er Ostler ist – zum 2:1 Endstand gegen Kroatien trifft, gehen wir auf den Vorschlag ein und hören erst wieder auf, als die Deutschland-England-Kassette eingeschoben wird.

Die Stimmung im Wembley Stadion ist grandios. Erstmals wünsche ich mir einmal bei diesem Klassiker live mit dabei zu sein. Wenngleich wir das Ergebnis bereits kennen, schreien und jubeln wir in der Kneipe nun in Echtzeit.

Der Restaurantbereich hat sich gut gefüllt. Gäste kommen an die Tür, schütteln ungläubig den Kopf und gehen wieder zurück zu ihren Plätzen. Wir hatten uns schnell von der „Ein-Bier-Pro-Tor Regel" verabschiedet und freuen uns auf das Elfmeterschießen. Als Southgate an Köpke scheitert und Heulsuse Möller danach die Nerven behält, klettern wir auf den Tisch. Wir gehen tief in die Knie, springen nacheinander hoch und reißen dabei die Arme empor. Bei unserer ersten südamerikanische „La Ola" ist es bereits kurz nach Mitternacht.

In diesem Moment treffen wir eine folgenschwere Entscheidung. Wir lehnen mehrfach eine weitere Nahrungsaufnahme ab und bestellen stattdessen Schnäpse. Obstler! Nach etlichen dummen Sprüchen knallt uns der sichtlich genervte Paul die halbvolle Pulle auf den Holztisch. „Jetzt trinken wir aber mal richtig einen", ruft Guido. Er sollte Recht behalten. Nach Bierhoffs Ausgleich gegen die Tschechen ist sie alle und wir ordern sofort eine neue.

Das Zeug verwandelt uns augenblicklich in aggressive Monster, denn wir beginnen – einfach nur so zum Spaß – auf uns einzuprügeln. Halbvolle Gläser fallen zu Boden, Stühle kippen um und auch die Garderobe reißen wir aus der Verankerung. Das erste Golden Goal in der Fußball-EM Historie sehe ich nicht. Ich liege mit hochrotem Kopf – Ulf hat mich fest in den Schwitzkasten genommen – in einem Trümmerhaufen am Boden und versuche mich, boxend zu befreien. Neben mir rollen sich Guido und Klaus-Dieter.

„Seid ihr extrem bescheuert oder was?", brüllt Paul mit dicken Adern am Hals und schmeißt uns aus seinem Laden. Nur die Zimmerleute dürfen bleiben, weil sie zuvor irgendeinen hohlen Spruch aufgesagt hatten. Zu zweit torkeln wir durch die bitterkalte Nacht und laufen durch eine finstere Gegend an der Straße entlang. An der frischen Luft haut mich der Alkohol endgültig um. Ich stolpere und falle seitlich in den Straßengraben. Dann wird es zappenduster. Festplatte gelöscht: Filmriss!

Ich erwache in einem Kingsize-Bett mit flauschiger Decke. An den Wänden hängen kunstvoll gemalte Landschaftsbilder. Mein Kopf fühlt sich an, als ob er gleich explodieren wird und in sämtlichen Knochen verspüre ich Muskelkater. Als ich mit meiner Hand nach dem Schlüssel auf dem Nachtisch greife, sehe ich, wie sehr sie zittert. Nur langsam kann ich die Buchstaben des goldfarbenen Schlüssel-Anhängers entziffern: Grand Hotel Osorno. ‚Ach du Scheiße!' Ich entdecke den Radiowecker und sehe, dass es kurz nach 15 Uhr ist. Wie bin ich hier hergekommen? Wie teuer wird eine Nacht sein? Was war geschehen?

Mühsam schleppe ich mich ins Bad. Das Spiegelbild zeigt mir einen verwahrlosten Säufer und aus dem Klo riecht es nach Erbrochenem. Ich setze mich auf den Rand der Badewanne und betrachte meine, mit blauen Flecken übersäten Schienenbeine. Direkt neben der Pulsader des rechten Armes habe ich eine lange, blutverkrustete Schnittwunde. Ich ahne langsam: Glück gehabt. Ich lebe noch!

Sie berechnen nur eine Nacht. Die 100,- Dollar sind dennoch das Budget für fünf Tage und bringen mich in Schwierigkeiten. Belämmert wie ein Sanostol-Kind, frage ich mich im Nieselregen nach Pauls Kneipe durch. Schon von weitem sehe ich, dass jemand mit schwarzem Zylinder am Fenster lehnt und als ich näher komme, brüllt mir Klaus-Dieter entgegen: „Tobi! Mann, wir haben uns echt Sorgen gemacht!" Auch die anderen sind da. Sie erzählen, dass Paul bereits bei allen Krankenhäusern, Polizeistationen und sogar beim Leichenschauhaus angerufen hatte. Ulf frotzelt, dass ich ja nicht einmal einen goldenen Ohrring tragen würde, um damit den Bestatter bezahlen zu können. Er spekuliert, dass ich im Straßengraben nur erwacht wäre, da in der Nacht heftiger Eisregen eingesetzt hatte. Guido schaut zu Boden. Ich mache ihm keine Vorwürfe, weiß aber auch, dass er tatsächlich ein anderer Mensch geworden ist. Noch vor vier Jahren hätte er mich niemals einfach so zurückgelassen. Und das alles wegen dieser dämlichen Fußballspiele. Ist doch Kacke!

Drei Tage ohne jeglichen Alkohol lassen mich wieder halbwegs normal aus der Wäsche schauen. Doch erst als mir Guido, der in der Heimat wieder Matze heißen wird, in Santiago seine letzten 100,- Dollar in die Hand drückt und viel Glück wünscht, kann ich richtig zu mir kommen.

Trotz der Unterstützung habe ich nur noch sehr wenig Geld und verkalkuliere mich zudem bei den Buspreisen. Nur um bis in die Wüste zu kommen, schlafe ich in muffigen Acht-Mann-Zimmern und engen Zweite-Klasse-Bussen in Richtung Norden. Tagtäglich verspüre ich nun eine ungeahnte Sehnsucht nach meiner Jeannet und bereue, dass ich ihr so lange nicht mehr gesagt habe, was sie mir bedeutet. Ich hatte sie in den letzten Jahren zu oft gekränkt und verletzt. Fast jeden Tag hatte ich rücksichtslos bis tief in die Nacht gefeiert und ihr nie das Gefühl gegeben, dass man mit mir auch eine Zukunft aufbauen kann. Erst in den letzten Tagen war mir klar geworden, auf was für einem Egotrip ich mich befand. Der Gipfel der Egomanie war nun erreicht. Nach dieser Reise werde ich einiges ändern. Vor allem mich.

San Pedro de Atacama wird der nördlichste Punkt meiner Reise. Ich bin jetzt so sehr abgebrannt, dass ich mir nicht mal den 6 Dollar-Ausflug ins „Valle de la Luna" (Mondtal) zum Sonnenuntergang leisten kann. Ich muss Anne und Pia, zwei junge Däninnen, die ich im Bus getroffen hatte, fragen, ob ich bei ihnen im Zimmer auf dem Boden schlafen kann. Sie haben Mitleid. Während sie auf geführte Tagestouren gehen, spaziere ich traurig in der trockensten Wüste der Welt herum. Stundenlang sitze ich auf einer kleinen Anhöhe und warte darauf, dass sich diese unglaubliche Ruhe auf mich überträgt. In diesem Moment weiß ich, dass ich die Frau, die ich liebe, nicht so lange hätte allein lassen dürfen. Ich würde sie jetzt so gern in die Arme nehmen und die untergehende Sonne betrachten. Die einst so graue Wüste leuchtet plötzlich goldfarben, dann in allen erdenklichen Rottönen bis sie schließlich fast lila bis zum Horizont schimmert. Mir kullern warme Tränen über die Wangen, die ich mir mit dem Ärmel vom Gesicht wische.

Zum Abschied schenke ich Pia und Anne ein paar Steine, die ich auf meinen einsamen Pfaden gefunden hatte. Beide lächeln gerührt und fragen, ob eigentlich alle Ostdeutschen so süß wären. „Si claro" (Na klar), antworte ich und mache mich voller Vorfreude auf den Weg. Am Terminal von Antofagasta kaufe ich ein Ticket nach Santiago und stelle fest, dass ich noch fünf Stunden Aufenthalt habe. Die Bahnhofskneipe wirbt auf einem Emailleschild für frisch gezapftes Bier. Bei meiner Ankunft in Santiago werde ich noch 35 Dollar besitzen. Nach einigem Überlegen gehe ich zur Telefonzelle und rufe bei Eskimo an. Sie wird mich am Busbahnhof abholen und schlafen könne ich auch bei ihr. Erleichtert beschließe ich, einige Peso in die ersten Cerveza seit Tagen umzusetzen. Dazu bestelle ich einen fettigen Broiler namens „Pollo asado", um mich für die zwanzigstündige Busfahrt zu rüsten. Mitten in der Nacht wird mir kotzübel. Bald renne ich alle fünf Minuten auf das winzige Klo, um mich entweder zu übergeben, oder, von Krämpfen geschüttelt, meine Notdurft zu verrichten. Einige Leute schauen mich vorwurfsvoll, andere mitleidig an. Reisen ist doch Scheiße!

Mit rot unterlaufenen Augen begrüße ich Valeria und Eskimo in Santiago. In Penalolen warten Hühnerbrühe, Tee und Tabletten gegen Magenschmerzen auf mich. Dann schlafe ich 12 Stunden am Stück.

Mein letzter Tag in der Andenstadt. Ich habe mich so gut erholt, dass ich gackernd mit den Mädels durch die Straßen trödele. Wir essen Eis und Kuchen, trinken in einem Park eine Flasche Rotwein und sehen im Kino den Film „Babe, el cerdito valiente" (Ein Schweinchen namens Babe). Eskimo hatte mich zu alldem eingeladen und obwohl längst klar ist, dass zwischen uns nichts läuft, drücke ich sie oft und herzlich. Ich vermute, dass ich das nie wieder gut machen kann. Mitten in der Nacht legt sie sich zu mir ins Bett und schmiegt ihren warmen Körper an mich. Hauchzart spüre ich ihren Atem an meinen Nackenhaaren. Mein Schwanz flüstert mir etwas zu, doch der Verstand lässt mich nur „Buenas noches, Eskimo", (Gute Nacht) sagen.

Mit den letzten Pesos bezahle ich den Bus zum Flughafen und erfahre geschockt, dass sie dort 20 Dollar für die Ausreise verlangen. Ich erbettle sie mir von anderen Passagieren. Als der Flieger abhebt, ahne ich nicht, dass in der Heimat ein großes Schild mit der Aufschrift „Eingang in die Verwirrung" hängt.

Ein erster Blick durch die Scheiben. Sie steht vor dem Ankunftsterminal. ‚Das wird die schönste Wiedersehenszene meines Lebens', denke ich, als ich mit strahlendem Lächeln um die Ecke biege. Ich umarme sie lange, schaue ihr in die Augen und erschrecke. Es gibt dort kein Leuchten der Freude und kein sehnsüchtiges Feuer. Verschämt, fast ängstlich dreht sie den Kopf zur Seite.

Zwei Wochen später zieht Jeannet aus unserer gemeinsamen Wohnung aus. Sie hatte sich während meiner Abwesenheit auf der Loveparade in einen Stuttgarter verknallt. Ich bin so gekränkt, enttäuscht und am Boden zerstört, dass ich sie, ohne groß zu kämpfen, ziehen lasse. So hatte ich mir das nicht vorgestellt. Okay, ich lebe noch. Na und? Ich will zurück nach Südamerika. Leckarsch!

1998: Die Freunde

Zum ersten Mal drischt er die Machete in der 47. Minute wütend in den Baumstumpf-Hocker von Jenna. Mein Kumpel ist zum Glück gerade pinkeln. Auf was für eine Scheiße haben wir uns da nur wieder eingelassen?

Ich hatte Jenna beim BA-Studium in Mannheim kennen gelernt. Wir waren richtig gute Freunde geworden und auch Matze und Göte mochten den Kurpfälzer mit dem trockenen Humor. Die wollten eigentlich zur WM nach Frankreich fahren, doch ich hatte ein Veto eingelegt. Als dann auch noch Jenna absprang, dessen Eltern dort immerhin eine Ferienwohnung besitzen, kam Plan B ins Spiel: Venezuela.

Wir stranden im verträumten Choroni. Vor uns liegen palmenumsäumte Karibikbuchten und im Hintergrund erstreckt sich ein Gebirge mit sattgrünen Nebelwäldern. Die Bewohner des Ortes sind freundlich und zaubern uns überall ein Lächeln ins Gesicht. Alles könnte so schön sein.

Doch wir sitzen in einer heruntergekommenen Bruchbude bei Kalle und Lars P. und glotzen Fußball. Kalle hatte uns kurz vor 10 Uhr in unserer Posada mit dem uralten Jeep abgeholt und zu sich nach oben auf die Hacienda kutschiert. Sein Kumpel Lars P. wartet dort schon. Dummerweise hatten wir die Typen gestern in einer Bar getroffen und ausgemacht, dass wir den heutigen Tag mit ihnen verbringen. Die Jungs sind üble Gestalten, die aus einem, wahrscheinlich mit „Körperverletzung" in Zusammenhang stehenden Grund, Deutschland verlassen hatten. Ich weiß nicht, ob sie tatsächlich aus dem Ruhrpott stammen, fest steht, dass sie Hooligans sind, bei denen man sich lieber nicht gratuliert, sie kennen gelernt zu haben. Göte, Matze, Jenna und ich schauen mit ihnen das Achtelfinale zwischen Deutschland und Mexiko. Glückwunsch!

Während Lars P., ein dicker, tätowierter Glatzkopf, im Grunde gar nichts sagt und sich eine Dose Polarbier nach der anderen in die Birne haut, ist Kalle eher von der Sorte Frank Begbie aus „Trainspotting". Er labert extrem viel Scheiße und erwartet mit nervösen Augen, dass er Beifall dafür erhält. Gleichzeitig fuchtelt er ständig mit der scharfkantigen Machete herum. Ein Stresser. Wir erdulden seine Monologe und grinsen unsicher, wie Mark, Sick Boy und Spud in besagtem Film.

Immer wieder brüstet sich Begbie, alias Kalle, damit, dass der französische Bulle Nivel jetzt nicht nur im Koma liegen würde, wenn sie mit in Frankreich gewesen wären. Wir schauen beunruhigt auf seine Hand und die darin befindliche Schlagwaffe. Ich bekomme Angst, dass diese „deutsche Fratze" ein Spiegelbild unserer Gesellschaft ist – ein Albtraum. Zum ersten Mal drischt er die Machete in der 47. Minute in den Baumstumpf-Hocker. Mexiko führt 1 : 0. Doch die Tore von Klinsmann und Bierhoff lassen Deutschland doch noch das Viertelfinale erreichen. Alles könnte so schön sein.

Mit dem Jeep machen wir uns auf den Weg in den Nationalpark. Lars P. bleibt auf dem Gelände und will einen Fisch zubereiten. Das Essen plus Trip würde uns „lediglich" 20 Dollar pro Nase kosten. Obwohl wir nicht die Chance haben, allein zu besprechen, was für ein Blödsinn das alles ist, sehe ich auch in den Augen der anderen: Bloß weg hier.

Der Nationalpark Henry Pittier ist der älteste Venezuelas. Dichter Nebelwald überzieht die Hänge der Küstenkordillere. Die meisten der Gipfel verstecken sich in den Wolken und eine Staffelung der Vegetationsformen sorgt dafür, dass es einen einmaligen Artenreichtum gibt. Das hatte ich im Reiseführer gelesen, doch unser Guide weiß scheinbar sehr wenig darüber und spricht von nichts anderem, als den roten Brüllaffen, die wir gleich zu Gesicht bekämen. Bekommen wir nicht! Auch keinen angeklebten. Die lustigen Gesellen sind oft nur im Morgengrauen zu bewundern. Auch das stand im Führer.

Genau genommen sehen wir kein einziges Tier lebendig. Lediglich eine totgefahrene Giftschlange und ein von Kalle erschlagener Herkules-Käfer erweitern unseren südamerikanischen Tierhorizont. Dafür schwitzen wir uns im schwül-warmen Dschungel weiße Salzränder in die Achselhöhlen und fragen Kalle nach zwei Stunden bedacht höflich, ob wir nicht lieber noch den Rest von Holland gegen Jugoslawien sehen und ein bisschen was trinken könnten. Mit einem gewaltigen Schlag hackt er einen knorrigen Ast vom Baum und brüllt wie ein cholerischer Affe: „Scheiß Jugos, Scheiß Käsefresser. Die kriegen alle was aufs Maul. Aber gute Idee."

In der Dschungelhütte wartet ein böse dreinschauender Lars P. Der tätowierte Riese hatte in der Zwischenzeit Folgendes erlebt: Der Biervorrat war deutlich geschrumpft, der Strom – und damit auch der Fernseher – ausgefallen, der Fisch auf dem Grill verkohlt und seine rechte Hand auf Handballgröße angeschwollen. Scheinbar hatte er sich an der Rückenflosse in den Finger geschnitten und allergisch darauf reagiert. Kalle strahlt über beide Ohren: „Na jetzt hast du ja voll die Hool-Keule, Alter. Was für ein Gerät!" Lars P. antwortet nicht und klatscht den rußigen Fisch missmutig auf ungewaschene Teller. Nach zwei Bissen in das nach Holzkohle schmeckende Ding ruft Matze mit ironischem Unterton: „Mensch Kalle und Lars P., das war ja mal ein echt geiler Trip und der Fisch ist ja wohl der Hammer." Wir grinsen, heben unser Dosenbier und Göte ruft meckernd: „Auf den Chefkoch." Kalle springt auf und kreischt: „Und auf Deutschland!"

Auf dem Weg hinunter ins Dorf haben wir es plötzlich sehr eilig. Sie hatten angefangen Crack zu rauchen und besonders unser Dschungelführer entwickelte einen noch bedrohlicheren Größenwahn. Um 20 Uhr wollen sie uns abholen, um in den besten Puff Venezuelas zu fahren. „Die Weiber mal so richtig durchochsen", nannte es die dämliche Glatze, die nun auch zu sprechen begonnen hatte. Gehetzt erreichen wir unsere Posada, packen und erklären, dass wir abreisen werden. Sofort!

Als wir bei Kalle und Lars P. mit einem Taxi vorbeirasen, ziehen wir gleichzeitig die Köpfe ein. Mit einem Nachtbus wollen wir weiter nach Mérida – in die „Ciudad de los Caballeros". Wir verlassen also den Ort der Verruchten und fahren in die „Stadt der Ehrenmänner".

Während der Fahrt sollen wir unsere Namen in eine Passagier-Liste eintragen. Matze ist als Letzter an der Reihe und fragt genervt: „Seid ihr bescheuert oder was?" Falls unser Gefährt verunglücken sollte, würden sie erfahren, dass auch Deutsche unter den Opfern sind: Major Göte, Oberst Scheppert, Leutnant Jenna und Matthias Meisner. Ich sitze im Bus neben Göte. Auch wenn wir nur zweimal schuldpflichtig an der Crack-Pfeife gezogen hatten, albern wir wie aufgezogen herum und kauen die mit Abstand betrachtet, durchaus amüsanten Storys der Großfresse Kalle durch. Besonders die Geschichte mit dem „Danta" hat es uns angetan. Er hatte erzählt, dass er vor kurzem dieses Tier gesehen hätte. Sein „Danta" – angeblich eine Tapirart, die aussehe wie eine Mischung aus einem monströsen Schwein und einem Nilpferd mit Greifrüssel – wäre fast zwei Meter groß gewesen und hätte 300 Kilo gewogen. „Auf dem ist bestimmt ein Brüllaffe geritten", grölt Göte und öffnet sich ein neues Bier. Nicht nur er vermutet, dass wir das Vieh ins Reich der Fabelwesen und Kalle-Legenden einzuordnen haben. Bald kommen wir auf Mérida zu sprechen. Die Stadt in den Bergen soll eine große Studentenszene haben und die schönsten Frauen der Welt kommen angeblich aus Venezuela. Wir finden, dass „Danta" auch ein schönes Wort für die Spezies der „Miss-Universum-Tanten" wäre und beschließen, uns auf eine intensive Suche zu begeben.

Nach einer ersten Stippvisite kehren wir zurück in die Posada und quatschen auf der Terrasse mit Besitzer Bruno über Gott und die Welt. Diese Welt scheint in Venezuela weit weg zu sein und der kommende Gott heißt Hugo Chávez, berichtet uns der Schweizer. Er hatte den Menschen vor der Wahl im Dezember blühende südamerikanische Landschaften versprochen. Die Leute, erzählt er, sind momentan eigentlich gar nicht besonders unzufrieden. Die politische Lage hat sich stabilisiert und auch wirtschaftlich geht es wieder bergauf. Trotzdem kämen die Einnahmen des immensen Erdölreichtums noch immer sehr wenigen Menschen zu Gute. Viele Leute hoffen, dass sich Chávez mit seiner Anti-Armuts-Kampagne durchsetzen wird. Venezuela würde den Sozialismus des 21. Jahrhunderts errichten. Bei Cola-Rum entsteht eine hitzige Debatte, ob das wohl gelingen kann.

*　*　*

Die Reise ist mein erster „normaler" Urlaub und ich brauche ihn auch. Im dualen System des BA-Studiums sitze ich entweder in meinem Verlag in Berlin und lerne dort mit 26, wie man richtig locht und die Ablage alphabetisch sortiert, oder hocke vereinsamt im billigsten Studentenwohnheim von Mannheim und fühle mich wie ein Ausländer im eigenen Land. Deshalb freue ich mich umso mehr, dass ich jetzt für drei Wochen abschalten und mit meinen besten Kumpels dämlich quatschen kann. Außerdem haben wir alle momentan keine feste Freundin. Auch in dieser Hinsicht können wir zum ersten Mal richtig frei drehen.

Von der Terrasse unserer Posada sehen wir auf die schneebedeckten Gipfel der Anden, an deren Hängen fette Wolken kleben. Dennoch wollen wir heute ein Highlight unseres Aufenthaltes im Andenhochland in Angriff nehmen – die Fahrt mit dem Teleferico. Die Seilbahn soll uns zum „Pico Espejo", auf die höchste Bergstation der Erde bringen. Göte war wegen der zu erwartenden Kälte der Meinung gewesen, dass wir dies nur mit zwei Flaschen Cacique-Rum überleben würden. Schon auf der ersten Zwischenstation endet die Fahrt: Wartungsarbeiten an den oberen Abschnitten. Wir sind gnatzig. Der gletscherbedeckte Pico Bolivar ist von hier aus nicht mal zu sehen. Doch so schnell geben wir nicht auf und beschließen zu laufen.

Unsere Wanderung auf einem matschigen Trampelpfad endet nach 500 Metern an einer unbezwingbaren Schlucht. „Wer hat den Rum?", brüllt Göte. Von der gegenüberliegenden Felswand hallt der Satz fast 1:1 als Echo zurück. „Wo sind die Dantas?", rufe ich und bekomme die Frage, ganz deutlich im Widerhall zu hören. „Ost, Ost, Ostberlin", schreit ausgerechnet unser Wessi. Auch Jenna kennt nun schon die Schlachtrufe vom Eishockey im Wellblechpalast. Matzes Einsatz folgt prompt: „Gebt mir ein U!", wobei er nur das „U" so betont, dass es als Antwort erklingt. „Gebt mir ein F", „Noch ein F", „Ein T", „Ein A". Wir fassen uns um die Schultern und blöken hüpfend: „Wir singen Uffta, uffta, uffta, tätärä. Tätärä, tätärä", in Richtung der Bergmassive. An der Seilstation schauen uns alle mit großen Augen an. Eine Frau tritt aus einer Reisegruppe hervor und ruft: „Tätärä, tätärä." Alle beölen sich vor Lachen. Wir uns auch.

Auf dem Weg ins Hotel kaufen wir Steaks und Bier. Bruno hatte angeboten, dass wir bei ihm Grillen könnten. Matze, den wir ins Geschäft nebenan geschickt hatten, kommt dreimal wieder und fragt: „Wie heißen die noch mal?" „Hallo McFly? Jemand zu Hause? Cebollas, Mann!", murmelt Jenna und ich frage ihn, warum er nicht einfach auf die Zwiebeln gezeigt hatte. „Ich habe doch nicht Atomphysik studiert", faucht er. Egal, das Fleisch schwimmt irgendwann in einer Zwiebel-Biersoße und wartet darauf, dass die Grillstäbe heiß werden. Leicht beschwipst, laufen wir zur Disko nach Downtown. Hinter der Tür begreifen wir sofort: „Danta-Alarm!"

Was sich auf der Tanzfläche rhythmisch bewegt, macht uns zunächst sprachlos. Fast alle Frauen sehen so hinreißend aus, dass wir uns minutenlang gegenseitig in die Rippen stoßen und „Guck mal die!" flüstern, um auf die nächste Schönheitskönigin hinzuweisen. Plötzlich sehe ich sie. Das kurze weiße Kleid steht im Kontrast zu den rabenschwarzen Haaren und betont zugleich ihre vollen Brüste, um die sich eine tätowierte Schlange zu winden scheint. Ihre Füße stecken in Miniatur-Sandalen. Sie ähnelt ein wenig Sylvie, die ich beim Studium kennen gelernt hatte.

Neben Jenna ist sie meine wichtigste Bezugsperson in Mannheim geworden. Wir wollen nächstes Semester sogar gemeinsam in eine WG ziehen. Die beiden gehören zu den wenigen Mitstudenten, die über ihren provinziellen Tellerrand schauen und abends auch mal weggehen. Leider hat Sylvie einen feste Freund.

Mein kleiner venezolanischer „Danta" erwidert meine Blicke. Ohne mit den anderen darüber zu reden, spüre ich, dass ich es hier wenigstens mal versuchen müsste. Ich bin 1,76 Meter groß und schlank, habe auffallend blonde Haare, blaugrüne Augen und oftmals ein verschmitztes Lächeln im Gesicht. Vielleicht steht sie ja darauf? Kurz nach Mitternacht spreche ich sie an.

Wir hatten stundenlang geredet, gelacht, getrunken, eng umschlungen zu „Maná" getanzt, uns hemmungslos geküsst und in der Couchecke geschmust. Willenlos war ich mit ihr durch die hitzige Nacht geschwebt. Eingehakt folgt mir Maria durch die verlassenen Straßen zur Posada. Dort sitzen Matze und Göte, mit dem ich den Raum teile und diskutieren die deutsche Aufstellung im Kroatienspiel. Ich sehe noch, wie mir Göte anerkennend den Daumen entgegenstreckt und verschwinde mit Maria im Zimmer. Die „Danta-Falle" hatte zugeschnappt.

Ich laufe zum Nachttisch und entzünde eine Kerze. Als ich mich umdrehe steht sie bereits nackt vor mir. Ich betrachte ihre perfekten Brüste und das pechschwarze Dreieck zwischen ihren Schenkeln. Meine Erektion beginnt zu schmerzen.

Sie entkleidet mich hastig und drückt mich aufs Bett. Vor mir kniend öffnet sie ihre Handtasche und holt ein kleines Plastiksäckchen heraus. Vorsichtig träufelt sich Maria feines weißes Pulver auf die ausgestreckte Zunge. Sie beugt sich vor, kitzelt mit der Zunge meine Eichel und verteilt das Zeug kreisend. Ich spüre mein Blut durch die Arterien rauschen, als sie beginnt meinen Schwanz zu lecken, ihn kauend zu massieren und schließlich mit ihren Lippen ganz umschließt. Ich stöhne laut, denn immer schneller und gieriger beginnt sie, an mir zu saugen. Mein Schwanz beginnt, in ihrem Mund zu pulsieren. Sie öffnet die Muskeln ihres heißen Schlunds und nimmt ihn mit festem Griff in die Hand. Augenblicklich komme ich. Es ist ein noch nie zuvor erlebter Orgasmus. Ich zittere am ganzen Körper und schaue ihr verwundert in die Augen. Oh Mann! So stelle ich mir Jaguaraugen vor.

Ich spüre ihre Finger über meinen erhitzten Körper gleiten und beginne sie zärtlich zu küssen. Die Stirn, ihre Wangen, die Brüste hinunter zu den kleinen Füßen. Dann die Knie und die Innenseiten der Schenkel, bis ich das Zentrum erreicht habe. „Espera!", flüstert sie und greift neben das Bett. Mit angelecktem Finger langt sie in die kleine Tüte und streicht das, daran haftende, Pulver vorsichtig auf meine Zungenspitze.

„Vale!", haucht sie mir ins Ohr und drückt meinen Kopf an ihren glühenden Schoß. Der Schlitz zwischen ihren Beinen öffnet den Blick auf das zarte, rosa Fleisch. Behutsam liebkose ich sie und spüre ihr Begehren. Nun ist sie es, die sich immer intensiver unter mir windet und dabei lustvoll keucht. Meine Säule ist längst wieder in Stellung gegangen, als mich Maria wegstößt und auf den Rücken dreht. Mit einer Hand führt sie mich in sich hinein und beginnt mich, mit kräftigen Stößen zu reiten. Ich versuche ihrem Tempo zu folgen und beiße in die straffen Brüste. In einem ekstatischen Aufschrei bäumt sie sich ein letztes Mal auf und sinkt dann auf mich nieder. Noch Minuten später spüre ich die Scheidenwände zucken und höre unsere Herzen aufgeregt schlagen. In ihren Augen sehe ich es wieder. Ihr Jaguarlächeln. Wir gönnen uns keine Pausen, immer wieder fallen wir übereinander her. Erst um 15 Uhr verlassen wir am nächsten Tag das Zimmer.

Auf den Bänken davor sitzen meine Freunde, Bruno und vier andere Backpacker und grinsen dämlich. Maria schreibt etwas auf, küsst mich und drückt mir den Zettel in die Hand. Dann verschwindet sie hinter dem Eingangstor. Göte meckert: „Jetzt hab ich aber echt eine Nacht gut bei dir." Er hatte auf der Holzbank im „Sternenhotel" geschlafen. Ich stehe tief in seiner Schuld.

Ein paar Bananen liegen auf dem Tisch, die ich ohne Appetit esse. Ich entfalte den Zettel und sehe, dass sie mir ihren Namen und eine Telefonnummer aufgeschrieben hatte. Überwältigt vor Glück gehe ich zurück ins Bett und träume von meiner Göttin.

„Aufstehen Scheppert, wir wollen zu den Dantas!", brüllt Göte. Mühsam quäle ich mich hoch und bekomme von Jenna ein großes Glas mit Rum und Cola im Mischungsverhältnis 70:30 in die Hand gedrückt. „Du bist ja sicher schwach, wie Flasche leer", strahlt er mich an.

Obwohl man sich auf dem Weg zur Disko eigentlich nicht verlaufen kann, schaffen wir das und werden von schwer bewaffneten Militärs aufgehalten. Breitbeinig und mit ausgestreckten Armen müssen wir uns an die Wand stellen und werden mit vorgehaltener Waffe gefilzt. Kolumbien ist nicht weit entfernt. Doch wenngleich wir durchaus schon diverse Bewusstseinserweiterungen vollzogen haben, wird so ein Zeug niemals mitgeschleppt. Richtige Drogenidioten sind wir sowieso nicht. Ich hatte noch nicht geduscht, da ich den Duft von Maria nicht einfach so abspülen konnte. Wahrscheinlich würden sie kleine Partikel Kokain auf meinem Schwanz finden. Sie kontrollieren es nicht.

Die Disko ist voller als gestern und eigentlich habe ich gar keine Lust hier zu sein; würde lieber mit ihr in einem Café sitzen und reden. Ich scanne den Raum und kann sie nirgendwo finden. Meine Jungs greifen bei einer Gruppe gackernder „Dantas" an, währenddessen ich die Leute frage, ob sie eine Maria Lionza kennen. Die Reaktionen irritieren mich, da sie fast alle nicken, mir aber klar machen, dass sie nicht hier wäre, sondern nur in ihren Herzen. So deute ich die Antworten. Was soll denn der Scheiß? Ich sehe Bruno und stürme auf ihn zu. „Wer ist Maria Lionza?", frage ich ihn. Auch er lacht mich aus, doch ich erzähle ihm etwas mehr von der gestrigen Nacht. Bruno packt mich am Arm und zieht mich in eine ruhigere Ecke. „Du weißt wirklich nicht wer Maria Lionza ist?" „Are you fucking crazy or what?", antworte ich gereizt. ‚Natürlich, ich habe die ganze Nacht mit ihr gevögelt, du Idiot', denke ich. Bruno scheint allmählich zu verstehen und beginnt zu erzählen: „Maria Lionza ist eine zentrale Figur der Gesellschaft, sie ist die Begründerin einer Religion, die sich aus importierten Kulturen und katholischem Glauben vermengt hat. Jeder kennt den Maria Lionza-Kult in Venezuela, entweder aus persönlicher Erfahrung oder aus Erzählungen von Freunden. In Caracas steht eine große Statue, auf der die athletische Maria Lionza auf einem symbolträchtigen männlichen Danta reitet. Maria Lionza ist die ...", er redet weiter doch ich habe längst abgeschaltet. Mit glühendem Schädel gehe ich nach draußen und wähle ihre Nummer, doch niemand hebt ab. In tiefen Zügen inhaliere ich die kühle Abendluft. Nein, ich bin nicht traurig und fühle mich auch nicht gekränkt. Ich spüre, dass sie mir ein Zeichen geben wollte. Maria hatte mich – ihren Danta – durch eine besondere, niemals wiederkehrende, Nacht geritten. Genau das sollte ich in meinem Herzen bewahren. Mir klingen die letzten Worte von Bruno in den Ohren: „Maria Lionza ist die Göttin der Liebe, der Natur, des Friedens, des Glücks und der Harmonie."

* * *

Das Trommelfell scheint mir in jedem Moment zu platzen. Ich bin schon auf einem Ohr taub und der Druck in den Nasennebenhöhlen, ist kaum noch zu ertragen. Über Nacht war die Erkältung gekommen. Geschwächt und missmutig hatte ich die Maschine in Richtung Porlamar bestiegen. Jenna und ich hatten das kürzere Streichholz gezogen und so müssen auch wir unseren Resturlaub auf der Isla Margarita verbringen. Doch im Moment ist mir das scheißegal. Hauptsache wir landen endlich. Auch Göte scheint das Hirn gleich aus den Ohren zu kommen, denn er presst die Hände fest an seine Schläfen und stöhnt. Matze und Jenna trinken dagegen Bier und machen sich über uns lustig. „Na ihr seid ja richtig gute Freunde!", ruft Göte meckernd und ich stimme ihm leidend zu.

Am Playa Caribe sieht es tatsächlich ein wenig karibisch aus. Doch der Strand ist überfüllt mit gestyltem venezolanischen Partyvolk, das bei dröhnender Musik, Bier und Cocktails säuft, posierend durch die Gegend stolziert, oder mit Jetskis die Küste entlang knattert.

Am nächsten Tag die Sondermeldung. Wir verlassen die Insel wieder! Die Jungs hatten am Abend noch Deutsche getroffen, die von einem traumhaften Karibikkaff auf dem Festland geschwärmt hatten. Dennoch werden wir es heute nicht mehr auf die Fähre schaffen, sondern nur bis nach Porlamar. Die größte Stadt auf Margarita ist überlaufen und erst nach längerer Suche finden wir ein Vierbettzimmer ohne Fenster und checken mit Major, Oberst, Leutnant und Meisner ein. Das Gebäude war mal der Knast. Nicht nur deshalb rennen wir sofort auf die Straße. Die Zeit drängt, denn wir brauchen eine Kneipe, um live zu erleben, wie Deutschland ins Halbfinale einzieht.

Jenna schreitet im Eiltempo voran und wir versuchen ihm durch die belebte Innenstadt zu folgen. Auf der Plaza Bolivar stoppt vor uns plötzlich ein Plan-LKW mit quietschenden Reifen. Bewaffnete Soldaten springen herunter und stürmen auf uns zu. „Manos arriba" (Hände hoch), brüllt uns ein nervöser Typ mit vorgehaltener Maschinenpistole an. Ein zweiter Krieger schreit: „Pasaporte!" Wir haben unsere Reisepässe in Venezuela immer dabei. Es hatte sich eingebürgert, dass Jenna sie für alle in den Außentaschen seiner Hose bei sich trägt. „Hat der da vorne" ruft Matze auf Deutsch und zeigt auf unseren Kumpel, der einfach weitergelaufen war. „Pasaporte!", ruft er bedrohlich laut. „Jenna, du Idiot, bleib doch mal stehen", kreischt Göte mit zittriger Stimme, doch es ist zu spät. Mit der Gewehrmündung im Rücken werden wir auf den LKW getrieben. Im Stile einer Elitetruppe sprinten sie die Straße entlang und sammeln weitere Leute ein. Auch Jenna und einen Typ samt Fahrrad nehmen sie mit. Als die Ladefläche mit 30, ausschließlich männlichen, Personen unseres Alters gefüllt ist, rasen wir im Höllentempo davon. Drei Soldaten richten die Waffen weiterhin auf uns und ihr Anführer befiehlt, dass wir die Hände hinter dem Kopf zusammen und vor allem die Schnauze halten sollen. Ich schaue in die Gesichter meiner Freunde und sehe, dass Matze sich köstlich amüsiert. „Was erlaube Strunz?", flüstert er. Jenna versteht nur Bahnhof, während Göte mit angstvollen Augen in die Gegend starrt. Auch ich finde die Situation nicht gerade komisch. Nach zwanzig Minuten erreichen wir eine Kaserne. Mit militärischem Gebrüll werden wir vom Lastwagen gestoßen und müssen uns aufstellen. Sie führen uns auf eine staubige 400m-Aschelaufbahn und fordern uns auf, hintereinander im Kreis zu marschieren.

Nach einer Runde erreichen wir wieder das Hauptgebäude und ein Kerl mit deutlich mehr Streifen auf den Schulterstücken beordert mich aus der Kolonne. Ich höre von weitem, wie er den Truppenleiter anbrüllt und verstehe etwas wie: „Estas loco o qué?" (Bist du bescheuert oder was?) und „La puta rubia" (die blonde Nutte). Er erklärt mir in bruchstückhaftem Englisch, was das hier für eine Aktion ist. Ich verstehe es so: Da sich in Venezuela die Männer gern mal vor dem Wehrdienst drücken, werden in solchen Spezialeinsätzen alle Jungs im entsprechenden Alter eingesackt. Innerhalb von 24 Stunden müssten sie nachweisen, dass sie bereits gedient hätten.

Vorsichtig räuspere ich mich und deute auf meine, noch immer im Kreis, rotierenden Freunde. Als sie das nächste Mal bei uns sind, winkt er Matze und Jenna heraus. Nur der schwarzhaarige Göte, der immer so stolz darauf ist, dass er so schnell braun wird, muss geschockt eine weitere Runde mit den neuen Kameraden drehen. Ich kläre die anderen auf und kichernd beschließen wir, dass wir dem kleinen Kerlchen durchaus noch weitere 400 Meter zumuten können. Wir wissen: Major Göte sieht sich sicherlich schon bei den Gebirgsjägern in den Anden qualvoll erfrieren.

„Scheiße, das Spiel!", ruft Matze. Wir hatten es total vergessen, rennen zum Kommandanten und bitten ihn, auch Göte zu erlösen. „Ihr seid ja richtig gute Freunde!", brüllt er uns mit rotem Kopf an, als wir aus der Armee entlassen werden.

Es ist keine Touristengegend in der wir uns befinden. Egal, wir stürmen in die nächste Spelunke. Gleich ist Halbzeit und Kroatien führt mit 1:0. Soeben war auch noch Christian Wörns vom Platz geflogen. Trotzdem sind wir guter Dinge und spendieren den Einheimischen eine Lokalrunde. Die Kneipe ist in der zweiten Halbzeit komplett auf unserer Seite und auch Deutschland hat das Spiel – trotz Unterzahl – ganz gut im Griff. Doch Vlaovic und Suker verderben mit ihren Toren eine gigantische Polarbier-Party in Polarmar.

Besonders Göte ist untröstlich und beschimpft Jenna minutenlang, nur weil der, wie Christian Wörns, aus Scheiß-Mannheim kommt. „Jetzt müssen wir uns wenigstens nicht mehr wegen jedem beschissenen Spiel abhetzen, um eine Glotze zu finden", sagt ausgerechnet Matze beschwichtigend und holt die Skat-Karten raus. Göte verliert jede Runde und muss am Ende die Zeche zahlen. Auf dem Rückweg zum Hotel verstaucht er sich zudem den Knöchel. Als er in der Nacht nach zwei Stunden vom Klo zurückhumpelt und jammert: „Mann, hab ich einen Dünnpfiff", steht fest: Eindeutig nicht sein Tag!

Ein rostiger Seelenverkäufer bringt uns nach Puerto la Cruz und mit einem Colectivo fahren wir in das Geheimtipp-Örtchen. Wir werden nicht enttäuscht! Santa Fe ist ein karibischer Traum und wir sind zusammen mit zwei süßen Mädels aus Mainz und Worms die einzigen ausländischen Touristen. Wir finden eine gemütliche Posada und trinken eisgekühlte Cocktails in einer Bar, die mitten auf dem Strand steht. Genau der richtige Flecken Erde, um den Urlaub ausklingen zu lassen.

Mit einem Fischerboot lassen wir uns auf eine Insel des Mochima Nationalparks schippern. Eine Delfinfamilie begleitet schnatternd unseren Weg und als wir das Eiland betreten, wissen wir, dass wir nun endgültig im grün-weiß-blauen Paradies gelandet sind. Große Kokospalmen werfen Schatten auf pulvrigen Sand, der in kristallklarem Wasser mündet. Wir stellen die Kühlbox unter die Bäume und schnorcheln die Küstenlinie entlang. Mit der Strömung lassen wir uns treiben. Aquariumfische begleiten uns über farbenfrohe Korallengärten. Wir sehen Tinten- und Trompetenfische, Seeigel und –sterne, Muränen und sogar einen gewaltigen Rochen. Allmählich verlieren wir das Zeitgefühl beim Eintauchen in eine andere Welt. Die Insel ist im Norden viel schroffer. Raue Felslandschaften und scharfkantige Klippen ragen hier ins Meer. Wir schwimmen von einer Bucht in die nächste und als wir erkennen, dass wir nirgendwo einen Ausstieg finden werden, machen wir uns auf den Rückweg. In kräftigen Zügen müssen wir nun gegen eine starke Strömung ankämpfen. Plötzlich sehe ich Göte aufgeregt mit den Armen rudern und schwimme hinüber. „Scheiße, ich hab einen Krampf", ruft er mit leichter Panik in der Stimme. ‚Nicht dein

Urlaub', denke ich, denn auch bei den Mainz-Worms-Dantas waren gestern nur Matze und Jenna in die zweite Runde gekommen.

„Warte!", brülle ich, hole tief Luft und packe unter Wasser sein rechtes Bein, um den Krampf, wie beim Fußball, herauszudehnen. Schwer atmend tauche ich wieder auf. „Das funktioniert so nicht Scheppi", röchelt er verzweifelt. Auch die Flut scheint nun einzusetzen, denn das Meer ist auf einmal aufgewühlt und die Wellen werden immer höher. „Halt dich an meinen Schultern fest!", schreie ich ihn an. Doch obwohl ich ein ganz guter Schwimmer bin, komme ich – mit ihm im Nacken – nur mühsam voran. Langsam werde auch ich unruhig. Doch plötzlich erblicke ich zwei Wesen, die schnatternd unseren Weg kreuzen. Nein, keine Delfine. Matze und Jenna. Abwechselnd nehmen wir Göte ins Schlepptau. Wir kraulen, wie noch nie im Leben und schlucken literweise salziges Wasser. Schließlich gelingt es uns, ruhigere Gewässer zu erreichen.

Noch Minuten später kann ich mein Herz bis zum Hals schlagen hören. Neben mir hustet sich Jenna etliche rote Marlboro aus der Lunge und auch Matze liegt auf dem Rücken im Sand und versucht, wieder gleichmäßiger zu atmen. Nur Göte sitzt im Schatten einer Palme und hat den Kopf in die Hände gestützt. Ich schaue in den wolkenlosen Himmel und denke nach.

Meine vierte Reise nach Lateinamerika geht nun bald zu Ende. Ein Gefühl sagt mir, dass ich bisher oftmals ohne Sinn und Verstand durch diese exotischen Länder gereist war. Ich hatte nie richtig hinterfragt, warum ich das überhaupt tat. Einfach nur, um einen weiteren roten Punkt, auf eine imaginäre Weltkarte zu kleben? Was war mir wirklich wichtig gewesen? Andere Kulturen kennen zu lernen, andere Landschaften zu sehen, andere Architekturen zu bestaunen, andere Lebensweisen zu begreifen, andere Menschen zu treffen, andere Bier- und Fischsorten zu testen, andere Musik zu hören oder anderen Sex zu haben?

Göte kommt nach vorne gelaufen, drückt uns ein Bier in die Hand und stammelt: „Ich muss mich bei euch bedanken. Ihr habt mir eben echt das Leben gerettet. Ihr seid richtig gute Freunde!" Ich drehe mich nicht um. ‚Vielleicht bin ich ja genau deswegen hier', denke ich ergriffen. Manchmal muss man eben sehr weit reisen, um in solch einem Moment, genau das zu begreifen: Ja, auch mir ist die Freundschaft mit den Jungs mehr wert, als das Bewundern der ganzen Welt!

2000: Die Feinde

In einer unglaublich kurzen Zeit hatten wir ausgerechnet dem Erzfeind etwas ganz Wichtiges beigebracht. Ich sehe nur in glückliche, freudestrahlende Gesichter. Allein dafür haben sich die Strapazen gelohnt!

Der „Camino Inka" ist die Gesamtheit der angelegten Straßen und Wege, welche die Inka in ihrer Herrschaftszeit in Südamerika errichtet hatten. Das bekannteste Teilstück und zugleich Südamerikas berühmteste Wanderung befindet sich in Peru.

Von Cusco mit dem Zug kommend, ist der „Inka Trail" zwischen Kilometer 88 und der Ruinenstadt Machu Picchu eine 4-Tagestour für wagemutige Entdecker; zwischen Kilometer 104 und dem „Alten Gipfel", etwas für Leute mit weniger Zeit und Ausdauer. Alle Weicheier fahren mit dem Zug bis zur Endstation.

Melli und Doro hatten uns noch in der Heimat erzählt, dass dieser Weg das absolute Highlight ihrer Südamerikatour gewesen war. Atemberaubende Pässe, spektakuläre Blicke auf die schneebedeckten Berge und Schluchten, umgeben vom satten Grün des tropischen Regenwaldes. Ein einmaliges, wenn auch sehr anstrengendes Erlebnis, auf Höhen von bis zu 4200 Metern. Das Bild, das die kleine Doro vom vierten Tag gezeichnet hatte, werde ich nie vergessen. Als sie die letzte steinige Anhöhe überquert hatten, sämtliche Knochen des Körpers und die vielen Blasen an den Füßen schmerzten, tauchte plötzlich, im Nebel verhangen, diese verwunschene Inkastadt am Horizont auf. Sie hatte sich hinsetzen müssen und minutenlang geweint. Vor Freude, Erleichterung und vor Glück.

Unsere Truppe gehört – obwohl sie den Weg ursprünglich mal eben kurz abspazieren wollte – zur Kategorie der „feinen Herren", die gemütlich bis an den Fuß der Ruinenstadt gondelt, sich bei Kilometer 106 das erste Fahrtbier aufmacht und „Auf Tante Käthe" brüllt. Rudi Völler hatte vor einigen Wochen Erich Ribbeck – diese Oberpfeife – als Teamchef abgelöst. Ein Tal der Tragödien ist durchwandert.

Gut gelaunt erreichen wir den Souvenirladen-Ort Aquas Calientes und ohne Blessuren checken wir im „Gringo Bill's" am Fuße des tränenauslösenden Bauwerks ein. Göte, Jenna und Matze sitzen auf der großzügigen Terrasse und prosten den umliegenden Eumeln zu. Mit zwei Herrenhandtaschen „Cerveza Cusqueña" geselle ich mich dazu und mache den Jungs klar, dass ich morgen die restlichen 1,5 Kilometer nach Machu Picchu bergauf laufen möchte, um wenigstens einen kleinen magischen Moment zu erleben. „Warum nicht Scheppert, aber gib mir erstmal 'ne neue Suppe rüber", antwortet Göte in seinem typischen Meckerton.

Gegen Mittag beginnen wir mit dem Aufstieg. Es ist heute ungewöhnlich heiß für die Jahreszeit – bei maximaler Luftfeuchtigkeit – sodass wir nach gefühlten zwölf Metern durchgeschwitzt sind. Da ich den Reiseführer etwas genauer studiert habe, erzähle ich den anderen lieber nicht, dass nun noch etwa 600 Höhenmeter auf uns warten. Doch noch ist die Stimmung gut und wir haben vier Bier dabei. An einem kleinen Fluss, nach 74 gelaufenen Metern, ist es fast alle. „Auf Tante Käthe", rufen wir und lassen die Flaschen ein letztes Mal gegeneinander scheppern.

Schnell pendelt sich auf dem engen, serpentinenartigen Weg eine Reihenfolge ein, die in etwa unserem Zigarettenkonsum entspricht. Matze an der Spitze, dicht gefolgt von mir, dann kommt Göte und schon bald entschwindet Jenna aus unserem Sichtfeld, der selbst zu diesem Kurzausflug – zur Sicherheit – zwei Schachteln rote Marlboro mitgenommen hatte. Der steile Aufstieg wird schnell zur Qual und selbst ich bereue schon nach kürzester Zeit, dass wir uns nicht mit einem der schicken Busse hoch chauffieren lassen haben. Nur wenn man gelegentlich die asphaltierte Straße kreuzt, die sich hier parallel hoch schlängelt, wird es ein bisschen flacher. Die engen Jeans kleben am Körper und Schweiß läuft eimerweise in meine Doc Martens.

Ich finde eine Astgabel am Wegesrand und nutze sie als Wanderstock. Mittlerweile sehe ich weder vor noch hinter mir einen meiner Freunde und überlege kurz, ob man nicht vielleicht doch aus den kleinen braunen Pfützen Wasser trinken könne. Obwohl ich wahrscheinlich gerade einmal die Hälfte der Strecke zurückgelegt habe, hoffe ich vor jeder Biegung sehnsüchtig, dass dieses sagenumwobene Machu Picchu endlich vor mir erscheint. Warum in aller Welt haben sich die Inkas bloß hier oben angesiedelt? Erschöpft lasse ich mich auf einem Stein nieder und nehme den Kopf zwischen die Hände. Ich kann nicht mehr und bräuchte Wasser.

Plötzlich höre ich oberhalb des Weges lautes Geschrei. Es ist Englisch, ich verstehe irgendwas von „Stopp" und „Dieb" und sehe, wie jemand im Affenzahn auf mich zu gerast kommt. Ich versuche aufzustehen, indem ich meinen Krückstock nach vorne in den Boden ramme, um mich daran hoch zu ziehen, als genau in diesem Moment, jemand über meine Astgabel segelt.

„Oh sorry", rufe ich ernsthaft bestürzt und sehe, wie sich ein etwa 10-jähriger Junge in zwölf Metern Entfernung wieder aufrappelt. Ängstlich schaut er mich mit schwarzen Knopfaugen an, scheint kurz etwas zu überlegen und spurtet dann im Höllentempo weiter den Berg hinab. Als ich mich noch über die komische Szene wundere, kommt jemand deutlich langsamer den Pfad hinunter gelaufen. Der dickliche, europäische Typ schwitzt, als habe er gerade einen Marathon hinter sich. Atemlos fragt er: "Did you see the guy with the handbag?"

Irritiert schaue ich ihn an. Den Jungen ja, aber was für eine Handtasche? Doch scheinbar gleichzeitig sehen wir etwas an einem Baumstamm liegen, was dort augenscheinlich nicht hingehört. Wir laufen hinunter und tatsächlich, dort liegt eine alte, rosafarbene Henkel-Handtasche, wie sie vielleicht in den 70igern modern gewesen war. Bedeutungsschwer nickt er mir zu und gratuliert zur vermeintlichen Mithilfe. Ich verstehe noch immer nur Bahnhof, während er umständlich das speckige Ding aus Kunstleder öffnet. Sichtlich enttäuscht schaut er mich an und holt eine Fünf-Dollar-Note heraus. Trotz weiteren Kramens und Schüttelns – mehr scheint da nicht drin zu sein. Interesse heuchelnd frage ich ihn, was eigentlich passiert wäre. Er erklärt mir, dass er sofort, als ihm der kleine Junge entgegen gerannt kam, bemerkt hatte, dass diese auffallend pinke Damenhandtasche nicht zu seinem jetzigen Besitzer gehören könne und war ihm hinterher gerannt. Er scheint zu erwarten, dass ich ihn nun in den höchsten Tönen für seine britische Spürnase loben werde, doch ich frage nur: „Do you have water?"

In großen Zügen trinke ich das beste lauwarme Wasser meines bisherigen Lebens. Er packt die Tasche in seinen Rucksack und gemeinsam laufen wir dem Gipfel entgegen. Gary aus Sheffield reist allein. Er erzählt mir von seiner Heimatstadt, seinem Job als Lehrer und seinem Lieblingsverein „Sheffield Wednesday". Er verwendet dabei ziemlich oft das Wort „Fuck" – nicht nur weil sein Club diese Saison gerade abgestiegen war.

Es gibt eigentlich nur noch wenige Situationen, die mich daran erinnern, dass ich in der DDR geboren wurde. Dies ist eine davon. Ich kann bis heute nicht verstehen, warum zwischen Engländern und Deutschen eine derartige Fußball-Feindschaft existiert. Auf fast all meinen Reisen nach dem Mauerfall hatte ich äußerst humorvolle Menschen von der Insel kennen gelernt und mich oft darüber geärgert, dass diese mir immer mit großer

Skepsis entgegen getreten waren. Über Generationen hatten sich Vorurteile und Klischees in den Köpfen beider Seiten zementiert. Doch schon längst beteilige auch ich mich an Diskussionen über das „Wembleytor" und erwähne gerne mal tragische Partien der englischen Fußballhistorie. Ich bin ein kleines Rädchen in diesem Getriebe geworden. Dennoch, ich mag den Typen sofort und erzähle ihm, dass ich 1995 einmal bei Everton gegen Sheffield gewesen war.

Die Zeit vergeht wie im Flug und so bemerke ich gar nicht, dass sich der Wald schon erheblich gelichtet hatte. Hinter uns öffnet sich eine grandiose Landschaft, mit einem Blick auf tiefe bewaldete Täler und vom Nebel umschlungene, mystische Berggipfel. Ich beginne die Inkas langsam zu verstehen – es ist ein Bild für Götter.

Wir erreichen eine fünf Meter hohe Mauer aus massiven, quaderförmigen Steinen. „Alles Scheiße, Scheppi", ruft uns jemand von oben zu. Als wir bei Matze angelangt sind, befinden wir uns auf einem Parkplatz mit vielen Imbiss- und Getränkeständen, zig Souvenirläden und fliegenden Händlern. Von Machu Picchu noch immer keine Spur, denn vor uns liegt ein wahrscheinlich letzter Anstieg, der uns den Blick auf die terrassenförmig angelegte Ruine mit seinem markanten Hügel versperrt. Das Ziel unserer Wanderung sollte doch die Magie des Augenblicks sein, wenn wir die verwunschene Inkastadt nach den Qualen zum ersten Mal erblicken. Doch es ist rein gar nichts zu sehen. Dafür beginnt es leicht zu tröpfeln.

Das erste gemeinsame Bier schmeckt trotzdem fantastisch. Wir trinken es gierig in einem Zug. „Ach so. Auf Tante Käthe", ruft Matze. Als Göte dazu stößt, lachen wir über sein fleckiges Gesicht. Außerdem blutet er aus beiden Nasenlöchern. „Schöne Scheißidee, Scheppert", meckert er. Allmählich öffnet der Himmel seine Schleusen und ein Straßenhändler braucht uns nicht lange zu bitten, dass wir ihm Regenjacken abkaufen. Die Dinger sehen zwar aus wie übergroße Müllbeutel, doch sie erfüllen ihren Zweck und kosten nur einen Dollar. Erst als Gary ein Foto von seinen deutschen Begleitern machen will, fällt uns auf, dass wir einen schwarzen, einen roten, und einen gelben Plastik-Müllsack erstanden haben. Wir stellen uns in der richtigen, schwarz-rot-goldenen Reihenfolge auf die Mauer, recken unser Bier in die Höhe und rufen „Auf Tante Käthe." Göte hat mittlerweile zwei Tempos in den Nasenlöchern. Gary drückt ab.

Ein Bild für Götter!

In diesem Moment geschehen viele Dinge gleichzeitig. Jenna kommt völlig durchnässt den Berg hoch gehechelt. Er ist kalkweiß und ruft kopfschüttelnd: „Was für eine Dreckskacke, Scheppert!" Dadurch bemerken wir gar nicht, dass hinter uns mehrere Menschen auf uns zustürmen. Es sind zwei peruanische Polizisten, ein kleiner Junge und eine etwa 60-jährige aufgebrezelte Dame. Natürlich ist allen sofort klar, dass sie gekommen sind, weil wir hier so herum krakeelen. Doch der Knirps zeigt, böse blickend, nur auf mich. Die Oma in dem geblümten Kostümchen rennt sofort auf mich zu und schreit: „Where ist the handbag?" Ich schiebe sie vorsichtig von mir weg, schaue in die dunklen Augen des kleinen Kerls und erkenne ihn. Es ist der Dieb, dem ich – wenn auch unabsichtlich – die Beine gestellt hatte. Trotzdem begreife ich gar nichts. Doch Gary hat das gute rosafarbene Stück bereits in der Hand und beginnt der aufgeregten Amerikanerin zu erklären, was geschehen war. Wutschnaubend hört sie ihm zu und erklärt dann ihre Version. Beim Hinunterfahren mit dem Bus von Machu Picchu gibt es ein vermeintlich lustiges Spiel zwischen Touristen und der heimischen Dorfjugend. In die alte Handtasche des jeweiligen Jungen werden 5 Dollar gepackt und wenn dieser zu Fuß – also rennend – eher im Tal ist, als der Bus, bekäme er zur Belohnung das Doppelte der Summe gezahlt. Meist ist es so, dass die kleinen Flitzer – ähnlich, wie bei der Hase und Igel Geschichte – immer dann, wenn die Serpentinenstraße den kleinen Dschungelweg kreuzt, schon da wären und kurz dem Bus zuwinkten, bevor sie weitersprinteten. Wir hätten also nicht nur den armen Kerl bestohlen, sondern auch eine Rentnertruppe aus den USA um ein einmaliges Vergnügen gebracht. Die beiden Polizisten starren uns bedrohlich an.

Vor ihnen steht ein leicht angetrunkener Engländer mit einer pinken Henkel-Handtasche im Arm, ein klitschnasser, hustend rauchender Jenna und drei weitere Deutsche in schwarz-rot-goldenen Müllsäcken, wovon einer zwei Papierpfropfen in der Nase hat. Letztendlich einigen wir uns nach 45 quälenden Minuten darauf, dass wir allen 10 Dollar geben. Dem Jungen als Entschädigung, der alten Dame für den Linienbus nach unten und den Bullen, damit sie nicht mehr so fies gucken.

Als wir das wichtigste Touristenziel Südamerikas und die weltweit bedeutendste Ruinenstadt der Inkas betreten, ist es schon sehr spät. Wir schlendern nur durch einen winzigen Teil der riesigen Anlage, bevoer wir schon wieder den Rückweg zum Ausgang antreten müssen.

Waren wir bescheuert oder was? Wegen zu späten Aufstehens und gewisser Unfitness, aber vor allem wegen einer abgewetzten Kunstleder-Handtasche war ich in meinem Leben bisher nur 30 Minuten im eigentlichen „Machu Picchu" – einem der sieben Weltwunder der Neuzeit – gewesen. In dieser kurzen Zeit hatten wir einem Engländer, namens Gary, jedoch etwas ganz Wichtiges beigebracht. Beim Absackerbier auf dem Parkplatz brüllt er fast akzentfrei: „Auf Tante Käthe!"

* * *

Die Meerschweinchen tragen in Peru lustige Hüte! Vor zwanzig Minuten hatte es in der Küche fürchterlich gequiekt und gerade beschwert sich Göte meckernd beim Kellner, dass bei seinem Cuy, wie die gegrillten Kuscheltiere hier genannt werden, die Karotten-Krone fehlt. Noch immer denke ich ein wenig pikiert an unseren wuscheligen Otto, mit dem Benny und ich früher so gerne gespielt hatten. Jenna verlangt nach der scharfen Soße. „Schmeckt ein bisschen wie Ratte", ruft Matze mit vollem Mund und nickt mir aufmunternd zu. „Mann, seid ihr ein paar Fleischnazis", antworte ich und steche zögerlich die Gabel in einen Schenkel.

Manchmal frage ich mich, ob wir hier überhaupt richtig sind und nicht eher auf einer spanischen Partyinsel unseren Urlaub verbringen sollten. Waren wir in Cusco, um das bedeutende UNESCO-Weltkulturerbe zu bestaunen – mit der mächtigen Kathedrale, den unzähligen Kirchen und Museen? Oder wollten wir hier niedliche Tiere futtern, unzählige Biere und Cocktails mit Eiklar hinterkippen und uns die Backen mit Kokablättern voll stopfen?

Ich glaube, wir fahren nach Südamerika, damit wir später ein gemeinsames Thema finden werden. Etwas, das uns verbindet, an alte Zeiten erinnert und uns vergegenwärtigt, dass wir einmal jung und unbekümmert waren.

Keine Ahnung, ob wir uns dann noch entsinnen werden, dass wir uns darüber unterhalten hatten, dass die Spanischen Eroberer die Stadt, welche die Inkas noch den „Nabel der Welt" nannten, einfach überrannt, niedergebrannt und überbaut hatten. Nur die gewaltigen Steine einer Mauer – welche Parallele zu einem anderen Land – des ehemaligen Inka-Palastes waren als Mahnmal einer besiegten Kultur übrig geblieben. Werden wir in Zukunft noch wissen, dass es in Cuscos Kathedrale ein Gemälde des Abendmahls gab, auf dem Jesus und seine Jünger Meerschwein essen? Wie das bunte Treiben auf der Plaza de Armas ausgesehen hatte, auf der Lamas frei herumlaufen? Oder unser Hostal, wo wir dem Stuttgarter Spacko, der davor überfallen worden war, ein Bier geborgt hatten? Ich weiß es nicht. Das gegrillte Vieh wird hängen bleiben, auch der große Beutel Kokablätter, den Jenna am Bahnhof ganz legal gekauft hatte und natürlich die Handtaschen-Story von Machu Picchu. Wir sammeln Geschichten und Momentaufnahmen.

Die bösen Blicke der Iberia-Stewardessen beim ständigen Bierordern. Den zwielichtigen Kerl in Lima, der jedem von uns unter einer schwach beleuchteten Brücke 80 Dollar abgeknöpft und einen kaffeebefleckten Schnipsel überreicht hatte, auf dem stand: „4 personas. Lima-Cusco. Alfonso." – unsere Inlandsflugtickets! Oder auch die Disko, in der Göte, einer süßen Chilenin die CD der Folklore-Band geschenkt und dafür nicht mal einen „feuchten Händedruck" bekommen hatte.

Ich schaue in die Runde und ahne, dass jeder meiner Freunde andere Anekdoten aufbewahren wird. Jenna meldet sich zu Wort: „Wisst ihr eigentlich, wann ihr gestern Abend gekommen seid?" Er spricht einfach weiter: „Matze kam gegen 2 Uhr, war total dicht und wollte mal so richtig einen trinken. Scheppi kam um 3 Uhr, war rund wie ein Buslenker und krönte sein Erscheinen mit einem Meerschwein-Furz. Göte kroch eine halbe Stunde später auf allen Vieren an. Er war besoffen, wie 'ne Kuh mit Rotz am Ärmel!" Wir grinsen unser Grinsen.

Das 1.-Klasse-Ticket nach Puno an den Titicaca-See ist zwar teuer, aber auf einen gewissen Luxus wollen wir im Urlaub nicht verzichten. Trotzdem klatschen wir uns erst ab, als wir sehen, was sich alles so in die Backpackerkategorie zwängt. Als uns der übel gelaunte Stuttgarter, der am Vorabend ein zweites Mal ausgenommen worden war, fragt: „Ihr habt wohl zu viel Geld?" und in das Hühnerstall-Abteil verschwindet, wissen wir, dass wir mal wieder alles richtig gemacht haben. „Hey, wir kriegen noch ein Bier von dir!", brüllt ihm Matze lachend hinterher.

Ein Zugbegleiter in Anzug und Fliege begrüßt uns mit einem kühlen Pisco Sour und begleitet uns zu den plüschigen Sesseln. Schon nach drei Kilometern fragen wir uns, wie sich das extreme Rütteln wohl in der Holzklasse anfühlen mag. Unser Wagon ist recht leer und so kommt der Kellner alle Naselang angeschwankt. Er trägt ein Tablett Kokatee vor sich her und ruft ununterbrochen „Té?, Té?, Té?", ins Abteil hinein. Wir lehnen dankend ab und fallen zurück in unsere Ohrensessel. Leider macht mich die vorbeiziehende Landschaft schläfrig, sodass ich wegnicke. Ein lautes Klirren lässt mich aufschrecken. „Cerveza? Cerveza? Cerveza?", ruft Matze krächzend. ‚Oh Mann, der säuft schon wieder!' „Na gut, gib eins her", sage ich augenrollend.

Der Zug macht auf einem Pass Halt und laut schreiende Kinder und Frauen, bieten ihre Waren durchs Fenster feil. Matze ordert sofort ein Inka-Bier, das aber eher wie Mais-Most schmeckt. Jenna hat bereits zwei gefüllte Tamales in der Hand, während sich Göte, in meinen Augen zu lange, mit einem Poncho beschäftigt. Ich kaufe mir nur Chiclets (Kaugummis) und schaue dem älteren amerikanischen Ehepaar im Fenster nebenan dabei zu, wie es Bonbons an die Dorfjugend verteilt.

Nach mehreren Stopps mit reichhaltigem Lamapullover- und Speiseangebot, einer fröhlich durch den Zug ziehenden Folkloretruppe, die ihre Panflöten-CD bei den Amis und Göte loswerden, unzähligen Fragen, ob wir „Té?" wünschen, einem mächtigen Gewitter über schneebedeckten Bergen, einem Dinner mit schneeweißer Tischdecke und einigen nicht abgelehnten „Cervezas", erreichen wir nach 10-stündigem Dauer-Schütteln das Reiseziel Puno.

Wir werden sofort von unzähligen Schleppern bedrängt, in ihr, im Lonely Planet empfohlenes, Hotel zu kommen und folgen einem weniger unseriös aussehenden Kerl. Das versprochene erstklassige Gästehaus befindet sich in einer drittklassigen Gegend und ist eine abgehalfterte Bruchbude. Wir melden uns mit Major Göte, Oberst Scheppert, Leutnant Jenna und (Sondermeldung!) Marschall Meisner an. Alle sind von der Höhe geplättet und wollen nur noch schnell etwas essen.

Innerhalb von fünf Minuten schaffen wir es, in einer noch räudigeren Ecke der Stadt zu landen. Einige finstere Gestalten schauen uns hinterher, als ob sie uns gleich totschlagen wollen. Doch Jenna meint sich erinnern zu können, dass er gegenüber von unserem Hotel das Schild einer Pizzeria gesehen hätte. Wir kehren um.

Dem sicheren Tod entronnen, betreten wir erleichtert das italienische Restaurant. Durch einen langen Gang, der mit schwarzen Stockflecken übersät ist, erreichen wir so etwas wie einen Speisesaal. In der fensterlosen Höhle klebt keine Tapete und kein

Tropfen Farbe an den grauen Betonwänden. Es stehen genau zwei Tische und fünf wackelige Stühle darin. Unzählige Fliegen kreisen um eine nur schwach leuchtende Glühbirne, die einsam an einem wirren Kabelstrang baumelt. Gerade als wir den absurden Kerker schleunigst wieder verlassen wollen, kommt uns ein etwa zwanzigjähriger Typ entgegen gerannt. Er grinst über beide Ohren und fragt höflich, was wir zu trinken wünschen. Wir schauen uns an und ich sehe in den Augen der anderen überall die deutliche Antwort: „Nichts!"

Fast synchron antworten wir: „Cerveza!" Nun endgültig verzückt, macht der Typ kehrt, rennt hinaus und kommt nach fünf Minuten mit vier großen Bieren in einer Plastiktüte zurück. Darauf steht „Mercado Bellavista". Wir lachen in Puno zum ersten Mal herzhaft und bitten ihn zu uns an den Tisch. Er ist ein goldiger Kerl, der sich herzerwärmend freut, dass sich Touristen hierher verirrt haben. Der kleine Mann mit den pechschwarzen Haaren erklärt uns, dass auch er Deutscher sei, auch wenn er unsere Sprache nicht beherrsche. Seine Augen beginnen zu leuchten und Grübchen erscheinen auf den Wangen, als er uns seinen Namen verrät: Billchen Friedrich.

Nachdem wir ihn zwei weitere Male zum Supermarkt geschickt hatten, glauben wir ihm, auch ohne dass er uns ständig mit seiner ID-Karte vor der Nase herumwedeln muss, dass er einer von uns ist. Er lächelt und beginnt stolz zu berichten, dass er in einer Sportbar fast jedes Spiel der letzten EM gesehen hätte. Wir wollen das Thema nicht sonderlich vertiefen, da uns die Schmach gegen England und Portugals B-Elf verloren zu haben, noch immer schwer im Magen liegt. Mit Erich Ribbeck als Coach hatte unser Team das schlechteste Turnier aller Zeiten gespielt. Ein absoluter Tiefpunkt des deutschen Fußballs wurde erreicht. Die Nationalmannschaft war zudem extrem unsympathisch rübergekommen.

Ich rufe „18", unsere neue Art, das Pinkeln anzukündigen. Doch niemand antwortet „20" und kommt mit. Alle rufen „Passe!" Im fensterlosen Kabuff stelle ich angewidert fest, dass ich mich wahrscheinlich im keimigsten Klo Perus befinde. Nicht nur, dass etliche Würste auf eine Spülung warten, auch die Ränder der Schüssel sind komplett eingesaut und einiges liegt sogar daneben. Schwarzes Ungeziefer wühlt eifrig in den stinkenden Haufen. Ich muss fast kotzen. Da ich mich nirgendwo hinstellen kann, ohne dass meine Schuhe danach tagelang nach den

Hinterlassenschaften stinken würden, renne ich hinüber in unser – nun regelrecht nobel wirkendes – Hotel.

„Seid ihr bescheuert oder was?", brülle ich die anderen an. Ich kann es nicht fassen. Sie haben bei Friedrich eine Pizza bestellt. Auch für mich. „Wart ihr hier schon mal auf dem Scheißhaus?", frage ich entsetzt. Doch Billchen ist schon unterwegs. Jenna überzeugt mich, dass die italienische Teigware ja nicht so schlecht sein kann, wenn unser Gastgeber dafür extra frische Zutaten im Supermarkt besorgt. Falsch gedacht! Was der Koch nach 50 Minuten serviert, ist ein fester Klumpen, der bitterlich nach Hefe schmeckt. Ein Belag ist nicht mehr zu erkennen, da er kohlrabenschwarz verbrannt ist. Wir schauen uns an und wissen, dass wir gerade das mit Abstand ekligste pizzaähnliche Ding unseres Lebens vorgesetzt bekommen haben. Billchen blinzelt uns mit erwartungsvollen Augen an und fragt schüchtern auf Deutsch: „Vier Bier?" Das hatten wir ihm längst beigebracht. Wir nicken und als er weg ist, beraten wir, was wir dem freundlichsten deutschen Koch in Peru als Erinnerung schenken könnten. Scheinbar gleichzeitig schauen wir auf Götes Brust. Er trägt sein blau-weißes Hertha-Shirt. Seit der letzten Saison hat er sogar eine Dauerkarte und mehrere Trikots von denen im Schrank. Er schüttelt den Kopf. „Nee Kumpels." „Doch!", antworten wir im Chor.

Tränen der Rührung kullern über seine Wangen, als ihm der oberkörperfreie Göte unser Präsent überreicht. Er umarmt uns minutenlang. Pizzabäcker Billchen Friedrich ist jetzt Hertha-Fan. Am nächsten Morgen verlassen wir Peru.

*　*　*

Kurz vor der Grenze pfeffert Jenna den Sack mit den Kokablättern aus dem Busfenster. Wir hatten herausgefunden, dass man die Dinger zunächst kauen und dann, zusammen mit einem Kalkstein, in der Backe parken musste, um die Sauerstoffaufnahme zu verbessern. Besonders Jenna kaute, parkte und vertrug die Höhe trotzdem nicht. Vielleicht war es ganz gut, ohne das Zeug einzureisen, denn böse dreinschauende peruanische Grenzer filzen uns akribisch. Auf der anderen Seite begrüßen uns freundliche bolivianische Wachsoldaten und machen deutlich weniger Stress. In einem Collectivo fahren wir weiter und stellen bereits auf den ersten Kilometern fest, dass dieses Land wesentlich beschaulicher zu sein scheint. Es sind kaum Autos unterwegs und nur wenige Häuser säumen den Straßenrand. Unser Gefährt tuckert gemächlich durch den nördlichen Rand des fast baumlosen Altiplano entlang des Titicacasees. Mit uns sitzen zwei ältere Frauen im Wagen, die 14 Röcke übereinander zu tragen scheinen. Nach zwanzig Kilometern haben wir die erste Reifenpanne und können zwei Dinge beobachten. Zum einen raucht der Fahrer bei sengender Hitze erstmal entspannt eine Zigarette, bevor er sich behäbig dem zerschossenen Rad widmet und zum anderen ist das hier ein wunderschönes Plätzchen Erde. Azurblauer Himmel, saphirblaues Wasser und die rotgelbe Erde verschmelzen zu einem wahren Kunstwerk. Zwei einsame Personen laufen wie Marsmenschen durch die karge Landschaft. Der eine ruft aus der Ferne: „Mann, ist das scheiße heiß hier", und der andere: „Haben wir eigentlich noch Bier?" Nach dreißig Minuten geht es weiter.

Wir erreichen Copacabana und staunen ein nächstes Mal. Hier fehlt etwas. Keine Horde von Schleppern begleitet unseren Bus auf seinen letzten Metern. Genau genommen gibt es lediglich eine einzige, auffallend hässliche Person, die uns eine Unterkunft aufschwatzen will. Der dürre, europäische Typ sieht aus wie ein Abbild von Tingeltangel Bob aus den Simpsons. Er hat ein schmales Gesicht, eine spitze Nase, wirre Augen und vor allem rötliche Rastahaare, die unmöglich zu allen Seiten abstehen. Als der Kerl den Mund aufmacht und in schrägem Englisch, mit französischem Akzent, fragt, ob wir uns sein Hostel anschauen wollen, läuten bei mir die Alarmglocken.

Ich kann Franzosen nicht leiden. Nein, es liegt nicht daran, dass sie die letzte Fußball-WM und nun auch noch die Euro 2000 gewonnen haben. Doch auch! Es sind vor allem die Menschen, die mir auf den Sender gehen. Bei meiner ersten und zugleich letzten Reise ins Land von Napoleon und Zidane waren es die unverschämtesten, unfreundlichsten und überheblichsten Zeitgenossen gewesen, die mir bis dato über den Weg gelaufen waren. Sie hatten mich nicht verstehen wollen, waren nie bei der Suche nach dem Weg behilflich gewesen und hatten es vor allem rigoros abgelehnt, eine andere Sprache zu sprechen. Arrogante Schnösel ist gar kein Ausdruck. Und auch auf den Reisen durch Südamerika zeichnen sie sich, im Gegensatz zu den meist freundlichen Schweizern, Italienern, Amerikanern, Nordeuropäern und sogar den Engländern oft dadurch aus, dass sie mit keinem anderen Volksstamm sprechen wollen – oder können.

Ich sage zu Göte: „Ich hab echt keinen Bock auf so eine Backpackerscheiße bei dem Franzmann" und Jenna, der sich gerade nach einem Kokablätter-Verkaufsstand erkundigt, ruft: „Nee, bloß nicht bei dem schwulen Froschfresser." Urplötzlich macht sich Tingeltangel Bob gerade. Ich sehe, wie seine Augen mit mörderischer Intensität zu funkeln beginnen. Er kommt auf mich zu, stellt sich vor mir auf und brüllt: „Das iis gaine Bagpagerscheeisse!"

Mist, Bob kann Deutsch! Laut fluchend beginnt er uns in deutsch-französischem Slang zu beschimpfen, was wir ungebildeten Deutschen eigentlich hier im Wallfahrtsort zu suchen hätten. Matze versucht zu vermitteln, doch der Typ ist kaum zu bändigen. Nicht nur wegen der langen Anreise, der Höhe und der prallen Sonneneinstrahlung haben wir alle keine Lust auf Diskussionen. Wir schnappen unsere Rucksäcke und gehen, ohne auf seine Frechheiten zu reagieren, einfach die Straße hinunter Richtung Ufer. Freundlich lächelnde Bolivianer winken uns in ein liebevoll eingerichtetes Hotel mit Blick auf den See. Im Kühlschrank neben der Rezeption sind die unteren Lagen mit Bier gefüllt. Jenna öffnet das Ding, greift sich eine Flasche und sagt: „Was für ein beschissener Froschfresser." Matze, Göte und ich antworten im Chor: „Das iis gaine Bagpagerscheeisse". Wir lachen in Copacabana zum ersten Mal. Tränen!

Am nächsten Tag schippern wir auf die berühmte Isla del Sol. Dass die legendäre Insel, auf der die Inkas, der Überlieferung nach, erschaffen worden sind, übersetzt Sonneninsel heißt, merke ich bereits an Bord unseres kleinen Schiffes. Trotz Basecap und Schattenplätzchen verglühe ich fast. Auf dem Eiland selbst ist es, ohne eine Brise, unerträglich heiß, sodass wir uns nur etwa fünf Minuten die erdbraunen Schweine und verfallene Ruinen anschauen, bevor wir in der Hafenkneipe bei Bier und Skat auf die Rückfahrt warten. Auf dem Boot treffen wir einen alten Bekannten. Wieder einmal ganz allein kauert der Stuttgarter, den wir schon in Cusco getroffen hatten, auf einer der Holzpritschen. Mit knallrotem Kopf unter den strohblonden Haaren schaut er mürrisch auf den ozeangroßen See. Eigentlich müsste man ihn fragen, ob er sich zu uns setzen will, doch das geht leider nicht.

Ich kann Stuttgarter nicht leiden. Nein, es liegt nicht daran, dass sie komisch sprechende VfB-Spieler wie Buchwald und Klinsmann hatten. Doch auch! Es sind vor allem die Menschen, die mir auf den Keks gehen. Bei meiner ersten und zugleich letzten Reise in die Hauptstadt Baden-Württembergs waren es die ungehobeltsten und unsympathischsten Zeitgenossen gewesen, die mir bis dahin über den Weg gelaufen waren. Niemand hatte mich verstanden, keiner war bei Fragen behilflich und vor allem hatten sie es stets vermieden, eine andere Sprache außer Schwäbisch zu labern. Und auch auf ihren Fahrten durch diesen Kontinent zeichnen sie sich im Gegensatz, zu den meist freundlichen Bayern, Rheinländern, Thüringern, Norddeutschen und sogar den Sachsen oftmals dadurch aus, dass sie mit niemandem reden wollen – oder können.

Göte schaut mich grinsend von der Seite an und fragt: „Na, willst du deinem Toastbrot nicht ein bisschen Gesellschaft leisten?" Mit böse funkelnden Augen schaue ich ihn an. „Toastbrot" wird in meinem kompletten Freundeskreis diese Technofotze mit dem vierkantigen Gesicht aus Stuttgart genannt, der mir vor Jahren Jeannet ausgespannt hatte. „Bist du bescheuert oder was", fauche ich ihn an.

Das Boot legt pünktlich ab und entspannt genießen wir die Blautöne des Himmels und des Titicacasees, der aufgrund seiner Form, von den scheinbar farbenblinden Aymaras, „grauer Puma" genannt wurde. Obwohl die Fahrt nicht sonderlich weit ist, bleiben wir auf der Hälfte der Strecke stehen. Wir schauen uns fragend an, denn uns klingt allen noch immer die Story des Bremerhavener Pärchens in den Ohren. Die hatten berichtet, dass auch sie mit einem Motorschaden auf dem riesigen Binnensee liegen geblieben waren. Bei schlechtem Wetter und immer größer werdenden Wellen waren sie mehrere Stunden umhergetrieben. Die unter den Passagieren allmählich einsetzende Panik wurde durch die hereinbrechende Dunkelheit und besonders durch den im Führerhaus weinenden Kapitän ins Unermessliche gesteigert. Nach zehn Minuten stehe ich beunruhigt auf und schaue nach, was das Problem ist. „Das Stuttgarter Backpfeifengesicht hat sich eingeschifft und flennt mal wieder", erzähle ich Göte bei meiner Rückkehr, obwohl das nicht stimmt. „Das iis gaine Bagpagerscheeisse", antwortet er meckernd mit seinem neuen Lieblingssatz. Unbeschadet erreichen wir das sichere Festland.

Im Reiseführer hatten wir gelesen, dass es eine coole Kneipe geben soll, die von einem Deutschen geführt wird. Obwohl wir lieber mit Einheimischen herumhängen, klang der Tipp ganz viel versprechend. Als wir die kerzenbeleuchtete Bar betreten, trifft uns fast der Schlag. Der Raum quillt über vor billigem Kitsch. Überall hängen Webarbeiten mit Tiermustern an den Wänden, hölzerne Schamanen und Voodoopuppen, aber auch christliche Figuren stehen in den Regalen. An langen Stangen hängen talismanartige Gebilde. Außerdem riecht es in der dunklen Höhle nach verbranntem Essen, Marihuana und Räucherstäbchen. In der Heimat wäre das nicht unser Laden, aber in der Ferne interessieren wir uns immer besonders für Fremdes und Geheimnisvolles. Wir sind hier um ein Vielfaches offener. Etwas Neues zu erleben, hat höchste Priorität. Da gibt es noch diese unbändige Abenteuerlust, ein Gefühl, das wir im drögen Alltag in Berlin allmählich verlieren.

Der deutsche Besitzer ist genau so freakig wie die Inneneinrichtung und komplett zugedröhnt. Die Haare fallen ihm zottelig ins Gesicht und das schummrige Licht verstärkt seine ungesunde Gesichtsfarbe. Obwohl er uns gleich den feucht im Mundwinkel hängenden Joint anbietet, entscheiden wir uns für Bier. Harry schiebt sich einen Stuhl zu uns heran und beginnt zu erzählen. Von seiner angeblich so unglaublichen Auswanderer-Geschichte, von den ihm zu Füßen liegenden Damen, von ausschweifenden Fiestas zur Osterwoche und vor allem von gebratenen Enten, die man mit einem Eimer voller Bier in Cochabamba unbedingt essen müsse.

Am Gähnen der anderen sehe ich, wie sie das Gesülze finden und als der dichte Typ zum fünften Mal mit dieser unsäglichen Geflügelmahlzeit anfängt, sagt Göte: „Kommt, lasst uns abzwitschern und Skat kloppen." Doch Old Harry will uns noch nicht gehen lassen und schüttelt seinen letzten Trumpf aus dem Ärmel: „Schaut ihr eigentlich Fußball?" Wir glotzen ihn mit großen Augen an. „Bei mir nebenan gucken nämlich schon zwei Leute." Wir folgen ihm, ohne zu fragen, welches Spiel überhaupt läuft, vor die Tür. Draußen ist es mittlerweile stockdunkel, fürchterlich kalt und geradezu unheimlich still. Doch plötzlich hören wir, zwei Häuser weiter, hinter einer hölzernen Tür, ein markdurchdringendes Gebrüll. Wir brauchen ein paar Sekunden, um es zu deuten. Es ist ein Schrei der Erlösung, der grenzenlosen Erleichterung, ein Orgasmus ohne Sex: es ist ein Torjubelschrei.

Harry öffnet die Tür und wir haben einen Blick auf den überraschend großen Fernsehapparat und die Couch mit den zwei Typen. Mir kommt augenblicklich ein französisches Wort in den Sinn: Déjà-vu. Schon einmal gesehen, oder erlebt!

Es läuft das Video vom Endspiel der letzten EM. In einer Wiederholung zeigen sie gerade, wie Wiltord in der Nachspielzeit zum 1 : 1 für die Franzosen gegen Italien trifft. Auf dem verschlissenen Sofa sitzen der pausbäckig grinsende Stuttgarter und ein noch immer jubelnder Tingeltangel Bob.

Wir hatten über die beiden geschimpft, gelästert und gehetzt. Wir hatten sie links liegengelassen und waren unseren Vorurteilen gefolgt. Doch in diesem Augenblick, das sehen wir in ihren leuchtenden Augen, haben sie den Sieg über uns davon getragen. Ernüchtert machen wir kehrt. „Das dumme Freibiergesicht schuldet uns noch ein Bier", faselt Matze, doch er kann uns damit nicht mehr erheitern. „Allez le bleu", schallt es uns hinterher. Im Video wird Frankreich in wenigen Minuten nochmals Europameister. Mir kommt ein Zitat von Jürgen Klinsmann in den Sinn: „Gefühle, wo man schwer beschreiben kann."

*　*　*

Am Busbahnhof lasse ich mir ein letztes Mal die Docs wienern. Göte sitzt auf einem hohen Stuhl nebenan und ein älterer Mann rubbelt, während er Zeitung liest, an seinen Adidas herum. La Paz ist eine Schuhputzerstadt, denn an jeder zweiten Ecke werden wir darauf hingewiesen, dass es mal wieder Zeit für eine Politur wäre. Es ist eher eine freundliche Geste, denn so landen wenigstens ein paar Bolivianos bei denen, die es nötig haben. „Eh Scheppert. 4 : 1 gegen Spanien", ruft mir Göte zu. „Zweimal Scholl und zweimal Zickler." Es ist das erste deutsche Match unter Rudi Völler und ich bin überrascht, dass europäische Freundschaftsspiele hier in der Zeitung stehen. „Das ist unsere Tante Käthe!", rufe ich rüber. Göte nickt.

Wir werden La Paz nach nur zwei Tagen wieder verlassen. Obwohl uns die Stadt sehr gut gefällt, haben wir immer noch Probleme mit der Höhe. Besonders Jenna fühlt sich schlecht. Er schläft kaum, raucht nur noch eine Schachtel rote Marlboro am Tag und trinkt in meinen Augen auch eindeutig zu wenig Bier. Mit dem Nachtbus wollen wir auf Meereshöhe nach Chile hinunterfahren.

An der Grenzstation erwarten uns übellaunige Zöllner, die besonders die Bolivianer peinlich genau kontrollieren. Ich gehe spontan zu einem besonders dreisten Typen und frage, ob ich ein Foto mit ihm vor der chilenischen Fahne machen kann. „Por qué no?" (Warum nicht?), antwortet er überraschend freundlich. Wir nehmen Aufstellung und ich drücke Matze meine Kamera in die Hand. Ich trage meine schwarze Fliegerjacke, enge Bluejeans und die leuchtend polierten Docs – er seine Uniform. Arm in Arm strahlen wir um die Wette in die Linse. Plötzlich geht alles ganz schnell mit den Formalitäten. Der Grenzer verteilt lächelnd die Pässe und begrüßt jeden einzelnen Passagier mit einem herzlichen: „Bienvenido a Chile" (Willkommen in Chile). Ein guter Start.

Die Fahrt auf der Serpentinenstraße von 4000 Metern Höhe auf Null ist die rasanteste meines Lebens. Der Druck auf unsere Ohren nimmt stetig zu und sogar die Bierdosen dellen sich nach innen. Wenngleich über uns ein sternenklarer Himmel leuchtet, sehen wir am Horizont, über schneebedeckten Bergkämmen ein spektakuläres Gewitter. Grelle Blitze zucken dort alle zwanzig Sekunden herab. Am Straßenrand schauen Vicunjas ängstlich, Lamas neugierig und Schafe dämlich ins Scheinwerferlicht. Ein Fernseher läuft lautstark im Inneren, doch wir drücken uns die Nasen an den Scheiben platt. Was für eine Landschaft, was für ein Naturschauspiel! Müde erreichen wir Arica.

Jenna zündet sich bereits seine achte Kippe an und grinst erleichtert. Die Hafenstadt ist keine architektonische Schönheit, doch es gibt eine belebte Fußgängerzone, große Burgerläden, Kneipen, die Fassbier servieren, und vor allem eine salzig schmeckende Luft, die uns tief durchatmen lässt. So schön wie Peru und Bolivien auch gewesen waren, wir hatten immer das beschämende Gefühl gehabt, eine Art „Armutstourismus" zu betreiben. Hinsehen, betroffen sein und wegschauen. Vielen Menschen ging es dort sichtlich dreckig und wir fuhren erster Klasse durch die Gegend und tranken Unmengen Alkohol. In der hiesigen Kneipe, mit den grünen Stühlen und Schirmen vor der Tür, ist das weniger anstandslos. Nach unserem ersten Schop (Zapfbier) im „Grünen" beschließen wir: das ist unsere Stadt.

Es gibt hier sogar große Supermärkte, in denen sie uns auf dem Heimweg einen Bierkasten und zwei Pappen Rotwein verkaufen. Im Patio machen wir es uns gemütlich und öffnen die „Cristal" mit lautem Zischen. „Eh, da ist ja ein Hund auf dem Dach!", ruft Matze. „Un perro en la dacha?" (ein Hund in der Datsche), fragt Göte falsch nach, doch Matze klettert bereits über einen Baum auf das Gebäude. „Das ist ja geil, kommt mal hoch!" Ich folge und gebe ihm Recht. Von oben hat man einen herrlichen Blick auf die von der Abendsonne beleuchteten Gärten. Die dahinter liegende Stadt, scheint im Blau des Pazifiks zu versinken. Der Köter ist weg. Nach und nach ziehen wir Göte, Jenna, vier Stühle und die Kiste Bier hoch. Schweigend genießen wir das Panoramabild.

„18", brüllt Göte irgendwann, „20", antwortet Matze. Ich rufe „Zwo" und auch Jenna muss mal und sagt „23". Wir verlassen das Dach zum Pinkeln nicht. Wenig später fragt „Hausmeister Krause", der Besitzer der Residencial, ob er auch ein paar Bilder von uns machen dürfe. Diese könne er in seinen Prospekt aufnehmen und dort als Sonnenterrasse verkaufen.

Wir seilen uns mit breitem Grinsen ab und mit Jenna wanke ich zum Spätverkauf. Er ist schon ziemlich blau und braucht Kippen. Als wir zurückkommen, sitzen Göte und Matze vor einem noch mühsam lodernden Feuer. „Wie seht ihr denn aus?", frage ich höhnisch. „Mann, hier sind Dantas aufgeschlagen!", flüstert der herausgeputzte Göte aufgeregt. „Und was für welche!", ergänzt ein stark parfümierter Matze beschwörend. Genau in diesem Moment treten zwei Mädchen aus dem Rassedantas-Katalog durch die Tür ihres Zimmers und fragen schüchtern, ob sie sich dazusetzen können. Hatten wir soeben noch wie Hotten vom Dach gepullert, sehe ich plötzlich nur noch zuvorkommende Gentleman. Göte zerrt zwei Stühle in den Kreis und Matze besorgt Rotweingläser. Das wird interessant! Die beiden muss man sich nicht hübsch saufen. Mimi ist bildschön mit dunklen Augen, langen schwarzen Haaren, feinen Gesichtszügen und einem selbstsicheren Lächeln. Jana das Gegenstück in blond.

Wir kommen gut ins Gespräch und ahnen ohne viele Worte, dass sie sich wohl eher uns schön trinken müssen. Matze reagiert und schenkt aus der Weinpappe nach. Obwohl wir gleich zu Beginn geprahlt hatten, dass wir aus Berlin kommen, erfahren wir zunächst nur, dass sie in Freiburg studieren und vernachlässigen das Thema. Matze stellt geschickt die „Freund-Frage" und als beide verneinen, sehe ich sein berühmtes Charmeurlächeln. Auch Göte greift jetzt an. Die beiden sind immer noch Singles. Ich halte mich zurück, da ich mich in der Heimat schwer in Sylvie verliebt habe. War sie zunächst nur meine allerbeste Freundin gewesen, hatte es plötzlich Klick gemacht. Sie wäre in jeder Beziehung die Richtige für mich und momentan sieht es fast so aus, als ob ich bei der kleinen Pfälzerin eine realistische Chance habe. Sie will sich während dieser Reise von ihrem Freund trennen. Jenna, der immer betrunkener wird, wohnt verliebt mit seiner süßen Danny zusammen.

Göte fragt, ob sie Fußball mögen. Mimi und Jana berichten stolz, dass sie VfB-Fans sind, auch, weil sie ja ursprünglich aus Stuttgart kommen. Okay, denke ich beruhigt, für mich hat sich das jetzt eh erledigt. Doch Göte lässt nicht locker. „Kennt ihr einen Typen namens Toastbrot?", fragt er zynisch. Wenngleich sie natürlich verneinen und ich protestiere, beginnen die anderen lang und breit zu erzählen, dass mir dieses Stuttgarter Arschgesicht vor Jahren meine Freundin ausgespannt hatte. „Na, das hat ja auch was Gutes", mische ich mich trotzig ein. „Ich habe jetzt immer einen Platz im Bett frei." Matzes und Götes Augen funkeln, doch Jana antwortet herzlich „Gerne, ich war sowieso erst einmal mit meinem Ex, dem Idiot, zur Loveparade in Berlin." Göte schwärmt nun von Pankow, Matze von Prenzlauer Berg und ich rühme Friedrichshain als idealen Schlafplatz. Jenna ist dicht.

Sie weiß nicht mehr, wo sie damals gewesen war und beschreibt eine gewöhnliche Wohnung – Berliner Hinterhausromantik. Ich stecke mir eine Zigarette an und lausche abwesend den Gesprächen.

Plötzlich habe ich eine Vermutung. Ich beuge mich zu Jana hinüber und frage: „Wie heißt denn dein Ex-Freund eigentlich?" Mit einem Mal sind alle ganz still. Nur das Klicken von Jennas Feuerzeug und das Knacken der Scheite, ist noch zu hören. Sie schaut mich sehr lange an. Ihre Gesichtszüge verändern sich. „Ach die Jeannet!", platzt es plötzlich aus ihr heraus. Ich falle samt Stuhl nach hinten ins Gebüsch.

In Chile, tausende Kilometer entfernt von der Heimat, treffe ich die Ex-Freundin meines Erzfeindes Toastbrot aus Stuttgart. Es stellt sich heraus, dass sie zur Loveparade 1996, während ich allein auf Reisen gewesen war, sogar in meiner Wohnung in Berlin übernachtet hatten. Selbst Jana schien damals nicht bemerkt zu haben, dass es in dieser Zeit zwischen Jeannet und ihrem Freund gefunkt hatte. Als ich nach sieben Wochen aus Chile zurückkam, war schon alles zu spät. Jeannet wollte das Westschwein und umgekehrt. Jana war es ähnlich ergangen, nur, dass Jeannet die Ostschlampe gewesen war. Wir waren für lange Zeit die traurigsten Menschen auf dem Planeten gewesen. Gleichzeitig stehen wir auf und nehmen uns in die Arme. Göte und Matze beginnen leise zu applaudieren. Mimi wischt sich ein Tränchen aus den Augenwinkeln und flüstert: „Ach die Jeannet!"

*   *   *

Wir kommen gehörig ins Schwitzen auf unserem Weg zum Wahrzeichen Aricas. Mimi und Jana hatten sich unserer Expedition auf den „Morro" angeschlossen und wir hecheln den Schönheiten jetzt hinterher. Obwohl wir uns zuvor fast ununterbrochen auf über 3 000 Metern aufgehalten hatten, schlaucht der Aufstieg auf den kleinen Felsen gehörig. Hier hatten die Chilenen im Salpeterkrieg, die bis dahin von Peruanern gehaltene Festung erobert und beschlossen, dass ihr Land jetzt etwas größer wird. Arica und Umgebung wurden chilenisch. Um dies ihrem Nachbarn jederzeit deutlich zu zeigen, gibt es auf dem Hügel ein Denkmal, eine große Jesusstatue und vor allem eine volleyballfeldgroße chilenische Staatsflagge.

Wir stellen uns abwechselnd mit den schwäbischen Mädels zum Fotoshooting auf, als Beweis, dass wir den Berg und die Tanten erobert haben. Die beiden schauen eher skeptisch, verabreden sich aber mit uns für den heutigen Abend. Stark unterhopft rennen wir hinab ins „Grüne". Auch wenn wir ursprünglich vorhatten, an einen der Strände zu fahren, versumpfen wir dort. Klar schmeckt das Bier aus Halblitergläsern schon wieder, aber es hat auch einen anderen Grund.

Am Nachmittag laufen zwei dunkelhaarige Frauen und ein deutlich älterer Kerl vor der Kneipe entlang. Wir müssen zweimal hinschauen und können es dennoch nicht glauben. Der Typ hat fettige halblange, dunkelblonde Haare, einen ungepflegten Vollbart und trägt eine schwarze Sonnenbrille. Das Besondere an ihm: er läuft in Badelatschen, karierten Shorts und vor allem in einem blauen Bademantel durch die Fußgängerzone. Big Lebowski lebt in Chile! Wir winken ihn heran. Ohne Eile kommt er herübergeschlappt, setzt sich und sagt: „Was geht ab?"

Der Dude kommt aus Frankfurt und wohnt, mit ständig wechselnden Begleiterinnen, in Arica. Alle drei Monate muss er nach Peru, um sein Visum zu erneuern. Er ist ein weiser Mann, denn während wir ununterbrochen nach Bier rufen, ordert er lediglich Cola. Eine der beiden Chicas trinkt etwa die Hälfte seines Glases aus und die andere kippt Rum, aus einer Flasche in ihrer Handtasche, ins Glas. Ehrfürchtig fallen wir vor ihm auf die Knie. Er breitet entschuldigend die Arme auseinander und lächelt.

Schnell quatschen wir alle wild durcheinander, erzählen wo wir gewesen waren, was wir vorhaben und wo wir ursprünglich herkommen. Lebowski redet eher selten. Erst als Matze seinen

Geburtsort nennt, sagt er: „In Rostock war ich auch schon mal." Matze ist stolz, schwärmt vom Ostseestrand, coolen Kneipen und Fischbrötchen in Warnemünde. Nach fünf Minuten rührt sich der Dude wieder: „1992 mit der Eintracht." Wir wechseln das Thema, reden über Fußball, die beschissene letzte EM und über unsere unterschiedlichen Beziehungen zu den Hauptstadtclubs. Zusammen gehen wir gelegentlich zum Eishockey, was Göte den verdutzten Chileninnen mit „Hockey de helado" (Hockey aus Speiseeis) zu erklären versucht. Nach zehn Minuten meldet sich der Frankfurter zurück: „Da haben sie uns damals um die Meisterschaft beschissen." Plötzlich erinnern wir uns wieder an das tragische Spiel im Ostseestadion, mit der Niederlage des Titelanwärters. „Und dann haben sie mir alle Reifen zerstochen", sagt der Dude und deutet mit dem Zeigefinger in Richtung Glas, welches jetzt wieder mit Rum betankt werden soll. „Bekackte Geschichte", murmelt unser neuer Freund behäbig. Wir bestellen ihm eine neue Cola.

Es wird einer unserer berüchtigten Südamerika-Tage. Ganz in der Nähe gibt es traumhafte Strände mit tosenden Surferwellen und nur 160 Kilometer weiter nördlich liegt ein Nationalpark mit Vulkangipfeln, heißen Quellen und türkisfarbenen Seen, in denen rosafarbene Flamingos auf einem Bein stehen. Selbst sehenswerte archäologische Stätten soll es dort geben. Laut Reiseführer.

Ich schaue in die Runde meiner gackernden Jungs. Jede Aktion und Bemerkung wird mittlerweile kommentiert und für Außenstehende muss es so klingen, als machen wir uns rund um die Uhr gegenseitig fertig. Dabei haben wir gerade den Höhepunkt unserer Freundschaft erreicht. Ich fühle mich sauwohl.

„Kommt ihr nachher mit in die Disko?", fragt der Dude, als er sich verabschiedet. Er erklärt uns den Weg und kurz nachdem er von dannen watschelt, gehen auch Göte und Matze. Sie müssten ja noch Mimi und Jana Bescheid geben und sich „hübsch" machen. „Schwuchteln!", ruft Jenna, als sie hinter der nächsten Ecke verschwunden sind und zeigt der Kellnerin zwei Finger.

Eine Frau vom Nachbartisch kommt herüber und sagt: „Hey Jungs, wir verstehen Deutsch." „Hmmh, okay.", stottere ich. „Sagt mal, müsst ihr eigentlich zusammen in den Urlaub fahren?", fragt sie. Jenna reagiert trocken: „Ja leider! Wollt ihr euch mit dazusetzen?" „Warum nicht", antwortet sie und winkt ihre Freundin heran. Anja und Carmen kommen aus Kiel und saufen sich in einem unglaublichen Tempo durch die Cocktailkarte. Sie sind zwar ein bisschen zu alt, aber ziemlich hart im Nehmen. Das verdient Respekt. Bald quasseln sie wie Wasserfälle und schnell wird klar, dass wir die ersten Deutschen sind, die sie seit Wochen treffen. Ich kenne das. Sie möchten in ihrer Muttersprache die neuen Eindrücke mit anderen teilen. Anja signalisiert mir leicht lallend, dass sie auch in anderen Dingen im Rückstand ist.

„Guck mal Scheppi, un perro en la dacha!", ruft mir Jenna irgendwann zu und zeigt nach oben. Dort sitzt zwar kein Hund, aber ich verstehe: ihm ist langweilig. Die Damen von der Förde bestehen darauf, für uns arme Ossis mitzubezahlen. Sie hatten nicht mitbekommen, dass Jenna im tiefsten Westen mit „goldenem Löffel im Arsch" aufgewachsen war und ich finde es bedauerlich, dass es dieses Ost-West-Gequatsche noch immer gibt. Wir lehnen dankend ab. Obwohl das sonst ja eher mein Ding ist, hatten Matze und Göte zu wenig bezahlt. Es stehen noch zwei Burger, 18 Bier und drei Cola auf unserem Zettel.

Die Disko ist gut gefüllt und an der Theke frage ich beim Barmann, ob er zwei Deutsche gesehen hätte. Begeistert ruft er „Ah Masse y Gaete", und deutet in eine Ecke. Von hinten schreit er uns: „Hockey de helado", hinterher. „Oh Mann!", brummt Jenna als wir die Jungs völlig abgeräumt an eine Wand gelehnt auf dem Boden sitzen sehen. Als wir uns nähern, brüllen sie: „Gebt mir ein U! Gebt mir ein F!", durch den Saal. Ich stoße mit Jana zusammen. Sie haucht mir: „Leckere Argentinier hier", ins Ohr und tanzt dann mit Mimi und den zwei Typen einfach weiter. Aus dem Hintergrund ertönt: „Uffta, uffta, uffta, tätärä."

Wir haben die norddeutschen Mädels im Schlepptau als der Dude erscheint. Er trägt noch immer Badelatschen, Shorts, Sonnenbrille und ein großes Colaglas in der Hand. Lediglich der Bademantel fehlt. Aus zwei, sind vier Chileninnen geworden, die ihn umschwirren. Ich spüre augenblicklich den immensen Alkohol durch meine Adern rauschen und im Gehirn verwässern die Erinnerungen an meine große Liebe. Umgeben von dunkelhaarigen Grazien, habe ich auf Angriffsmodus geschaltet. Der große Lebowski zwinkert, wendet sich Anja und Carmen zu und sagt: „Was geht ab?"

Mit Jenna gehe ich zur Bar. Zwei Chileninnen folgen uns. Großzügig spendieren wir ihnen einen Pisco Sour. Dann noch einen und dann den nächsten. Beim vierten, zu dem wir schon regelrecht genötigt werden, flüstert Jenna: „Die benehmen sich ja wie

Nutten." Sie entführen uns auf die Tanzfläche und ohne Vorwarnung greift mir Isabella bei der langsamen Runde in den Schritt. Trotz der Lautstärke verstehe ich deutlich, was sie mir ins Ohr säuselt. Auf dem Parkett drehen wir uns um die eigene Achse und als Jenna auf Augenhöhe erscheint, rufe ich: „Das sind Nutten!"

Jenna beschwert sich bei mir: „Mann! Wir sind doch keine 40, hässlich und fett." Ich verstehe was er meint. Mein Freund ist 1,80 Meter, schlank und hätte, wenn er sich nicht ständig fast eine Glatze rasieren würde, dunkelblondes Haar. Ein bezahltes Abenteuer haben wir in Südamerika einfach nicht nötig. Auch nicht zum Sonderpreis.

Anja, die nun vollkommen abgeräumt ist, taucht neben mir auf. Wir tanzen eng umschlungen und in meinem Gehirn gehen nun endgültig die Lichter aus. Fast schon brutal schleift sie mich über die Tanzfläche. Wir stolpern über die Beine von Matze und Göte, die mit den Köpfen aneinandergelehnt schlafen. Jenna rennt fluchend an uns vorbei und brüllt diverse Chilenen an. Scheinbar haben sie die Jacken der Mädels geklaut. Gleich knallt es hier noch.

Neben den Toiletten befindet sich eine Art Besenkammer. Mit einer Hand knöpft Anja meine Hose auf, während sie mit der anderen die Tür heranzieht. Eilig streift sie ihre Jeans samt Höschen herunter und steht in weißen Socken vor mir. Auch meine Hose rutscht zusammen mit den Shorts in die Kniekehle. Doch irgendetwas ist komisch. Da ist so ein gehetzter Blick in ihren Augen. Plötzlich stößt sie mich weg, beugt sich nach vorn und beginnt, stöhnend zu kotzen. Ich habe so etwas noch nie gesehen. Minutenlang kommen immer neue Fontänen aus ihrem Mund geschossen. Endlich ist sie fertig. Sie lächelt mich mit großen Augen an, kniet sich nieder und beginnt, an meiner zusammengeschrumpelten Nudel zu spielen. Ich blicke auf sie und die stinkende Brühe hinab und kann es nicht fassen.

Augenblicklich bin ich wieder stocknüchtern. Was mache ich hier bloß? In der Heimat wartet doch Sylvie auf mich. Vielleicht ist sie die große Liebe meines Lebens, die Frau, nach der ich so lange gesucht hatte. Ich bin so widerwärtig, peinlich und unfassbar dumm. Ein persönlicher Tiefpunkt wurde soeben erreicht. Werde endlich erwachsen, Mark Scheppert! „Bist du bescheuert oder was?", schnauze ich sie an und ziehe die Hose hoch. Sie schaut mich an, rülpst und zischt: „Scheiß Ossi!"

2002: Der Test

Ich habe mich mit meinem Vater nie groß über Frauen unterhalten. Mir wäre das eher unangenehm gewesen und was wusste er schon vom Leben in der heutigen Zeit. Dennoch ist mir ein Satz in steter Erinnerung geblieben: „Du wirst erst herausbekommen, ob jemand wirklich zu dir passt, wenn ihr gemeinsam auf Reisen gegangen seid." Ich ahnte, was er meinte. Fernab der behüteten Heimat war es plötzlich vorbei gewesen mit der Harmonie und Eintracht. Erst unterwegs hatte ich oftmals bemerkt, mit was für einer Frau ich mich da eigentlich eingelassen hatte. Im September 2002 ist es dann endlich soweit. Ich habe sie mit dem Südamerika-Virus infiziert. Die drei Wochen Chile-Urlaub sind der große Sylvie-Test!

Gut gelaunt besteigen wir nach zwei Nächten in Santiago den Flieger nach Punta Arenas mit Zwischenlandung in Puerto Montt. Obwohl es bereits vor dem Abflug stürmt, lasse ich mir nicht anmerken, dass dies ganz und gar nicht mein Flugwetter ist. Schon auf der Rollbahn donnern heftige Winde lautstark gegen die Außenwände. Mit unsicherem Lächeln und bleichem Gesicht suche ich nach Sylvies Hand. Was sie nicht weiß: ich habe gehörige Flugangst. Endlich heben wir ab. Beunruhigende Turbulenzen erfassen die stark schwankende Maschine. Luftlöcher lassen uns metertief ins neblige Nichts fallen und nur mühsam kämpft sich der dröhnende Flieger wieder empor. Die Anschnallzeichen leuchten seit dem Start bedrohlich rot. Angst! Vor uns kotzen sich Menschen die Seele aus dem Leib und neben mir schreit ein junger Peruaner, der sich als Paolo vorgestellt hatte, wie am Spieß. Sylvie bittet mich irgendwann, ihre Hand loszulassen, da sie schon schmerze und Paolo soll ich sagen, dass er die Schnauze halten soll, sonst bringe sie ihn um. Ich bin von Kopf bis Fuß durchgeschwitzt. Ein Krachen erschüttert das Flugzeug, während wir nach vorn und wieder zurück in den Sitz geschleudert werden. Einige Gepäckfächer springen auf. Schreie, Motorengeräusche – dann Stille. Wir sind gelandet.

Der zweite Flugabschnitt ist ruhiger. Auch ich war vorhin kurz davor gewesen, mich zu übergeben und hatte mehrmals ängstlich gejault. Mit flauem Gefühl im Magen schaue ich möglichst cool hinüber zu Sylvie. Sie fragt mich lächelnd: „Nimmst du eigentlich Bier oder Rotwein zum Essen?"

Unser Highlight im chilenischen Süden soll der Nationalpark „Torres del Paine" werden und recht schnell haben wir alle Infos zusammen, um zu den „Türmen der Schmerzen" aufzubrechen. Es ist eine denkbar ungünstige Konstellation, denn der Kerl, der uns in Puerto Natales ermahnt, möglichst wenig Gepäck mitzunehmen, beobachtet unsere Abreise nicht. Wir hatten unsere Klamotten in zwei Müllsäcke geworfen und nur einen Rucksack mit folgendem Inhalt gepackt: Schlafsäcke, Zahnputzzeug, zwei Äpfel, eine Packung Kekse und eine Flasche Pisco. Vor allem hätte er fragen sollen, ob wir schon jemals im Leben trekken gewesen waren, denn wir tragen: schwarze Docs, Jeans, Sylvie einen grünen DDR-Parker und ich eine uralte Winterjacke. Meine westdeutsche Freundin hatte in Berlin Gefallen an dem mit Schafsfell gefütterten Mantel gefunden, der wie mein Oberteil aus keinerlei regenabweisenden noch atmungsaktiven Materialien besteht.

Nachdem uns ein Bus am Parkeingang absetzt und wir zwei Minuten den Weg entlanglaufen, beginnt es leicht zu nieseln, bevor wir in ein mittelschweres Gewitter geraten. Doch so plötzlich wie es anfing, hört es auch wieder auf. Die Landschaft wechselt nun ständig ihr Erscheinungsbild, denn bald erreichen wir eine goldfarbene Steppe. Wir müssen heftigem Gegenwind trotzen, beginnen fürchterlich zu frieren und öffnen erschöpft die Pulle mit dem hochprozentigen Schnaps. Nur wenige Augenblicke später klart es wieder auf. Trotz der Strapazen ist die kleine Pfälzerin entspannt und nimmt mich glücklich in die Arme, als wir die nadelartigen Granitberge – die Wahrzeichen von Torres del Paine – erstmals am Horizont erblicken. In voller Schönheit piksen sie nun in den azurblauen Himmel. Nach fast fünf Stunden erreichen wir einen Berggipfel von dem wir das Ziel unserer Wanderung sehen können: Das Refugio am Lago Pehoe. Vor uns liegt jedoch noch ein extrem steiler Abstieg auf glatten, ausgewaschenen Steinen, der seitlich in eine todbringende Schlucht abfällt. Unsicher lächelnd und mit bleichem Gesicht suche ich nach Sylvies Hand. Was sie nicht weiß: ich habe gehörige Höhenangst. Mit zittrigen Beinen klettere ich rückwärts auf allen Vieren die Felswand hinab. Endlich sind wir da. Sylvie reicht mir den Pisco: „War doch gar nicht so schlimm, oder?"

Wir schmeißen unsere Sachen aufs Doppelstockbett und gehen hinaus, um ein paar Fotos von den „Türmen" in der Abendsonne zu schießen. Auf einem Feld steht eine wild gestikulierende Horde, die scheinbar gerade etwas absteckt. Ein Typ kommt aufgeregt angerannt. Er brüllt irgendetwas von „futbol" und noch bevor wir richtig verstehen, was los ist, sind wir schon

Mitglieder des Teams der „Extranjeros" (Ausländer). Da neben uns nur ein weiteres Deutsches Paar, ein Japaner und ein Argentinier hier sind, bekommen wir noch Renato aus Arica zugewiesen und dürfen gegen „Chile" in einer 20-minütigen Partie antreten. Obwohl auch die Chilenen zwei Mädels im Team haben, wirken sie eingespielt. Der Ball läuft gut durch ihre Reihen und schon nach fünf Minuten müssten sie 3 : 0 führen, scheitern jedoch an unserer glänzenden Torfrau Elke.

In einer Pause können wir uns besprechen und verändern unsere Aufstellung. Michel, Renato, Sylvie und ich bilden nun eine dichte 4er Abwehrkette. Masaru, der Japaner, steht im Mittelfeld und unser Argentinier Joaquin spielt allein im Sturm. Wir lassen den Gegner kommen und starten in der 15. Minute einen Bilderbuch-Konter. Ich passe steil zu Masaru, der direkt auf den vor dem Tor lauernden Joaquin weiterspielt. Er schießt unplatziert, doch deren Keeperin Josefa lässt abprallen. Mühelos schiebt er den Ball über die Linie. Ohrenbetäubender Torjubel schallt durch das Tal. Das „Ausland" führt und kurz vor Schluss gelingt Masaru sogar das 2 : 0. Auch bei diesem Treffer hatte die Torfrau nicht sonderlich gut ausgesehen. Die Chilenen gratulieren und laden uns zur Party am Abend ein. Als wir zur Hütte laufen, spüre ich, dass ich mein Knie verdreht habe und mir am Zeh und an der Fußsohle eine Blase gelaufen habe. Ich humpele mit schmerzverzehrtem Gesicht zu Sylvie, die noch immer bis über beide Ohren strahlt. „War ja wie Brasilien gegen Deutschland beim WM-Finale", ruft sie. Selbst mir war das bisher noch gar nicht aufgefallen. Was für eine Frau!

Wir tanzen, singen und werden von unseren Gastgebern mit „Gato Negro" Rotwein aus 1,5 Literpappen gehörig abgefüllt. Heute ist ihr Nationalfeiertag. „Chi, Chi, Chi, le, le, le!" Sie feiern sich lautstark selbst. Auch wenn nach der letzten – zugegeben fantastischen – WM wieder die ersten Deutschland-Rufe in meinem Land laut wurden, hatten meine Freunde und ich lediglich: „Es gibt nur ein' Rudi Völler", gegrölt. Beim Finale, das wir mit 50 Mann bei Ziggi in Vellahn gesehen hatten, trug niemand den Adler auf der Brust. Nur die Kinder meines Bruders schwenkten schwarz-rot-goldene Fähnchen. Vielleicht wächst da ja eine neue Generation heran, die einmal viel unbelasteter für „uns" sein kann.

Nicht der dicke Schädel macht mir am nächsten Morgen Sorgen. Mein Knie kann ich kaum noch beugen und die Blasen sind aufgegangen. Heute geht es an den Grey Gletscher. Da es ein Frühstück gab, nehmen wir lediglich die zwei Äpfel mit. Der Weg ist nicht sonderlich schwierig. Mir geht es nur leider beschissen. Neben den Schmerzen im Knie lassen mich starke Böen fast ununterbrochen in 30 Grad Schieflage laufen und in den Docs spüre ich jeden einzelnen Kieselstein am offenen Fleisch der Blasen. An einem Flussbett rutsche ich ab und stehe mit beiden Füßen im eiskalten Wasser. Ich beginne zu jammern, was in pure Verzweiflung umschlägt, als wir vor dem Refugio am Lago Grey vor verschlossenen Türen stehen. Wir müssen also noch heute wieder zurück. Eine Katastrophe.

Am Gletscher vergesse ich für einen Augenblick die vor uns liegenden Strapazen. Es ist ein Anblick unvergleichlicher Schönheit. Gigantische Eisbergtürme werden aus den Bergen in den See gedrückt. Die Wände des Gletschers und die der großen Eisschollen sind nicht weiß, oder grau, wie der Name besagt, sondern glitzern in verschiedenen Blautönen.

Nicht nur mir bereitet der Rückmarsch Höllenqualen. Auch Sylvie ist noch nie im Leben acht Stunden mit Doc Martens und dicker Schafsfelljacke durch unwegsames Gelände gelaufen. Es ist ein Wunder der Natur, dass wir wie schon auf dem Hinweg permanent auf starken Gegenwind stoßen. Im Dämmerlicht teilen wir den letzten Apfel und sprechen uns Mut zu, dass wir auch in völliger Dunkelheit zurück finden werden. Kurz nach acht kommen uns zwei Typen auf Pferden entgegen geritten. Kopfschüttelnd schauen sie herab und weisen uns den Weg. Vor der Hütte steht Josefa und fragt aufgeregt: „Dónde estan los Chilenos?" (Wo sind die Chilenen?)

Wenig später erscheinen dann auch die noch Fehlenden in tiefschwarzer Nacht. Mario bereist mit Renato ganz Chile. Er möchte, dass sein Sohn mit ihm das Land kennen lernt, von Norden bis ganz in den Süden. Dafür bräuchte man eben Zeit erklärt er achselzuckend. Es stellt sich heraus, dass er Arzt ist und nach dem Essen schaut er sich meinen Fuß an. An den offenen Stellen leuchtet das rosafarbene Fleisch und mein Zeh ist bereits bläulich gefärbt und angeschwollen. Das Desinfizieren der Wunde ist eine brutale Tortur und gerade als ich dabei bin, vor Schmerz in den Schlafsack zu beißen, erscheint Sylvie im Zimmer. „Weißt du eigentlich, dass ‚Torres del Paine' gar nicht ‚Türme der Schmerzen' bedeutet?" „Ist mir scheißegal", brülle ich, doch sie spricht einfach weiter. „Paine heißt in der Sprache der Mapuche-Indianer

,blau'. Es sind also die ,blauen Türme'." Ich verdrehe die Augen. „So blau wie dein großer Zeh!"

Zwei Tage später liege ich im Hostal von Punta Arenas und kann überhaupt nicht mehr laufen. Sylvie sitzt mit meinen besten Freunden Göte und Jenna in einem Restaurant in der Innenstadt. Sie hatten sich hier mit uns verabredet und werden morgen nach Feuerland weiterreisen. Was wird sie den beiden von unserer ersten Woche erzählen? Dass man mit mir nicht verreisen kann? Dass ich eine riesengroße Pfeife und Memme bin? Dass dieser Urlaub für sie der große Scheppert-Test ist?

* * *

Sie hat ihre kleinen Füße weit unter den Vordersitz geschoben. Eigentlich sind ihre Beine immer in hektischer Bewegung, sodass ich die Vibrationen in meinem Körper spüre. Doch nun sind sie ganz ruhig. In sich versunken, betrachtet sie die vorbeiziehende Landschaft. Meine Freundin beginnt sich zu entspannen, denn auch ihre Welt kommt hier endlich zur Ruhe. Ich lege meine Hand auf ihren Oberschenkel und beobachte ihr Lächeln. Wir fahren durch die Atacama-Wüste.

Auch ich schaue gebannt in die steinig-graue Einöde, die in der Mittagshitze flimmert, als ob sie unter Wasser stünde. Vor acht Jahren hatte ich mich schon einmal auf den Weg nach San Pedro de Atacama gemacht, allein und fast ohne Geld.

Es war tatsächlich meine letzte längere Reise gewesen. Seitdem war nur noch ein dreiwöchiger Urlaub drin. Ich habe jetzt einen sicheren Job, Aktien, eine Kreditkarte, ein Handy, eine vernünftige Wohnung, ein schickes Auto und einen neuen Computer. Gemütlich eingerichtet im Mittelmaß. Was mir fehlt ist Zeit! Wir hetzen durch Chile, wie durchs Leben. In nur 20 Tagen wollen wir möglichst viel Glück tanken, um im kommenden Winter daheim davon zehren zu können.

Wir fahren immer tiefer in die menschenfeindliche Landschaft und landen doch in einem Ort, den der Massentourismus entdeckt zu haben scheint. Ich erkenne das kleine Oasendorf kaum wieder. Unzählige Bars, Internetcafés, Gästehäuser und Touroperatoren haben sich in den flachen Lehmziegelhäusern breit gemacht und werden von einer stimmgewaltigen Ansammlung betont cooler Leute belagert. Europäische Chart-Musik schallt in den Wüstenhimmel. Es scheint längst kein Fluchtpunkt mehr für Einsamkeit Suchende zu sein. Doch was sollen wir machen? Auch wir sind im Grunde genommen ganz gewöhnliche Touristen.

Als wir am Nachmittag die Touren zum Valle de la Luna und zu den Tatio Geysiren in der Gewissheit buchen, dass wir dort ganz sicher nicht allein sein werden, nimmt mich Sylvie in den Arm und flüstert: „Wir müssten mal eine Weltreise machen. Bist du dabei?" Ich schaue lange in ihre orientalisch anmutenden Augen, nicke und weiß, dass sie genau die Richtige dafür wäre. Wir bräuchten mal Zeit.

Der Trubel ist kaum zu ertragen. Ein Mob kreischender Zwanzigjähriger macht sich am Nachmittag auf den Weg ins Mondtal. Ich habe keine Augen für rot schimmernde Gesteinsformationen, keine Muße, die sich im Farbenspiel ständig verändernde Wüstenlandschaft zu bestaunen. Wie eine Ameisenkolonie fallen sie über die große Düne her, nur um als erster oben zu sein.

Im Minibus kuschelt sich Sylvie am nächsten Morgen an mich. Der Touranbieter hatte uns vor Temperaturen von bis zu Minus 20 Grad gewarnt, die uns vor Sonnenaufgang an den Geysiren erwarten werden. Mit uns reisen ein englisches Pärchen und zwei Mädels und ein Typ aus Brasilien. ‚Seid ihr extrem bescheuert oder was?' möchte ich ihnen zurufen, da sie vollkommen unpassend gekleidet sind. Sie tragen T-Shirts, kurze Hosen, Röcke und Badelatschen, während die Vorzeige-Deutschen alle Klamotten übereinander geschichtet haben, die sie dabei haben. Alle schauen neidvoll auf Sylvies Schafsfellmantel und meine Wollmütze.

Der Brasilianer versucht auf Spanisch mit den Engländern ins Gespräch zu kommen, doch sie scheinen ihn nicht zu verstehen und er versucht es bei mir. Gabriel ist ein angenehmer Zeitgenosse, der mir, ohne damit zu prahlen, erzählt, dass er mit beiden Mädchen – Vitoria und Leticia – zusammen wäre. Ich nicke anerkennend, deute auf die jetzt schlafende Sylvie und mache ihm klar, dass mir eine davon vollkommen ausreicht. Wir kommen auf die letzte Fußball-WM zu sprechen. Er fragt mich, wen ich vom brasilianischen Team 2002 alles kenne. Das Turnier ist noch gar nicht so lange her, doch ich antworte nur zögerlich: „Lúcio, Roberto Carlos, Rivaldo, Ronaldo, Ronaldinho." ‚Ziemlich schwach', denke ich innerlich, doch Gabriel ist total aus dem Häuschen. Voller Stolz rattert er die restlichen sechs Spieler des Finales plus die beiden Einwechsler herunter. Umso enttäuschter bin ich, dass er nur drei Deutsche kennt: Kahn, Klosi und Ballacki. Ich schüttele lachend den Kopf und erkläre ihm, dass sie Klose und Ballack heißen. Das mit dem „i" passe eigentlich nur bei Rudi – unserem Coach. Insgeheim freut es mich aber, dass der Engländer jetzt mit einem Ohr zuhört. Etwas lauter rufe ich Gabriel auf Spanisch entgegen: „En el final 2006 Brasil y Alemania otra vez!", Er streckt den Daumen in die Höhe. Natürlich werden wir im nächsten WM-Finale wieder aufeinander treffen.

Gut gelaunt erreichen wir die Hochebene. Die beiden Brasilianerinnen springen laut quiekend sofort zurück ins Businnere. Draußen herrscht kein Wohlfühlklima für Damen in Minirock und Espandrillos. Ich schaue nur kurz zurück auf ihre dampfenden Atemwolken hinter den Scheiben, denn vor uns erheben sich die Nebelsäulen der Geysire. Als die Sonne über dem Horizont erscheint und die Landschaft in gleißendes Licht eintaucht, ist dies ein Bild unvergleichlicher Schönheit. Doch Sylvie macht die Höhe zu schaffen, sie jappst nach Luft. So laufe ich allein von einer sprudelnden Quelle zur nächsten und springe nur zur Seite, wenn eine meterhohe Dampffontäne nach oben schießt. Auf einmal höre ich hinter mir einen lauten Schrei und sehe, wie sich Gabriel mit schmerzverzerrtem Gesicht an den Fuß fasst und fluchend zurückhumpelt. „Deutschland" trägt im Gegensatz zu ihm Stiefel. Er hat sich im 80 Grad heißen Wasser verbrüht und ganz „Brasilien" sitzt nun im sicheren Minibus. Nach einem Bad in einem angelegten Steinbassin, versuche ich mich durch einen Lauf auf einen Hügel aufzuwärmen. Mir wird zwar fast schwarz vor Augen, aber immerhin stelle ich einen persönlichen Rekord auf. Ich befinde mich atemlos in über 4 300 Metern Höhe.

Überraschenderweise feiern sich die Brasilianer selbst. Sie waren sehr früh aufgestanden, besonders Vitoria und Leticia hatten jämmerlich gefroren und Gabriel trägt nun einen weißen Verband um seinen Fuß. Doch berauscht von diesem Wunder der Erde singen sie während der gesamten Rückfahrt fröhliche Lieder. Ich mag das Völkchen. Die schmunzelnde Sylvie auch.

Am Nachmittag marschieren wir mit einem Rucksack voller Essen, zwei Flaschen Rotwein und einer Decke in die trockenste Wüste der Welt. Stundenlang liegen wir eng umschlungen auf einer kleinen Anhöhe und ich spüre, wie sich die unglaubliche Ruhe auf mich überträgt. In diesem Moment weiß ich, dass ich die Frau neben mir über alles auf der Welt liebe. Wortlos betrachten wir die langsam untergehende Sonne. Die einst so grau wirkende Wüste leuchtet plötzlich goldfarben, dann in allen erdenklichen Rottönen, bis sie schließlich fast lila bis zum Horizont schimmert. Mir kullern warme Tränen über die Wangen, die ich mir rasch vom Gesicht wische. Dann lieben wir uns. Die kleine Anhöhe wird ein wichtiger Erinnerungsort.

Am nächsten Morgen fahren wir zurück nach Antofagasta. Der Nachtbus nach La Serena startet erst in sechs Stunden und so beschließen wir noch kurz zum „La Portada" (Tor) zu fahren. Der große Gesteinsbogen an der Steilküste, unweit der Stadt, soll fotogen sein. Auf Sylvies neuem Film sind bisher nur einige intime Fotos von unserer gestrigen Nacht in der Wüste. Als wir zum Strand hinunterlaufen, ahnen wir nicht, dass in Kürze Bilder von Pinguinen dazukommen werden. Meine Freundin flippt völlig aus, da wir die unbeholfenen Viecher im Süden nicht gesehen hatten. Ich setze mich in den Sand und beobachte amüsiert, wie sie auf glitschigen Felsen herumschlittert, um ihnen möglichst nahe zu kommen. Sie trägt eine schwarze Jacke über einem weißen T-Shirt und watschelt ihren Ebenbildern entgegen. Saukomisch!

Plötzlich haut mir jemand auf die Schultern. Gabriel, der Brasilianer! Hinter uns breiten Vitoria und Leticia eine Decke aus und winken. Ich frage ihn nach seiner Verbrennung und er erklärt lächelnd, dass er eine Weile nicht Fußball spielen kann. Mein Stichwort! „Marcos, Cafu, Lúcio, Roque Júnior, Roberto Carlos, Edmilson, Gilberto Silva, Kléberson, Rivaldo, Ronaldo, Ronaldinho y despues Denilson y Juninho Paulista", brülle ich. Gabriel wirft mich nach hinten um und strahlt. Ich hatte mir die Namen seiner Helden gemerkt. „Rudi?", fragt er mich unsicher.

Die Mädels haben derweil verschiedene Früchte in kleine Stücke geschnitten, mit Pisco und braunem Zucker gemixt und in Plastikbecher abgefüllt. Das Zeug schmeckt fantastisch und nur durch die einbrechende Dämmerung werden wir ermahnt, dass wir zurück zum Busbahnhof müssen.

Während der Nachtfahrt wird Sylvie die Kamera geklaut. Ich hatte ihr zwar empfohlen, die Fototasche nicht in die Ablage zu legen, aber das hilft ja nun auch nichts mehr. Der Bus hatte an unzähligen Orten gehalten und der Dieb war sicherlich längst ausgestiegen. Mehrere Tage muss ich meine verzweifelte Freundin trösten. Sie weint vor allem wegen der verloren gegangen Fotos. Das wunderschöne La Portada, die ersten Pinguine im Leben und der nackte Herr Scheppert im lila Licht der Wüste. Die Bilder unserer magischen Nacht.

Erst kurz vor dem Rückflug finde ich die richtigen Worte für den Verlust. Ich hatte in Penalolen vergeblich nach den Häusern von Eskimo und Valeria gesucht. Vielleicht war es die falsche Straße gewesen, oder ihre Eltern waren weggezogen. Niemand kannte sie. Doch auf dem Rückweg zum Hotel begreife ich etwas. Auch ohne ein Wiedersehen kann mir eines nicht genommen werden: Die Erinnerungen an die schönsten Augenblicke in meinem Leben. Nur diese Bilder werden einen großen Platz im Gedächtnis einnehmen. Für immer!

2004: Die Rückkehr

‚Sie werden uns die Rucksäcke mit allen Klamotten abnehmen und nackt in der Wildnis zurücklassen.', geht es mir durch den Kopf. ‚Oder sie hacken uns gleich den Schädel mit einer Machete ab und verscharren unsere Leichen im Dreck.' Ängstlich schaue ich hinüber zum verschwiegenen Fahrer und versuche in seinen großen Augen zu ergründen, welches Schicksal sie für uns auserkoren haben. Ich wusste, dass dieser Tag einmal kommen würde. Viel zu oft waren wir nun schon in Lateinamerika gewesen, ohne jemals in eine derart bedrohliche Situation geraten zu sein. Doch heute sind wir scheinbar in eine lebensgefährliche Falle getappt.

Wir hatten die Grenze von Belize nach Guatemala zu spät überquert. Der Bus nach Flores war gerade weg und der nächste sollte erst in drei Stunden fahren. Der Typ in seinem alten Amischlitten, der uns für 30 Dollar sofort mitnehmen wollte, schien in Ordnung zu sein. Doch kurz hinter dem Ortsausgang hatte ein Jeep mit vier Kerlen im Wagen die Verfolgung aufgenommen und seit wir die geteerte Straße verließen, fahren sie immer dichter auf. Beim Blick zurück kann ich in ihre verschlagenen Gesichter schauen. Sie haben sicher etwas vor mit uns. Nur was?

Ich sitze auf dem Beifahrersitz und auch die Jungs starren hinten beunruhigt durch die Scheiben. Was könnte ich der Polizei berichten, wenn sie uns am Leben ließen?

Im Inneren finde ich keinen Hinweis auf die Automarke – vielleicht ein alter Chevrolet. Eine weibliche Heiligenfigur klebt auf dem Armaturenbrett und am Spiegel baumelt ein blau-weißer Wimpel. Auf dem Emblem ist ein Jaguar abgebildet und kreisförmig darum steht „Asociacion Deportiva Isidro Metapan". Sicherlich ein Fußballverein. Der Fahrer ist vielleicht Ende zwanzig, trägt weiße Nike-Turnschuhe, Bluejeans und ein schwarzes T-Shirt, auf dem ein Hahn zu sehen ist. In weißer Schrift steht

„Gallo Cerveza" darunter. Wahrscheinlich eine Biermarke von hier. Dennoch würde ich den Kerl, trotz seines mittelamerikanischen Erscheinungsbildes, aus tausenden Guatemalteken heraus wiedererkennen. Er sieht aus wie Angelo Charisteas. Er könnte sein Bruder sein, denn er hat die gleichen Glubschaugen, das schmale Gesicht mit dem markanten Kinn und den leichten Überbiss des Fußballers. Doch auch dieser Hinweis wäre ja lächerlich, denn obwohl er Griechenland zum Europameistertitel geschossen hatte, kennt den hier bestimmt keine Sau.

Plötzlich sehe ich etwas. Einen Hinweis, der ihn auch für die heimische Polizei jederzeit auffindbar machen würde. Auf seinem Nacken hat er zwei Buchstaben tätowiert und wenngleich sie ein wenig verschnörkelt sind, kann ich sie eindeutig identifizieren. Es sind meine eigenen Initialen. Ein „M" und ein „S".

Wir verlassen den Regenwald und erreichen einen Hügel mit Blick auf einen lagunenartigen See. Er stoppt den Wagen. Nun werden wir also erfahren, ob sie uns nur ausrauben wollen.

Vielleicht waren es schlechte Vorzeichen gewesen, dass die Deutschen 2004 so eine grausame EM gespielt hatten und Klinsmann unsere geliebte „Tante Käthe" beerbt hatte. Ich weiß es nicht. Mein Vater hatte sogar unsere Tipprunde gewonnen, bei der ich ihn nur ausnahmsweise habe mitmachen lassen. Auch wenn wir erstmals im November fahren und damit dem Mistwetter in der Heimat aus dem Weg gehen, läuft diese Reise nicht rund.

Als wir nach Playa del Carmen kommen, traue ich meinen Augen nicht. Ich erkenne den einst so beschaulichen Fischerort kaum wieder. Aus einem verschlafenen Kaff ist innerhalb von 10 Jahren ein pulsierendes Touristenzentrum geworden. Es ist die am schnellsten wachsende Stadt Mexikos, deren Einwohnerzahl nun schon bei über 50 000 liegt. Diese gigantische Bettenburg ist nicht mein Mexiko. Unsere Welt ist schnelllebig, oberflächlich und künstlich geworden. Das färbt auf uns ab. Ein Gefühl aus dem Flieger bestätigt sich schon in den ersten Tagen. Wir brauchen diese Reise momentan nicht. Göte erzählt ununterbrochen von seiner Jule und Jenna kontert unnötigerweise mit der tollen Beziehung zu Danny. Matze ist wegen einer neuen Schnalle erst gar nicht mit dabei. Doch auch ich müsste ja zugeben, dass ich viel lieber mit Sylvie meinen Jahresurlaub verbringen würde.

Wir waren in diesem Jahr nur die letzte EM-Woche durch Portugal gefahren. Mir zuliebe. Leider hatten wir dort mehr Zeit im Auto und mit der Suche nach einer bezahlbaren Unterkunft verbracht, als Land und Leute kennenzulernen. Und Fußball-Feeling war durch das frühe Scheitern der Deutschen auch nicht aufgekommen. Dafür hatten wir jeden Abend bei Rotwein die Vor- und Nachteile einer gemeinsamen Weltreise diskutiert.

Ein wenig zerstritten, geht es nach zwei Tagen weiter in Richtung Chetumal. In Carrillo Puerto haben wir eine Reifenpanne und Göte und Jenna fangen sofort an zu meckern. Wir setzen uns am Straßenrand in die Dorfkneipe. Auf einer Tafel steht mit Kreide geschrieben: „Se vende dos cerditos alemanes" (Zwei deutsche Schweine zu verkaufen). Ich schaue auf meine missmutigen Freunde und muss zum ersten Mal auf dieser Reise herzhaft lachen. Zwei Tische weiter sitzt ein Typ mit spitzbübischem Gesicht. Eines seiner Augen ist blau geschlagen und vor ihm stehen zur Mittagszeit bereits etliche leere Sol-Flaschen. Er prostet uns zu.

Manni kommt aus Berlin und ist hier seit fast einem Jahr gestrandet. Er erzählt in kürzester Abfolge so unglaublich aberwitzige Geschichten, dass wir uns sofort auf unserem Rückweg mit ihm verabreden. Als kleines Pfand behält er die Story mit dem Matschauge vorerst noch für sich. Klar ist mittlerweile, dass er eines der zu verkaufenden Schweine wäre. Gut gelaunt besteigen wir den reparierten Bus. „Manni wäre ein guter Matze-Ersatz", rufe ich den beiden zu. Sie nicken.

Chetumal ist eine ungewöhnliche Stadt, denn obwohl sie von fast 140 000 Menschen bewohnt wird, herrscht auf Straßen und Plätzen eine ungewöhnliche Ruhe. Kein buntes Treiben auf farbenprächtigen Märkten, kein hektischer Verkehr, keine knipsenden Touristen – aber leider auch kein Charme. Die Stadt wurde 1955 von einem Hurrikan dem Erdboden gleich gemacht und sieht nun aus, wie Eisenhüttenstadt ohne Hochhäuser.

Göte und Jenna sitzen im Internetcafé währenddessen ich in eine Kneipe vorgehe. Ich spüre, dass ich momentan ein ziemlicher Nörgelsack bin, denn es ärgert mich mächtig, dass die beiden schon wieder in so einem Drecksding hocken. Außerdem befinden wir uns in einer komischen Ecke. „Bist du bescheuert oder was?", fragt Jenna deshalb nicht mal zu Unrecht bei ihrer Rückkehr. Ich sauge mit einem Strohhalm an einer Cola und breite entschuldigend die Arme auseinander. In dieser Kneipe wird kein Bier ausgeschenkt. Auch nicht in der nächsten und übernächsten. Eine Gruppe Mennoniten mit weißen Hüten, schwarzen Hosen mit Trägern und blau karierten Hemden läuft an uns vorbei. Panik setzt ein. Alkoholfreie Zone? An einem Kiosk erstehen wir dann doch noch ein Sixpack mit abgelaufenem Verfallsdatum, aber auch dieser Abend ist nicht mehr groß zu retten. Frustriert sitzen wir vor unserem Hotel und hoffen, dass es in Belize City schöner wird.

Wird es nicht! In der größten Stadt des Nachbarlandes stinkt es zum Himmel. Am zugemüllten Busbahnhof starren uns wirre Typen mit blutunterlaufenden Augen hinter engmaschigen Hasenkäfigzäunen an. Wir checken in einem baufälligen Hotel ein und merken schon nach wenigen Metern Fußmarsch durch die verfallene Bretterbudenstadt, dass dies ein Fehler war. Was sollen wir hier? Dieser Ort ist einfach nur niederschmetternd. Die Abwässerkanäle laufen oberirdisch durch die reizlose Stadt und zwielichtige Gestalten mit Rastamähnen beobachten unsere frustrierte Suche nach etwas Schönem in dieser architektonischen Ansammlung von Hässlichkeit. Einige Typen zischen uns ihre Drogen-Angebotspalette hinterher. Kurz vor Einbruch der Dunkelheit essen wir etwas in einer üblen Spelunke, betrinken uns in Rekordzeit und trauen uns ab 20 Uhr nicht mehr auf die Straße.

Erst in Cayo, hundert Kilometer weiter, wird es schöner. Wir paddeln mit Kanus in Höhlen, besuchen eine Mennoniten-Gemeinde ohne Durst, laufen durch Kakaoplantagen und den Regenwald zu einem tosenden Wasserfall und sitzen am Abend mit drei Kreolen kiffend an einem Fluss. Die Stimmung klart deutlich auf, denn wir treffen hier endlich auch auf wohlgesonnene Einheimische. Dennoch ist dieses Land ein unwirkliches. Belize wirkt oftmals abgefuckt, anarchistisch und bedrohlich. Es zieht uns ins ursprüngliche Lateinamerika – nach Guatemala.

Obwohl der Reiseführer empfohlen hatte, die Grenze früh zu übertreten, hatten wir dies nicht getan. Nun sitzen wir bei einem Typen mit „MS-Tätowierung" im Auto, der aussieht, wie der Schütze des entscheidenden 1:0 der Griechen gegen Portugal und harren unseres Schicksals. Der Jeep brettert an uns vorbei. Bilde ich mir das ein oder vernehme ich ein erleichterndes Durchatmen bei unserem Fahrer? Er dreht sich zu mir herüber, deutet auf den See und sagt, dass dies die Lagune Yaxia sei. Er wäre diesen Umweg nur gefahren, um uns einen bemerkenswert schönen Flecken zu zeigen. Seine Glubschaugen fordern mich erwartungsfroh auf hinauszutreten, um Fotos zu schießen. „Hattest du eigentlich auch das Gefühl, dass wir gleich den Schädel eingekloppt bekommen?", fragt mich Göte draußen besorgt.

Bald erreichen wir wieder geteerte Straßen. Miguel plappert plötzlich, wie ein Wasserfall. „Metapan", der Verein auf dem Wimpel, ist ein Fußballklub aus seiner Heimat in El Salvador und das „Gallo Cerveza" auf seinem Shirt, ist das Bier in Guatemala schlechthin. Ich frage ihn, ob er Angelo Charisteas kennen würde und obwohl er verneint, klatsche ich mit den Jungs ab, da er stattdessen Kahn, Ballack und sogar Bernd Schneider aufzählt. Beckenbauer und Matthäus auch.

Aus meiner Hose hole ich meinen Pass und schwenke ihn stolz vor seinem Gesicht hin und her. Miguel versteht nicht ganz und erst als ich das dritte Mal wiederhole, dass ich Mark Scheppert heiße und dieselben Initialen wie er habe, begreift er es scheinbar. Er reibt sich den Nacken und lächelt geheimnisvoll. Kurz bevor wir Flores erreichen, erklärt er es mir. Sein Name ist Miguel Diaz. Die Tätowierung habe eher etwas mit seiner Gang zu tun. Er dachte vorhin schon, dass die Kerle in dem Jeep von der Konkurrenz wären. Zum Glück sind wir zu viert gewesen, es wäre sonst unter Umständen lebensgefährlich geworden.

* * *

„Wisst ihr eigentlich, wo das Abflussrohr endet?", brüllt uns Jenna vom Steg aus zu. „Dort, wo ihr gerade schwimmt!" Wir zeigen ihm ein Fuckoff und gleiten weiter über den malerischen See. Der Lago de Peten-Itza ist kilometerlang, das wird sich schon einigermaßen verteilen. „Ich war aber gerade auf dem Klo!", fügt unser Freund lachend hinzu. Göte und ich paddeln merklich schneller in Richtung der Seerosen.

Flores liegt auf einer kleinen Insel und ist nur durch einen Damm mit dem Festland verbunden. Obwohl sämtliche Spuren der ehemaligen Maya-Bewohner vernichtet wurden, ist es wunderschön. An den schmalen, gepflasterten Straßen haben sich kleine Hotels und Restaurants angesiedelt und der Hauptplatz mit der Kirche liegt auf einem Hügel im Zentrum.

Miguel hatte uns vor einem Haus auf der Westseite abgesetzt und während die Jungs mit ihm noch ein „Gallo" trinken, übernehme ich die Verhandlungen. Eigentlich haben wir es längst nicht mehr nötig, um Zimmerpreise zu feilschen. Doch gerade ich hatte dies, durch viele Reisen mit finanziellen Engpässen, so sehr verinnerlicht, dass ich auch hier nicht anders kann. Jenna muss die Flüche der Frau gehört haben und erkundigt sich bei mir, welchen Preis ich für den Raum mit Seeblick ausgemacht habe. „Na, die wollte erst 50 Dollar, also 40 Quetzal", sage ich empört. „Und jetzt seid ihr bei?", fragt er gespannt. „Na bei der Hälfte, 20 von den komischen Dingern." Jenna grinst: „Du weißt aber schon, das 20 Quetzal nur 2,50 Dollar sind?"

‚Ach du Scheiße', denke ich. Ich hatte mich durch die vielen Wechselkurse total vertan und schäme mich regelrecht. Eine weltweit bekannte Backpackergruppe steht normalerweise für das Handeln bis aufs Blut und nun komme ich mir selbst wie einer von ihnen vor. Ich entschuldige mich kleinlaut bei der alten Dame und sage ihr, dass wir selbstverständlich die 40 für das Dreibettzimmer zahlen würden. Nun schaut sie mich allerdings an, als ob ich dämlich wäre.

Wir spülen uns mögliche Fäkalien vom Körper, auch wenn die Dusche vom Wasser des Sees gespeist wird und gehen gemeinsam zum Abendessen in ein uriges Restaurant. Obwohl wir nicht alles, was auf der Karte steht, korrekt übersetzen können, ahnen wir, dass die Speisen ein Querschnitt der heimischen Tierwelt sind. Aus der Küche meinen wir das Knacken eines Panzers zu hören, denn Jenna hatte sich sofort für das „Armadillo" (Gürteltier) entschieden. Göte und ich wollen uns ein „Tepezcuintle" (ein kaninchengroßes Nagetier) und „Venado" (Wild) teilen. Die „Pizotes" (Nasenbären) müsse man leider vorbestellen. Nein, wir verspeisen nicht die letzten ihrer Art. Die Viecher sollen hier noch in großer Zahl im Dschungel herumlaufen. Mittlerweile verstehen wir uns wieder ganz gut und haben uns damit arrangiert, dass wir diesmal nur zu dritt unterwegs sind. Wie in alten Zeiten, liefern sich meine Freunde einen köstlichen Dialog bezüglich der Chilisoße.

Göte: „Aber Jenna, ich kann nicht verstehen, warum du immer solche Schärfe rein bringst?"; Jenna: „Die Schärfe bringt ihr beiden doch rein. Muss ich mir denn alles gefallen lassen"; Göte: „Ich hab doch da jetzt keine Schärfe rein gebracht!"; Jenna: „Ja, du nicht! Du sitzt hier bequem auf deinem Stuhl, hast drei Gallo getrunken und bist schön locker."

Zum x-ten Mal stoßen wir auf Rudi Völlers Wutrede an und bis weit nach Mitternacht sitzen wir am Ufer des Sees und quatschen über alte Zeiten. Als Göte bereits schlafen gegangen ist, hören wir ganz in der Nähe Musik. Wir kennen die Band und werden magisch hinaus in die Nacht gezogen. Auch in Guatemala spielen sie also „Maná". Wir stellen zwar fest, dass die immer schnulziger klingen, dennoch ist die Disko ein guter Ort, um noch diverse rumhaltige Mixgetränke zu testen. Jenna genehmigt sich zudem drei Schnäpse pur. Wegen des nur halbgaren Gürteltiers hatte er beschlossen, sich sicherheitshalber „zu versiegeln".

Es war ihm nicht gelungen. Ganz im Gegenteil. Kurz vor 6 Uhr meckert Göte ihn an: „In fünf Minuten fahren wir ab!" Der arme Kerl sitzt auf dem Klo und hält den Kopf über das Waschbecken. Seit zehn Minuten entleert er sich nun schon aus zwei Körperöffnungen gleichzeitig. Mit verquollenem Gesicht besteigt er den Minibus. Es geht zu den Maya-Pyramiden von Tikal, dem Highlight unserer diesjährigen Reise. „Ihr hättet mich ja ruhig mal früher wecken können. Ich konnte mir nicht mal die Lunge bräunen", schnauzt er mürrisch. Er müffelt ein bisschen, doch auch ich schwitze gerade literweise Alkohol aus. Gestern Nacht hatte ich zudem den „Scheppert" gemacht. Das war schon zum geflügelten Wort geworden, wenn man einfach aufsteht, geht und zu wenig bezahlt. Jenna bekommt noch Geld von mir.

Nur Göte scheint es gut zu gehen. Er unterhält sich hinter uns angeregt mit zwei britischen Paaren. Mein Freund kann sich fast akzentfrei verständigen. Dafür spreche ich besser Spanisch als der Amerikaner, der vorne hockt und den Fahrer ununterbrochen mit seinem Wissen über „Teicel" nervt. Der schweigt jedoch eisern und lädt kurz hinter der Stadt noch einen Kumpel ein, der sich zwischen Jenna und mich quetscht. Von hinten bekomme ich nur Gesprächsfetzen mit. Scheinbar fragen die Engländer, ob eigentlich alle Deutschen so pünktlich und penibel wären, wie die, die sie bisher getroffen hätten. Ich ahne, was sie meinen. Auch wir hatten in Südamerika schon viele Landsleute erlebt, die mit den teuersten Klamotten aus dem „Globetrotterkatalog" zu sehr früher Stunde und vor allem völlig humorlos in eine besonders undurchdringliche Pampa gestiefelt waren. Das scheint unser Markenzeichen zu sein. Göte erklärt in seiner charmanten Art, dass wir anders wären und auch nicht den Bus um 4 Uhr genommen hätten, um als Erster in Tikal zu sein. Wir müssten nicht jeden Brüllaffen per Handschlag begrüßen.

Das faltige Männlein neben uns redet nun mit dem Fahrer und isst dabei mit den Händen etwas aus einer grauen Plastiktüte, die auf seinem Schoß liegt. Jenna blickt angewidert zu mir herüber und beginnt, hustend zu würgen. Das Zeug sieht aus wie ein

Mix der Fleischreste unseres gestrigen Abendmahls. Ich schaue etwas genauer hin und auch mir wird kotzübel. In der Tüte mit der unappetitlichen Masse krabbeln unzählige schwarze Käfer herum. „Stop! Pare!". Der Fahrer reagiert nicht, doch Jenna klopft ihm fest auf die Schulter und wiederholt sein Anliegen lautstark. Nach zehn Minuten kommt er leichenblass aus dem finsteren Waldstück zurück. In seiner Hand hält er eine kleine weiße Rolle. Hinter mir erklärt Göte den verdutzten Briten trocken, dass unser Freund ihre Vorurteile bestätigen würde. Ein ordentlicher Deutscher habe eben immer Klopapier dabei, falls er im Dschungel mal gleichzeitig kotzen und scheißen müsste. Alle lachen. Nur der Ami will zügig weiter nach „Teicel".

Während wir am Besucherzentrum darauf warten, dass Jenna vom Klo kommt, quatschen wir mit den Engländern, die ihre Frauen im Souvenirladen abgegeben haben. Sie erkundigen sich nach der WM 2006 in Deutschland. Wie weit wir mit den Stadien wären, wie es mit der Sicherheit aussehe und vor allem, ob die Kneipen vorbereitet wären. „Ja, der Biervorrat könnte mit euch das größte Problem werden", antwortet Göte, „denn der Deutsche an sich, trinkt ja nicht so viel." Sie schauen in mein aufgeschwemmtes Gesicht und schmunzeln. Zehn Minuten nach ihnen betreten wir eine der bedeutendsten Stätten der klassischen Mayaperiode.

Tikal macht einen sprachlos. Es ist das Ambiente. Die Anlage, die inmitten eines riesigen Nationalparks liegt, scheint die verlorene Stadt zu sein, nach der die Spanier so lange gesucht hatten. Ein undurchdringlicher Dschungel hatte sie lange vor fremden Augen geschützt und geheimnisvolle Tiere sorgen für eine Geräuschkulisse, wie ich sie an keinem anderen Ort jemals gehört habe. Wir sehen Brüllaffen, die den Schrei von Raubkatzen nachahmen und Kletteraffen, die sich kreischend von Baum zu Baum schwingen. Bunt gefiederte Vögel stimmen in das Konzert ein und Baumfrösche sorgen mit ihrem Quaken für den Bass. Nasenbären, einige Tepezcuintle und sogar ein fettes Gürteltier kreuzen unseren Weg. Jenna ruft: „Merke! Gürteltier immer gut durchbraten!" „Well done", ergänzt Göte meckernd.

Plötzlich ragen die steinernen Pyramiden, wie Wolkenkratzer aus dem Urwald empor. Erstmals möchte ich meinen: sie sind unbeschreiblich. Nachdem wir drei von ihnen erklommen haben, ist das allgemeine Unwohlsein und das Bereuen der gestrigen

Fiesta fast völlig verschwunden. Wir haben lediglich Durst und rechtzeitig kommt uns ein kleiner Kerl mit einer Kühltasche um die Schulter entgegen gelaufen. Ich könnte jetzt alles trinken, außer Alkohol. Zwei Minuten später sitzen wir jeder mit zwei Flaschen „Gallo" auf der Treppe an der Nord-Akropolis. Er hatte nur Bier. Ich stehe auf, betrachte meine Freunde und sage: „Ihr sitzt hier bequem auf euren Steinen, habt zwei Gallo getrunken und seid schön locker." Göte grinst, erhebt die Flasche und brüllt über mich hinweg: „Germans don't drink that much". Die Engländer laufen gerade vorbei. Es ist 9 Uhr Ortszeit.

Stundenlang laufen wir durch einen Irrgarten von Tempeln, Pavillons und kleinen Höfen. Am Komplex „der verlorenen Welt" sehe ich eine Gruppe Maya-Männer – wahrscheinlich Arbeiter – sitzen. Wie gerne würde ich hinüber gehen und fragen, ob sich ein Wahrsager unter ihnen befindet. Meine letzte Hellseher-Info war die, dass Deutschland erst 2014 wieder Weltmeister wird. Aber vielleicht stimmt das sogar. Jeannet hatte gerade ihr drittes Kind (zum Glück von einem coolen Schweizer) bekommen. Auch das hatten wir damals hinterfragt. Zum Sonnenuntergang springen wir noch einmal in den glitzernden See. Was für ein fantastischer Tag!

Auf dem Weg in die Heimat relaxen wir in Belize am Strand von Placencia, schnorcheln mit handzahmen Haien und Rochen am Riff vor Caye Caulker und landen einige Zeit später wieder in Carrillo Puerto in Mexiko. Manni scheint seit Tagen auf uns gewartet zu haben. Aufgeregt begrüßt er uns in der Dorfkneipe und organisiert sogleich ein Auto für die nächtliche Fahrt nach Tulum. Im Jeep eines Amis, namens Sammy, fehlen zwar sämtliche Kotflügel, die Motorhaube, ein Sitz und beide Türen, doch mit Zwischenstopp an einem Kühlhaus, in dem ausschließlich „Cerveza Sol" gelagert wird, erreichen wir sicher die Cabanas am Traumstrand. Sammy fragt, ob uns eine Unze (28,35 Gramm) Marihuana für den ersten Abend erstmal reichen würde. Nach wenigen Tagen Belize sehen wir scheinbar schon aus, wie verlotterte Kiffer-Idioten. „Mit euch mache ich mir eher Sorgen, dass hier gleich eine mittelschwere Bierkrise eintritt", ruft Manni und schaut besorgt auf die vielen leeren „Sol"-Flaschen im Sand. Vier durstige Jungs sitzen am Lagerfeuer und erzählen sich lustige Geschichten. Ich werde an das ursprüngliche Mexiko erinnert, dass ich vor Jahren lieben gelernt hatte. Gerne würde ich noch ein wenig verweilen.

2006: Die Weltreise

Was im Leben wichtig ist? Ich hatte endlich meine persönliche Antwort darauf gefunden. Es war eigentlich ganz simpel gewesen.

Wie viele meiner Freunde aus der „Generation Mauerfall" war ich im bürgerlichen Leben angekommen. Wir haben eine tolle Wohnung, ein großes Auto, einen sicheren Job und einige auch eine kleine Familie. Wir fahren in den dreiwöchigen Urlaub und stellen, immer wenn das Weihnachtsgebäck in den Supermärkten auftaucht, überrascht fest, dass schon wieder ein belangloses Jahr vergangen ist. Wir haben uns damit arrangiert. Alte Freunde und die Familie sind uns weiterhin nah. Wir fühlen uns geborgen in unserem Mikrokosmos. Aus dieser heilen Welt ausbrechen oder fliehen? Niemals!

Im Herbst 2005 kündigten Sylvie und ich unsere gut bezahlten Stellen, die gemeinsame Wohnung, verscherbelten unseren schwarzen Mazda, sämtliche Möbel und kauften uns ein One-Way-Ticket nach Bangkok. Uneingeschränkte Freiheit war das, was uns im Leben wichtig ist! Die folgenden Zeilen schreibt ausnahmsweise einmal meine Freundin Sylvie:

„Ach der Herr Scheppert. Da freut er sich aber, als er am Flughafen von Buenos Aires vom Fahrer mit dem Schild „Oberst Scheppert" begrüßt wird. Diesen Mist hatte er sich mit Freunden auf einem vorherigen Südamerika-Trip angewöhnt, wo sie sich überall mit „Oberst" und „Major" in Hotels angemeldet hatten. Zumindest darf ich meinen richtigen Namen beim Ausfüllen der Formulare beibehalten. Noch bevor der Typ „Si señor" sagt, hat er bereits seine dritte Kippe angezündet. „Maná" läuft im Autoradio. Scheppert singt glücklich – und wie immer falsch – mit.

Unser Hotel liegt mitten in der Altstadt im Stadtteil San Telmo. Es ist ganz alt, mit hohen stuckverzierten Decken und einem begrünten Patio. Überhaupt, glaube ich, dass ihm Buenos „Fucking" Aires (das tragen schlaue Backpacker hier als T-Shirt-Aufdruck) genauso gut gefällt wie mir. Nach Neuseeland und Australien endlich wieder historische Kultur, alte Bausubstanz, ein wenig Hektik und vor allem dieser unbeschreibliche Rhythmus. Er schwebt nur so durch „sein" Südamerika. Als die Kippen dann nur 1 Euro (statt 8,- in Australien) kosten und die Literflasche Quilmes-Bier sogar unter der magischen Grenze bleibt, verfestigt sich in seinem Gesicht ein Dauergrinsen. Für den feinen

Herren gibt es hier zudem noch die berühmten Grillrestaurants, in denen man außer Fleisch nichts bekommt. Halbe Rinder werden da aufs offene Feuer geschmissen. Gemüse oder Beilagen? Fehlanzeige!

Bereits am zweiten Tag muss ich allerdings feststellen, was mich zur Fußball-WM erwarten wird. Scheppert stellt sich sogar den Wecker, um das Championsleague-Finale (Arsenal London gegen Barcelona), durch ein Mittagsschläfchen nicht zu versäumen. Als ich dazustoße, sitzen da Matthew (ein Brite und großer Arsenal-Fan, wie mein Freund mir stolz erklärt) und Scheppert, der natürlich sein ausgewaschenes Barcelona-Trikot trägt. Barça wurde ihm angeblich mal „gegeben". Bei ca. 12 Bier haben sich die beiden aber längst verbrüdert und quatschen dämlich. Er fühlt sich wahrscheinlich seit längerem mal wieder wie zu Hause bei seinen Kumpels. Das kann ich an seinen leuchtenden Augen erkennen. Eine Kanadierin mit Zahnspange mischt sich immer wieder in deren Gespräche ein. Die Jungs ignorieren sie gnadenlos und so muss ich dem Schneeketten-Gesicht erklären, dass ihr Team einfach zu kacke wäre, um bei der WM dabei zu sein. Sie dachte, Kanada hätte gar keine Mannschaft. Wir dürfen dann freundlicherweise in eine Bar mitgehen, um den gigantischen Barça-Sieg zu feiern, wie mein Freund dem Engländer etliche Male salzstreuenderweise erklärt. Auf dem Weg rufen ihm argentinische Kids „Messi" hinterher. Ich verstehe nicht so ganz warum.

Buenos Aires ist eine aufregende Stadt mit lässigen Menschen, die mich ein wenig an die Heimat erinnern. Die meisten Leute laufen hier herum wie in Friedrichshain, also betont schlicht, mit schwarzer Hose, schwarzem T-Shirt oder Schlumpi-Pullover und Chucks. Sie wirken äußerst gelassen, man könnte fast meinen arrogant und scheinen keine Augen für auffallend blonde Touristen zu haben. Das ärgert ihn! Aus den vielen kleinen Kneipen und Cafés schallt Punkmusik. Mir gefällt das – sehr sogar.

Nach sechs Tagen verlassen wir die Tango- und Punkrockmetropole. Herr Scheppert ordert in Mendoza sofort ein großes „Andes" Bier im historischen Weinlokal. Völlig stillos der Kerl. Aber wir sind ja nicht wegen des Rotweines gekommen. Moment mal: ich eigentlich schon! Zu den Highlights zählt die Besichtigung des örtlichen Fußballstadions (reiner Zufall, genau wie zuvor der Besuch des „Bombonera" in Boca) bevor es weiter in ein Kaff namens Uspallata geht. Von hier aus starten wir unseren Aconcagua-Ausflug. Natürlich auf eigene Faust – das wäre besser.

Das auf Fotos gigantisch wirkende Andenmassiv und die Spitze des höchsten Bergs Amerikas sehen wir zwar bei unserem chaotischen Trip nicht, aber „der Weg ist das Ziel" ruft mir Scheppert aufmunternd zu. „Der Weg" ist ein matschiger Pfad auf dem es bei einsetzendem Eisregen und starken Böen in Richtung unerkennbares „Ziel" geht. Mein Freund knipst mich dabei, wie ich im Begriff bin, mir eine fürchterliche Grippe einzufangen. Nach zwei Kilometern drehen wir, klitschnass, endlich um. Schon am Abend liege ich mit hohem Fieber und Gliederschmerzen im Bett. Scheppert bezeichnet meine nächtliche Kotzaktion feinfühlig als „neuen Brech-Weltrekord" und mutmaßt, dass es vielleicht doch an meinem übermäßigen Genuss von Vasco Viejo (Rotwein) der letzten Tage läge. Ist der bescheuert oder was?

Allerdings ist er sehr bemüht, bringt mir Nahrung und geht mir vor allem nicht auf den Keks. Er selbst füllt nach langer Recherche seinen Fußball-WM Tipp aus und sendet ihn per E-Mail an unsere Leute. Mit seinem, von ihm Charles „Überbiss" Bronson getauften, Hundefreund spaziert er durch den Ort und in die heute natürlich sonnenüberflutete Berglandschaft. Obwohl er überhaupt keinen Bezug zu Tieren hat, laufen die ihm hier zahm hinterher, seien es Katzen, Lamas oder eben verlotterte Straßenköter. Er sagt dann immer lächelnd: „Guck mal, ist der nicht niedlich?" Doch ohne Anflug von Trauer steigt er bei der Abreise in den Bus und lässt den treuen Begleiter einfach zurück in dieser trostlosen Kleinstadt.

Bald geht es mir besser und endlich habe ich einmal Grund zur Schadenfreude. Bei unseren Ausflügen in das Naturreservat Ischigualasto – zu recht auch Mondtal genannt – und in den Nationalpark Talampaya – eine gigantische Schlucht mit rotfarbenen Felsen – geht es ihm plötzlich dreckig. Im Örtchen Valle Fertil hatte der Feinschmecker am Vorabend wohl zu viel Fleisch mit Fleisch verspeist. Beim Asado wurden, wie es ja eigentlich üblich ist, nicht nur feine Filets aufgetafelt, sondern alles, was ein Rindvieh so zu bieten hat, also auch Herz, Niere, Leber, Schwarte und viele unappetitliche Sachen mehr. Doch der Kerl mit seinem widerstandsfähigen Ossi-Magen verspürt lediglich Übelkeit und schlimmes Bauchweh. Zwei Schottinnen, die auch von dieser Grillmahlzeit gegessen hatten, werden ins Krankenhaus gebracht. Ihnen wird dort der empfindliche britische Magen ausgepumpt.

Scheppert bleibt im Hostal und nach nur drei Bieren, scheint sein schlimmes Aua verschwunden zu sein. Er blödelt mit einem Engländer herum, dass man, wenn die WM begonnen hätte, nur noch in so genannten „Zeitfenstern" reisen könne, da man ja sonst vor der Glotze hinge. Sie beschließen, dass dies alle Spiele der asiatischen Mannschaften und vor allem die der USA sein werden und lachen die beiden Amis am Tisch dreckig an.

Die Landschaften wechseln während der Busfahrten von einem Naturwunder ins nächste, fast stündlich ihr Erscheinungsbild. Hier im Norden wirken die Menschen etwas kühler, scheinen aber dennoch begeisterungsfähig zu sein. Die Fußball-WM beginnt in wenigen Tagen. Überall hängen Fahnen und Wimpel aus den Fenstern und viele Lebensmittel gibt es nun auch in Fußball-Form. Sogar die circa 60-jährige halbblinde Friseuse, bei der ich mir die Haare schneiden lasse, ist so ein großer Fußballfan, dass sie mich zum Abschied abknutscht, nur weil ich aus Deutschland komme. In den Cafés und in Radio- und Fernsehspots gibt es nun kein anderes Thema mehr als die „Albiceleste", wie das argentinische Team genannt wird. Was ich schon für unnützes Wissen gesammelt habe. Auch Lionel Messi kenne ich nun und weiß, dass er bei Barcelona spielt. Mein Freund sollte stolz auf mich sein!

Der wird jedoch, je weiter wir in Richtung Bolivien kommen, immer unausgeglichener. Dabei geht es doch in ein verschlafenes Land, in dem einen die unterschiedlichen Eindrücke staunend zurücklassen sollen. Doch Scheppert hatte beschlossen, ab dem Schlagbaum, alles Kacke zu finden. Dies sind seine Argumente:

Das schlechte Vorankommen: Okay, es gibt in Bolivien plötzlich keine vernünftigen Straßen mehr und auch keine richtigen Busse. Gleich zu Beginn brauchen wir für 200 Kilometer ins Hochland „lächerliche" acht Stunden. Die halbe Strecke davon in einem Allrad-Jeep zusammen mit 15 anderen Erwachsenen und drei Kindern!

Die Kälte: Der soll nicht so rumheulen. Schließlich kaufen wir ihm dicke Socken, eine Wollmütze und die warme Kuscheljacke am größten Salzsee der Erde. Dort ist es abends bei 12 Grad Minus (!) tatsächlich ein bisschen frisch. Ohne Heizung im Zimmer, friert uns in der Nacht sogar das Klo ein und mein liebenswerter Freund pinkelt einfach aus dem Fenster.

Die Höhe: In Potosi, der höchstgelegenen Stadt der Welt, jammert er, trotz etlicher Kokablätter in den Backen, dass er beim Rauchen schlecht Luft bekäme. Kein Wunder, wenn man sogar beim Bergauflaufen, auf eine Kippe nicht verzichten kann. Das Essen: Ich esse in Bolivien meine besten Spaghetti, Pizzen und Lasagnen seit langer Zeit. Da er jedoch auf argentinische Rump- und Schmetterlingsteaks angewiesen ist, schaut er nun natürlich buchstäblich in die Röhre. Jammer, Jammer, Jammer. Ich werde langsam richtig sauer. Wo ist der Kerl, mit dem ich mich in den letzten Monaten so fantastisch verstanden hatte? Wo ist sein südamerikanisches Grinsen? Wo ist Mark „Fucking" Scheppert?

Dabei ist es doch gerade bei den zurückhaltenden Bolivianern schön und der grellweiße Salzsee von Uyuni ist ein absolutes Highlight unserer Weltreise. Doch ausgerechnet hier, beginnen wir uns zu streiten. Letztendlich gibt er nach einer heftigen Aussprache zu: Ihm fehle das Fußball-WM-Feeling in Bolivien.

Nicht erst auf dieser Tour habe ich über das Zusammensein mit meinem Freund gelernt, dass es unerträglich werden kann, wenn er längere Zeit mies gelaunt ist.

Ich hatte ihm 2005 die Pistole auf die Brust gesetzt: Weltreise – jetzt sofort! Ohne Rücksicht auf die Fußball-WM im eigenen Land. Wir sind hier und so bin ich jetzt auch kompromissbereit. Ich willige ein, zurück zu fahren – unter meinen Bedingungen. Unser Trip muss von dort aus weiter nach Brasilien gehen. Doch um recht bald den ersehnten Schrei „Gooooool de Alemania", in Argentinien zu hören, schlägt er sofort ein."

* * *

Meine erste Fußball-WM auf deutschem Boden! Es hätte ein großes Ereignis für mich werden können. Aber nein! Zum einen fand das Turnier auf der falschen Seite der Mauer statt, zum anderen war ich gerade erst drei Jahre alt. Mein Vater und Onkel Wolfgang hatten sich beim Frühschoppen so dermaßen einen eingeholfen, dass sie beim Finale 1974 schnarchend auf unserem Wohnzimmerteppich lagen und ich mit Mutter das Spiel allein anschaute. Die BRD wurde Weltmeister und ich – viele Jahre später – Fan dieser Mannschaft.

„Alles Scheiße" schreibt Jenna. Er berichtet in einer E-Mail, dass in den Straßen Berlins, tausende Touristen herumlungern und schon Stunden vor Spielbeginn unsere Stammkneipen blockieren. Wie eine Radioübertragung hätte er das Eröffnungsspiel verfolgt, eingekesselt von nervigen „Fans" hinter einer fetten Säule. Er hätte kein einziges Tor auf der Leinwand live gesehen. Trotzdem, zwischen den Zeilen lese ich, dass in der Hauptstadt – bei Bombenwetter – gehörig die Post abgeht. Ich habe sogar ein Bild vor Augen: Vollbusige schwedische und brasilianische Fans tanzen halbnackt in der Simon-Dach-Straße mit meinen Freunden auf den Tischen. Auch in Argentinien sehen wir doch, dass Deutschland mit der ganzen Welt eine ausgelassene Party feiert. Ein schwarz-rot-goldenes Fahnenmeer auf diesen Meilen. Ich muss mir ständig verwundert die Augen reiben und bin erstmals regelrecht stolz, aus einem Land zu kommen, das so sympathisch herüberkommt. „Alles scheiße" sieht komplett anders aus!

Gleich am ersten Tag entdecken wir die Kneipenmeile von Salta. An vielen Pubs hängen große Tafeln: „Fußball mit Livemusik." Wie gerne hätte ich das Spiel gegen Costa Rica hier (statt in Bolivien), eingekesselt von hunderten Leuten, hinter einer fetten Säule mit dem, hier angepriesenen, Eimer voller Bier verfolgt. Da wir heute einen alkoholfreien Tag einlegen, macht mich allein der Gedanke daran durstig.

Das erste Spiel der Argentinier hatten wir in San Salvador de Jujuy gesehen. Die Stadt hielt den Atem an und es herrschte eine gespenstische Stille. Nur wir rannten kurz vor 15 Uhr wie die Bekloppten durch die Innenstadt, um in die empfohlene Kneipe zu gelangen. Es gab dort zwar eine Leinwand, aber wir waren umgeben von circa zwanzig Familien, die das Spiel trocken analysierten. Zur richtigen Zeit am falschen Ort. Schon zum zweiten Mal brüllten Sylvie und ich am lautesten herum – vom Reporter im Fernsehen einmal abgesehen. Sein „Gooool de Argentina!" dehnte er auf gefühlte fünf Minuten. Wahnsinn!

Die Einheimischen schüttelten über das irre deutsche Pärchen nur die Köpfe und nach dem knappen 2:1 gegen die Elfenbeinküste gingen alle brav nach Hause. Keine Straßenparty, kein Autokorso, gar nichts in Downtown. Nur zwei angeheiterte Deutsche, die durch die Straßen taumelten und „Olé, olé" brüllten.

Auf dem Weg ins Hostal kommen wir an einem Schuppen vorbei, aus dem krachige Livemusik schallt. Obwohl wir einen ruhigen Abend geplant hatten, müssen wir dort hinein. Punkrock ist unsere gemeinsame Musik. Nach einem „Lag Wagon" Konzert in Mannheim hatte ich „my brown eyed girl" das erste Mal hemmungslos geküsst.

Die hiesige Band kann geradeso drei Akkorde spielen, der Sound ist räudig, die Texte kaum zu verstehen und außer uns hängen hier nur 16-jährige herum. Wir stellen uns vor die Bühne und wackeln mit dem Hintern. Der Sänger und einige Zuschauer tragen Tote Hosen T-Shirts und plötzlich verstehen wir auch warum. Sie beginnen, Songs der Düsseldorfer zu covern. „Los Pantalones Muertes" (Die Toten Hosen), brüllt der Frontmann ins Mikro und gibt plötzlich richtig Gas. Das scheint das Codewort gewesen zu sein, denn auf der Tanzfläche gibt es nun kein Halten mehr. Wir wissen natürlich längst, dass Punk in Argentinien schwer angesagt ist, aber, dass die Leute hier derart krass ausflippen, ist uns neu. Sie brüllen und pogen, wie ich es selten erlebt habe und wir stehen mittendrin. Die Refrains ertönen aus heiseren Kehlen und klingen in dem kleinen Saal, wie ein wütender Schrei.

Nach drei Liedern spüre ich, dass ich langsam zu alt für so einen Scheiß werde. Mein T-Shirt ist klitschnass und an den Schienenbeinen spüre ich schon jetzt die blauen Flecken von morgen. Keuchend laufe ich zur Bar, um uns dann doch mal ein Bier zu besorgen. Der Tresentyp schaut mich an, als ob ich ihn verarschen will und zeigt auf Cola, 7up und Wasser. Kurz überlege ich, was ich falsch gemacht habe, oder ob ich gar „zu jung" aussehe. Gleichzeitig schaue ich mich im Raum etwas genauer um. Das Ambiente entspricht eigentlich eher dem einer Schuldisko. Junge Mädchen und die Streber sitzen eingeschüchtert in der Ecke auf Holzstühlen. Nur die ultracoolen Jungs mit Irokesen-Schnitten und zerrissenen Jeans duellieren sich vor der Bühne, strecken die Fäuste in die Luft und brüllen die Texte mit. Im Klo werden mir endgültig die Augen geöffnet. Fünf Kids stehen am Waschbecken und lassen lachend eine Flasche Hochprozentigen kreisen. Das ist eine Schuldisko! Dankend lehne ich die mir gereichte Pulle ab und bringe Sylvie eine Cola. „Bist du bescheuert oder was? War doch nur ein Scherz mit dem alkfreien Tag!" Ich lächele sie an und weiß wieder einmal, dass sie genau die Richtige ist.

Die letzte Zugabe. Ich kann eigentlich nicht mehr, doch Sylvie stürmt bereits nach vorn. Sie spielen das Lied der Lieder. Wir hatten es in den letzten Wochen hunderte Male gehört. Es hatte uns regelrecht verfolgt und dennoch konnten wir nicht genug davon bekommen. Quilmes, Argentiniens bekannteste Biermarke, hatte als Sponsor der „Selección" einen außergewöhnlichen

WM-Werbespot gedreht. Das Video zeigt mit welcher Hingabe und Leidenschaft die Argies den Fußball zelebrieren, wie sehr sie an große Erfolge anknüpfen wollen und den Titel herbeisehnen. Das Besondere: die Bilder von jubelnden Fans und Ausschnitten wichtiger Spiele sind mit einem Punksong von „Attaque 77" unterlegt. Ein ganzes Land berauscht sich seit Tagen an „No me arrepiento de este amor". Was für ein geiler Werbespot für ein Bier. Durst! Laut schreiend springe ich in den Pulk der tobenden Massen. Links neben mir, versucht sich Sylvie auf den Beinen zu halten. Ich höre es nur Krachen und sehe, wie ein Ellenbogen von meiner Nase zurückfedert. Voll gepumpt mit Adrenalin verspüre ich keinerlei Schmerz. Doch ein Typ zieht mich von der Tanzfläche und deutet mit sorgenvoller Miene auf mein Gesicht. Nun sehe ich es auch. In weinroten Fontänen kommt mir das Blut aus der Nase geschossen. Mein Shirt, die Hose und sogar meine Schuhe sind schon eingesaut. Vor dem Spiegel im Klo kann ich nicht erkennen, ob etwas gebrochen ist, denn mein Zinken ist bereits auf Kartoffelgröße angeschwollen.

Ich reinige mein verschmiertes Gesicht und stopfe mir Papierfetzen in die Löcher. Draußen wartet die besorgte Sylvie. Erst auf dem Heimweg erfahre ich, dass auch sie sich den Knöchel verstaucht hatte. Wie ein gerade überfallenes Rentnerehepaar stolpern wir durch die einsamen Straßen. Es gibt jetzt keine geöffneten Tank- und Spätverkaufstellen mehr. Kein kühlendes Quilmes-Bier. Ich lege ihren Arm auf meine Schulter, um sie ein wenig zu stützen. Sie lächelt mich dankbar an und tupft meine Nase sauber. ‚No me arrepiento de este amor', denke ich gerührt und flüstere ihr die Übersetzung ins Ohr: „Ich bereue diese Liebe nicht!"

„Alles Scheiße", brülle ich am nächsten Nachmittag. Nein, meine Nase scheint nicht gebrochen zu sein. Wir sitzen am hektischen Busbahnhof und starren auf einen verrauschten Bildschirm mit schlechten Farben. Es läuft das Spiel Brasilien gegen Kroatien. Es ist kein schönes Spiel und der amtierende Weltmeister zeigt nicht gerade Samba-Fußball. Doch das Match findet in Berlin statt. Es wäre mir egal, ob tausende Menschen vor mir stehen oder fette Säulen mir die Sicht versperren würden. Zum allerersten Mal auf dieser Reise wäre ich jetzt gerne zusammen mit Freunden in den Straßen meiner feiernden Heimatstadt. Scheiß Auswärtsspiel! Betröpfelt gehe ich zu einem schäbigen Kiosk und kaufe Fahrtbiere. Viele!

* * *

„Wo sind wir?", frage ich den Busfahrer bereits das dritte Mal. Er nimmt den Kugelschreiber aus der Hemdtasche, kritzelt etwas auf einen Zettel und verschwindet dann. „Clorinda." Angestrengt blättere ich in unserem Reiseführer. „Sind wir bescheuert oder was?" rufe ich zu Sylvie hinüber. „Wir haben uns verfahren. Das Kaff ist an der Grenze zu Paraguay." Ich kann es noch immer nicht glauben. Wie kann man sich denn mit einem Linienbus verfahren? Meine Freundin schaut mich aus müden Augen an und murmelt: „Paraguay?"

Es besteht eigentlich kein Grund, in dieses Land zu reisen, denn es gibt dort vermeintlich „Nichts". Keinen tosenden Ozean, keine schneebedeckten Andengipfel, keine restaurierten Altstädte, keine gegrillten Fleischberge, keine Punkrock-Kneipen, keine trinkbaren Weine und kein Bier vom Fass. Dafür bitterarme Menschen, die in Baracken an stinkenden Flüssen mit Mücken, die das Denguefieber übertragen, hausen. Zudem noch unsichere Städte und eine korrupte Militärregierung, die verängstigten Einwohnern den Marsch bläst. Noch einmal schaue ich mir die Karte an. Wenn wir über Asunción reisen würden, wäre das sogar eine Abkürzung in Richtung der Iguazú-Wasserfälle – unserem eigentlichen Ziel. Ich schnappe meinen Rucksack und rufe: „Paraguay!"

Auf dem Weg zur Grenze, versuche ich Sylvie zu beruhigen. Wir werden ein neues Land erkunden und einen Scheiß darauf geben, was in Reiseführern steht. Bisher hatten wir doch schon oft viele Dinge vollkommen anders empfunden. Es winkt nicht nur ein neuer Stempel im Reisepass, sondern einmalige Abenteuer.

Gerädert erreichen wir den Schlagbaum. Sahen wir bis eben noch liebevoll sanierte Gebäude, Fußgängerzonen mit Grillrestaurants, teure Autos, klimatisierte Busse und schicke große Wachsoldaten, reisen wir nun wieder ins ursprüngliche Südamerika. Mit einem alten Taxi überholen wir Pferdewagen, schrottreife Dieselbusse, klapprige Autos und fahren, vorbei an zerfallenen Hütten, auf holprigen Straßen in Richtung Hauptstadt. Der freundliche Fahrer setzt uns an einem gewöhnlichen Hotel ab, das ungewöhnlich teuer ist. Er vermutet wohl, dass dies für seine deutschen Ehrengäste angemessen wäre. Viele ausländische Touristen fahren nicht in sein Land, hatte er uns zuvor erklärt. Dass wir für den schlierigen Pool im Hof mitbezahlen und auch die Zimmer im 80er Jahre Stil ihre schönste Zeit längst hinter sich haben, nennen Pauschaltouristen wohl verdeckte Mängel. Laut Reiseführer befinden wir uns hier in einem unsicheren Stadtteil.

Egal, wir sind müde und nehmen es für eine Nacht in Kauf. Für mich ist heute eh ein wichtiger Tag, denn Deutschland spielt sein zweites Gruppenspiel. Da können wir die Zeit nicht mit schnöder Zimmersuche vertrödeln. Auf dem Klo studiere ich lange den Stadtplan, dusche und streife mein Deutschland-Trikot über.

Endlich entdecken wir ein Café mit mehreren Fernsehern. Es sind sehr wenige Leute hier und wir fallen nicht sonderlich auf. Zunächst! Das ändert sich in der 91. Minute als Neuville das heiß ersehnte 1:0 ins Tor der Polen donnert. Ich renne vor die Tür. Nicht nur durch Dortmund und sämtliche Fanmeilen in Deutschland schallt ein Aufschrei der Erlösung. Auch ganz Paraguay – zumindest vier, fünf Straßenzüge von Asunción – hört meinen Jubel. Ich denke kurz: ‚Ach du Scheiße! Was für gewaltige Emotionsausbrüche ein Fußballspiel mittlerweile in mir erzeugen kann.', und nicke den grinsenden Passanten entschuldigend zu. Fast alle Kneipengäste kommen zum Gratulieren heraus und fragen „Mañana Paraguay aqui?" (Morgen Paraguay hier?).

Mit furchtbaren Magenkrämpfen schleicht Sylvie gekrümmt hinter mir her. Sie hatte sich im arktisch kalten Bus eine Grippe eingefangen. Leider ist sie für den Rest des Tages außer Gefecht und bleibt in unserer heruntergekommenen Nobelherberge. Ich bummele allein durch das historische Zentrum. Asunción ist nicht elegant und prachtvoll, aber irgendwie charmant. Viele kolonialzeitliche Häuser, Plätze und Fassaden zeugen von früherem Glanz. Es ist eine trotzige Schönheit. Die Menschen sind so freundlich, dass ich, entgegen meiner Art, sogar eine Kette für Sylvie und ein Paraguay-Shirt am Straßenstand kaufe. Beruhigt schlafen wir ein. Sylvie, weil sie sich ein paar Blocker eingehauen hat und ich, weil Deutschland im Achtelfinale steht. Am nächsten Tag liegt mein Mädchen ausgeknockt im Hotelbett. Sie kann sich kaum bewegen und möchte nur noch schlafen. So bin ich, gefühlt, der einzige Tourist in einer Stadt, die über eine Million Einwohner haben soll und schlendere durch die rot-weiß geschmückten Straßen. An jeder zweiten Ecke grüßen mich Leute und sprechen mich auf das Spiel an. Mein Spanisch ist noch immer nicht sehr gut, doch Daumen hoch und Lächeln überwindet jede Sprachbarriere.

Die Kneipe ist rappelvoll und die Stimmung am überkochen. Alle tragen Paraguay-Trikots und schwenken die mitgebrachten Fahnen. Man bietet mir, dem blonden Stargast, einen Platz in der ersten Reihe an und beginnt, mich mit Bier abzufüllen. Zur Halbzeit wissen 300 Leute, dass ich, „El Aleman", aus Berlin komme, wo die Partie gegen Schweden gerade stattfindet und dass wir im Achtelfinale aufeinander treffen würden, falls Paraguay heute gewinnt. Werden wir nicht! In der 89. Minute ballert Ljungberg das 0 : 1 in den Kasten der „Albirroja". Für einige Sekunden herrscht gespenstige Stille. Die Frau neben mir, beginnt leise zu weinen. Nach und nach werden wüste Beschimpfungen laut. Besonders Roque Santa Cruz wird übel beleidigt. „Puto", (Stricher) und „Puta" (Nutte), was sich wohl auf seine Mutter bezieht, brüllen einige Gäste ununterbrochen. Meine neuen rot-weißen Freunde sind außer sich vor Wut. Doch vor allem die jungen Leute verdauen das Ausscheiden ihres Teams recht schnell und laden mich in eine Karaoke-Bar ein. Da ich noch nie in so einem Laden gewesen war und den Song „Ich Roque" aus meinem Hirn verbannen will, gehe ich kurzerhand mit.

Der Laden ist gut gefüllt und eine gemütliche Couchecke für uns reserviert. Als wir sitzen, plappern alle wild auf mich ein. Ich kann nicht fassen mit welcher Unbekümmertheit sie auch über politische Themen sprechen, in einem Land, das laut Reiseführer für unterdrückte Meinungsfreiheit steht. Und noch etwas fällt mir auf. Die Frauen sehen in Paraguay fantastisch aus. Nur in Venezuela hatte ich jemals zuvor diese Konzentration an Rassefrauen gesehen. Da sie noch immer die rot-weiß gestreiften Trikots tragen, wirken sie zudem hinreißend natürlich. Lucia, deren Haare im Kerzenlicht bläulich-schwarz schimmern und die ihr Handy lässig zwischen ihre Brüste gesteckt hat, ist die hübscheste Frau, die ich seit vielen Jahren gesehen habe. Paraguays Topmodel würde jeden Schönheitswettbewerb gewinnen. Weltweit!

Was ist denn hier los? Jede zweite, der 5-Sterne-Deluxe-Grazien, will ein Foto mit mir in Schmusepose machen. Sogar die schöne Lucia nimmt mich in die Arme und lächelt trotzig in die Linse. Ich ahne zum ersten Mal, dass diese Reise auch in anderer Hinsicht einen neuen Menschen aus mir gemacht hat. Mit den zotteligen Haaren, dem kleinen Bärtchen und vor allem mit diesem zutiefst entspannten Lächeln, strahle ich scheinbar eine Anziehungskraft aus, die ich nie für möglich gehalten hatte. Doch ich kann das Gefühl nur kurz genießen, denn die Jungs wollen gegen mich im Armdrücken antreten. Somit gibt es doch noch ein versöhnliches Ende für die Gastgeber, denn Paraguay besiegt Deutschland in dieser WM mit 3 : 2. Auch Edgar und Ramos, die das Geplänkel mit den Mädels zuvor noch argwöhnisch beobachtet hatten, möchten sich jetzt in Heldenpose mit mir ablichten lassen.

Nach etlichen spendierten Bier-Pitchern bin ich so entspannt, dass ich vor 150 Leuten „People are People" von Depeche Mode ins Mikrofon krakele. Gemeinsam mit Carla summe ich sogar noch ein Lied von „Maná". Der Applaus ist überwältigend. Glaube ich zumindest, denn mittlerweile bin ich sehr betrunken.

Die Fiesta ist noch im vollen Gange, als mich Lucia vor die Tür zerrt. Ich verstehe nicht ganz, was wir hier sollen, doch sie legt mir ihren Zeigefinger auf den Mund. Zärtlich umfasst sie meinen Hals, zieht mich zu sich herunter und küsst mich mit warmen Lippen. Doch ich lasse mich nicht fallen und vergesse, wo ich gerade bin. Augenblicklich stoße ich sie weg. Der Kuss erinnert mich daran, dass die schönste Frau des Universums im Hotel liegt und auf mich wartet. Lucia versteht das sogar und zum Abschied drücke ich sie und 40 andere Leute herzlich. Alle versprechen mir, von nun an für Deutschland zu sein. Ich glaube ihnen und schwanke allein durch die angeblich gefährlichen Gassen.

Kurz nach 2 Uhr entdecke ich eine Imbissbude und lese erstaunt „Perro Caliente" (heißer Hund). Der alte Mann drückt mir freudestrahlend einen „Hot dog" in die Hand. Auch ihn umarme ich lange.

Wenngleich ich noch nicht viel von Paraguay gesehen habe, spüre ich in dieser lauen Juni-Nacht, dass ich wieder im ursprünglichen Südamerika gelandet bin. In einer unberechenbaren Wunderwelt. Ich habe in kürzester Zeit so viele angenehme Menschen kennen gelernt, die sich nicht nur sehr kritisch über ihr Fußballteam, sondern auch über andere Dinge in ihrem vermeintlichen Dritte-Welt-Land geäußert haben. Doch besonders für ihre herzliche Gastfreundlichkeit konnte ich mich erwärmen. Es war mir vorgekommen, wie in der DDR, wenn Westdeutsche zu Besuch waren. Wir wollten dann auch immer, dass sie einen guten Eindruck von uns mit über die Grenze nehmen. Nur, dass uns das damals nie gelungen war. Leider müssen wir nun weiter reisen. Paraguay ist ausgeschieden.

* * *

Es gibt kein Paradies auf Erden! Wir sahen viele traumhafte Orte auf unserer Weltreise, die diesen abgedroschenen Begriff verdient hätten, aber irgendetwas hatte den Eindruck immer wieder getrübt. Wir hatten Kakerlaken, Monstermücken oder gar fette Ratten im Zimmer und tödlich-giftige Viecher im Meer gehabt. Erlebten leichte bis mittelschwere Naturkatastrophen, stoppten tagelang an unpassierbaren Straßen und ertrugen unerträgliche Hitze oder Kälte. An einigen Orten waren uns unfreundliche Bewohner, zwielichtige Gestalten, oder nervige Backpacker begegnet.

Und jetzt geht es nach Brasilien. Mein Bild von dem Land ist nicht gerade geprägt von braungebrannten Schönheiten mit Bikini-Titten, die mit einem Caipi in der Hand Lambada tanzen. Mir erscheint nicht sofort ein farbenfroher Karneval vor dem geistigen Auge und auch kein einsamer Indio, der friedlich auf dem Amazonas dahin dümpelt. Ich sehe gefährliche Favelas schier endlos die Berge hinaufklettern. In ärmlichen Bretterbuden wohnen Kinder, die bereits mit acht ihren ersten Raubüberfall und mit zehn einen bestialischen Mord begangen haben. Im Internet spukt es nur so vor Reisewarnungen. Es ist ein Land mit immenser Kriminalität und professionellen Drogen- und Killerbanden.

Brasilien war ursprünglich gar nicht in unseren Planungen aufgetaucht, aber Sylvie hatte sich durchgesetzt und nun läuft ja auch die Fußball-WM. Da ist es durchaus einen Versuch wert, einmal im Land von Pelé und Ronaldo vorbeizuschauen. Ich baue ein bisschen auf unser bisheriges Glück.

Wir fliegen nach Rio de Janeiro, das sich selbst ganz bescheiden, als schönste Stadt der Welt rühmt, aber eben auch eine der gefährlichsten sein soll. Unsere Beunruhigung steigt, als wir im Internetcafé sehen, dass sich keines der zuvor angeschriebenen Hotels zurückgemeldet hat. Mit einem Taxi fahren wir über die Grenze nach Foz de Iguazú. Unser Flug hat ordentlich Verspätung. Das bedeutet, dass wir erst mitten in der Nacht ohne Bettenbuchung in der Millionenmetropole landen werden. Allerdings bekommen wir Gutscheine, was meine Freundin dazu animiert, ein Tablett voller Bier (sechs) anzuschleppen. Braves Mädchen!

Im Flieger begrüßen uns Stewardessen, die während der WM voller Stolz das Brasilientrikot tragen. Der Pilot gibt alle paar Minuten Informationen durch. Allerdings nicht über das Wetter oder die Flughöhe, sondern irgendetwas, das die Maschine jedes Mal gehörig zum Schwanken bringt. Nach der dritten Durchsage haben wir es dann auch endlich kapiert. Viermal wankt die Boing bedenklich von links nach rechts. Brasilien besiegt Japan mit 4:1. Auch der dicke Ronaldo traf zweimal, zeigt mir eine ältere Dame ganz aufgeregt mit zwei Fingern. Am Terminal von Rio sind die Menschen außer Rand und Band. Es war das letzte Vorrundenspiel, Brasilien hatte sich längst für das Achtelfinale qualifiziert, aber schon jetzt drehen die Leute durch, als wäre der Cup wieder in der Heimat. Überglücklich drücken sie uns Bier in die Hand und erwarten, dass wir die Gänge entlang tanzen.

Vor einer Sache wird von offizieller Seite dringend gewarnt: Am Flughafen sollte man sich auf keinen Fall von Leuten anquatschen lassen, die sich mit einem das Taxi teilen wollen. Auch nicht von anderen Touristen. Man werde möglicherweise ausgeraubt und nur mit Unterwäsche bekleidet zurückgelassen, im schlimmsten Fall auch gleich erschossen. Uns spricht ein höflicher Kanadier an, ob wir uns die Kosten dritteln wollen. Er sieht sympathisch aus und wir steigen ins Auto. Nur mit Unterwäsche bekleidet, liegen wir 45 Minuten später auf den Betten eines passablen Hotels am halbmondförmigen Strand der Copacabana. Der Fahrer hatte uns auf dem Weg begeistert gezeigt, wo Ronaldo das Fußballspielen erlernt hatte und wo er, die Tante und sein Opa mal wohnten. Die Caipirinha am Strandkiosk schmeckt wie der erste Eindruck von diesem Flecken Erde: paradiesisch!

Gleich am zweiten Tag spielt Deutschland sein Achtelfinale gegen Schweden. Die Brasilianer interessieren sich scheinbar überhaupt nicht für die Spiele der anderen Teams. Bei eigenen Partien ist die Hölle los, aber sonst sind die Kneipen leer. Es gibt dann auch keine Vor- oder Nachberichterstattung. Die Fußballsendung startet parallel mit dem Anpfiff und unmittelbar nach dem Schlusspfiff beginnt eine bekannte Telenovela. Kein brasilianischer Netzer und Delle, sondern „Prova de amor" und „Belissima". Dann füllen sich die Bars auch wieder. Um 12 Uhr Mittags sitzen Sylvie und ich ganz allein an der Copacabana in einer Strandbar vor einem Flachbildschirm. Die beiden Tore von Poldi werden auch in Rio de Janeiro frenetisch gefeiert. Ein Mensch im Trikot der Deutschen hatte sich das Jubeln längst bei den Brasilianern abgeschaut. Viele kommen in Badeshorts an unseren Tisch, klopfen mir auf die Schulter und gehen dann lächelnd weiter. Einige sprechen uns an und wollen wissen, was wir im Verlauf der WM erwarten. Mit dem Spruch: „Final? Alemanha – Brasil!" können wir ganz schnell ihre Herzen erobern. Was für eine Stadt! Was für eine Zeit! Die Bögen von Lapa mit ihrer Partystimmung und Argentinien gegen Mexiko. Der Corcovado mit seiner Jesusstatue und Portugal gegen Holland. Der Strand von Ipanema mit heißen Girls und England gegen Ecuador. Das gigantische Maracanã-Stadion und Italien gegen Australien. Wir fahren U-Bahn, Bus, Seilbahn, Taxi, Boot und schweben zu Fuß über die geriffelten Mosaiksteine der Copacabana. Überall, an jedem Strand und auf jeder noch so winzigen Grünfläche spielen die Menschen Fußball. Kinder, Jugendliche, alte Männer und selbst Frauen. Ich bin am schönsten Ort der Erde und es laufen die Achtelfinals einer Fußball-WM. Kann das nicht immer so bleiben? Es ist ein Traum mit Zuckerhut. Doch Rio sprengt unser Budget, auch wenn wir in den buffetartigen Kilo-Restaurants mittlerweile wissen, dass man sich keine Kartoffeln auf den Teller haut, da nach Gewicht abgerechnet wird. Wir beschließen, nach Parati zu fahren.

Der kleine Fischerort sieht aus, als fände die WM hier statt. Alle Kopfsteinpflaster-Straßen sind mit grün-gelb-blauen Girlanden geschmückt. Eine gigantische Choreographie, die in ihrer Gesamtheit die brasilianische Flagge ergibt. Einige Anwohner haben sogar ihre Häuser mit kunstvollen Bildern ihrer Fußballgötter bemalt. Ronaldo und Ronaldinho grinsen uns überall an. In einer Gasse werden zwei Fernseher von der Nachbarschaft in den Vorgarten geschleppt. Direkt daneben stehen der Grill und ein beeindruckend großer Tiefkühler, in den gerade kistenweise Bier geladen wird. Brasilien spielt und wir werden sofort dazu genötigt, das Match gegen Ghana mit ihnen zu schauen. „Para ti" (für dich) rufen uns die Einwohner von Parati, mit einer beschämenden Gastfreundlichkeit zu und drücken uns ein Bier nach dem anderen in die Hand. Zur sendefreundlichen Mittagszeit sehen wir, gut versorgt mit Gerstenbräu und Gegrilltem, wie Brasilien leicht und locker 3 : 0 gewinnt.

Auch hier lerne ich wieder etwas dazu: Sobald die Grillstäbe heiß und alle Fächer des Kühlschranks bestückt sind, interessiert das Spiel eigentlich niemanden mehr. Fußball ist in Brasilien eher ein soziales Ereignis, als ein sportliches. Alle stehen trinkend ums Futter herum und haben Spaß miteinander. Wenn die Stimme des Kommentators mal hektisch eine Oktave nach oben geht, wird kurz ein bisschen geschrien, die Gegenmannschaft verflucht und sich im nächsten Moment wieder dem Teller gewidmet. Nur die Tore werden zelebriert. Ein ohrenbetäubendes „Gooooool" schallt dann minutenlang durch den Ort. Die Menschen springen schreiend in die Lüfte und liegen sich glückselig in den Armen, um das Ereignis, durch eine kurze Tanzeinlage mit beeindruckendem Hüftschwung zu beschließen.

Noch etwas Lehrreiches: Wenn die Partie abgepfiffen und gewonnen ist – die Brasilianer gewinnen nach eigener Einschätzung sowieso jedes Spiel – kommt das Wichtigste: Die Party danach! Auch für uns bedeutet das, noch drei Stunden nach Abpfiff, mit trommelnden und singenden Menschen, in einem karnevalähnlichen Festumzug, durch den Ort ziehen. Eine halbe Stunde darf ich den Mob von 3 000 Leuten sogar Fahnen schwenkend anführen. Was für eine Ehre! Was für ein Erlebnis! Auch Sylvie ist jetzt Fußballfan – Gott ist Brasilianer!

Alle Einheimischen, die wir an diesem Tag treffen, rufen uns zu: „Final? Brasil – Alemanha!", und können damit ganz schnell unsere Herzen erobern.

* * *

Göte hatte uns die beiden Deutschland-Trikots geschenkt und mich dadurch zusätzlich inspiriert, während der WM auszuflippen. Beim Eröffnungsspiel gegen Costa Rica hatte ich in Bolivien einen ganzen Ort zusammen gebrüllt und auch in den beiden anderen Vorrundenspielen in Paraguay und Argentinien war ich unverhältnismäßig laut gewesen. Natürlich bin ich längst ein Fan dieser Mannschaft, doch erst im Ausland wurde mir das richtig bewusst.

In Trindade finden wir für schmales Geld ein Spitzen-Appartement direkt am tosenden Meer hinter feinkörnigem Sandstrand. Umrahmt wird die Kulisse von unberührten Inseln und wolkenumschlungenen Bergen, an denen sattgrüne Wälder hinaufklettern. Bäume, Strand und Meer – Brasilien ist hier grüngelb-blau.

Die Gespräche mit den Einheimischen verlaufen im holprigen Englisch-Spanisch-Portugiesisch-Mix in etwa so: „Wo kommt ihr her? Was macht ihr denn dann bei uns, wo doch gerade die WM in Deutschland ist? Ach so, die Spiele in Brasilien schauen. Klar, ist ja auch viel schöner hier. Wollt ihr ein Bier?" Meistens nicken wir.

Endlich ist es soweit: Deutschland gegen Argentinien! Bereits seit den frühen Morgenstunden bin ich fix und fertig – so sehr fiebere ich dem Spiel entgegen. Es gibt da noch eine persönliche Rechnung zu begleichen.

Klar jubelte ich bei unseren Treffern gegen Ecuador in Puerto Igauzú überzogen laut, um den anderen Backpackern zu zeigen, dass auch wir das können. Doch zu meinem Erstaunen ärgerten sich vor allem die Argentinier darüber. Nach dem Spiel kam eine Angestellte zu mir und sagte, dass ihr Chef nicht will, dass ich hier herumlungere. Wie sie es sagte, hätte es auch heißen können: „Hausverbot, du deutsches Arschgesicht!" Wutschnaubend verließ ich mit Sylvie den Laden. Seit jenem Tag in der Kleinstadt an den grandiosen Wasserfällen hoffte ich, dass wir in diesem Turnier aufeinander treffen würden. Dann bekämen sie richtig was auf die Fresse. Sportlich. Rein sportlich.

Mit stolzgeschwellter Brust streife ich das weiß-schwarze Nationaltrikot über und verdonnere Sylvie dazu, dass auch sie heute unser rotes Auswärtsshirt tragen muss. Wir stolzieren über den Strand, doch nur vor einer kleinen Bar mit Strohdach sitzen ein paar Einheimische und winken uns lächelnd zu.

Als wir die schöne Badebucht weiter südlich erreichen, das gewohnte Bild. Bis auf den Besitzer des Ausschanks ist niemand weiter da. Meine Nervosität weicht Enttäuschung, denn auch bei Spielbeginn sitzen lediglich Sylvie und ich vor dem Fernseher. Obwohl wir im Hintergrund dem sanften Meeresrauschen lauschen, ist die Stimmung beim Anpfiff um 12 Uhr einfach nur lausig.

„Poldi, Klosi, Ballacki!" Die brasilianischen Fußballreporter hängen tatsächlich an viele deutsche Spielernamen ein „i" heran – wie süß. Nur bei „Lahm" – (gesprochen Laaam) und „Friedrich" (Fridridsch) lassen sie es weg und Leute, wie „Mertesacker" erwähnen sie erst gar nicht. Nach dem Halbzeitpfiff rennen wir den Strand hinunter, um rechtzeitig in die Strohdach-Kneipe zu gelangen. Bereits nach wenigen Minuten sind wir von der neugierigen Dorfgemeinschaft umringt. Alle bestaunen uns. Wir tragen echte Adidas-Trikots und jubeln, schimpfen und schreien mit knallroten Köpfen. Wir sind Leute, die aus der Stadt mit dem riesigen Stadion dort vorn auf dem Bildschirm kommen. Eine kleine Sensation.

Das Spiel geht weiter. Um unsere Nerven zu beruhigen, brechen wir früh mit der „Ein-Bier-Pro-Tor-Regel". Bald brüllen wir bei jedem angekommenen Pass, doch in der 49. Minute schlagen wir verzweifelt die Hände vors Gesicht. „Das war's dann wohl", sagt Sylvie, nach dem Tor von Ayala, trocken. Ernüchtert stelle ich fest, dass sogar meine Freundin sieht, wie sattelfest deren Defensive ist. Neben uns jubelt eine zierliche Frau und erst jetzt sehe ich, dass sie ein Trikot der Gauchos trägt. Laura aus Buenos Aires erzählt zögerlich, dass sie sich nur während der WM für Fußball interessiere. Doch mittlerweile fühle ich mich pudelwohl. Zwanzig zynisch stichelnde Brasilianer, eine aufgeregte Argentinierin, ein Pärchen lächelnder Chilenen und wir schreien wild durcheinander. Trainer Pekerman nimmt den Spielmacher Riquelme vom Platz. Doch anstatt – wie schon während unserer Reise durch Argentinien permanent von seinen Landsleuten gefordert – den kleinen Messi spielen zu lassen, geht mit der Hereinnahme von Cambiasso, die Linie im Spiel unseres Gegners verloren. Als „Klosi" nach Vorlage von „Ballacki" in der 80. Minute zum Ausgleich einköpft, würden Millionen Argentinier ihren Coach sicherlich gerne lynchen.

Doch zwei Deutsche feiern ihn grenzenlos. „Gooool de Alemanha!", brüllen wir mit dem Kommentator im Chor. Ein gewaltiger Adrenalinstoß wird freigesetzt. Unser Jubel lässt die Strandhütte beben und Laura wischt sich ein erstes argentinisches Tränchen aus den Augenwinkeln. Der Chilene zückt seine Kamera und filmt.

Die Verlängerung erleben wir wie im Delirium und das Elfmeterschießen ist wahrscheinlich „der magische Augenblick" in der jüngeren Geschichte unserer Nationalmannschaft. Jeder zweite Deutsche wird sich sicher noch in zwanzig Jahren daran erinnern, wo er in jenen Stunden gewesen ist.

Nach dem letzten von Lehmann gehaltenen Strafstoß sprinte ich in voller Montur in den Atlantik und schreie vor Freude minutenlang gegen die tosenden Wellen an. Jeder Gast gratuliert uns persönlich und wir spendieren allen Anwesenden ein Bier. Herzensangelegenheit! Die Chilenen laden uns zur Party am Abend ein.

Roberta, Joana, André und Marcello begrüßen uns euphorisch und sogar Laura, scheint sich zu freuen. Als das Geburtstagskind dann endlich erscheint, stellt sich heraus, dass er der chilenische Harald Schmidt mit eigener Latenight-Show ist. Gefilmt hatte er uns vor allem deshalb, weil er darüber im TV berichten will. Schon lustig, dass gerade wir dort als „erlebnisorientierte Fans" unser Heimatland repräsentieren werden. Wir tanzen, singen und lachen bis früh um 4 Uhr. Es wird einer dieser Tage, von denen ich noch in 20 Jahren berichten werde. Danach sind wir in der 300-Seelengemeinde bekannt wie bunte Hunde und werden von jedem per Handschlag begrüßt. Mich nennen sie nun „Marki".

Natürlich wurden wir streng ermahnt, am nächsten Tag zur großen Show der Brasilianer gegen die Franzosen zu erscheinen. Schon auf dem Weg zur Bar sehen wir, dass selbst das winzige Dorf nun farbenfroh geschmückt ist. Fröhliche Menschen in grün-gelben Shirts winken uns siegessicher zu und lassen fette Böller explodieren. Roberta und Joana umarmen uns wie alte Freunde und zerren uns sofort zum Buffet. Gemüsereis, Humus, Fisch, Grillfleisch in allen Variationen und sogar Bratwürste werden gereicht. Wir ahnen, dass sie eher zu den Ärmeren des Landes gehören, doch am heutigen Tag dürfen wir nicht mal für die Getränke bezahlen. Nach zehnmal „Não" (Nein) akzeptieren wir endlich, dass wir ihre uneingeschränkten Gäste sind.

Nicht nur deshalb wünsche ich mir, dass die „Seleção" den Platz als Sieger verlässt. Ein Frosch namens „Henry" zerstört in der 57. Minute so viele Träume. Er bricht die Herzen von 180 Millionen Brasilianern, stoppt die stolzen Gesänge, die heißen Sambatänze und verwandelt fröhliche Gesichter in tieftraurige. Nicht nur die Frauen schluchzen, auch Marcello und André, weinen bittere Tränen. Sylvie und ich müssen fast mitflennen. Wir versuchen die herzensguten Menschen zu trösten, doch es gelingt uns nicht. Auch für uns ist das Ausscheiden eine Katastrophe. Kein Traum-Endspiel Deutschland gegen Brasilen. Wir liegen uns fassungslos in den Armen.

* * *

Hohe Wellen türmen sich vor mir auf und plötzlich springen zwei Delfine über die Schaumkronen. Langsam kommen sie mir entgegen geschwommen und lassen sich schließlich sogar berühren. Ein Glücksschauer läuft mir über den Rücken, als meine Hand über ihre elastische Haut gleitet. Ich hatte das immer als Unsinn abgetan, doch die beiden scheinen mich tatsächlich anzulächeln. Selbst als ich längst mit einer Zigarette am Strand sitze, strecken sie uns vergnügt die Köpfe entgegen. Sylvie legt einen Arm um mich. Unsere Zehen berühren die angespülte Brandung. Gebannt schauen wir aufs Meer und beobachten das einmalige Schauspiel. Ich weiß in diesem Moment: So glücklich werde ich nie mehr im Leben – vor einem WM-Halbfinale mit deutscher Beteiligung – sein. Niemals!

Wir verlieben uns sofort in das kleine Örtchen Itaunas mit seinen sandigen Wegen. Eine Pousada ist hier schöner als die andere und schließlich finden wir eine Traumunterkunft mit Pool und gemütlichen Hängematten vor den Zimmern. Marie zeigt uns den Weg zum Strand. Wir überqueren einen Fluss und hinter dem Nationalparkschild verstehen wir, warum alle Gassen des Ortes so weichgespült aussehen. Die sich vor uns auftürmenden Wanderdünen wehen unablässig beigefarbenen Sand in den Ort hinein. Dahinter liegt der blaue Atlantik.

Rechtzeitig sind wir zurück, duschen und streifen unsere Trikots über. Überall im Ort liegen grün-gelb-blaue Girlanden im Dreck. Brasilien hat abgeschmückt. Wieder einmal sitzen wir allein in einer Kneipe. Deutschland gegen Italien. Das scheint hier niemanden vom Hocker zu hauen. Nach der torlosen ersten Halbzeit gehen wir kurz in unsere Pousada und sehen im Restaurant nebenan, wo sich die Hardcore-Fans des Ortes aufhalten. Hier! Endlich treffen wir Mauro, den italienischen (!) Inhaber unseres Hotels, der uns, trotz falscher Trikotfarben, herzlich begrüßt und sofort mit seinen Dorfkumpels und drei Freunden aus dem Land des Stiefels bekanntmacht. Die zweite Halbzeit beginnt.

Das Lokal ist in grün-weiß-roter Hand. Mauro und seine Gang tragen Trikots der „Squadra Azzurra" und eine riesige italienische Fahne hängt von der Decke herab. Brahma-Bier und reichlich Kurze werden gereicht, was die Stimmung zusätzlich anheizt. Ich habe endlich das Gefühl, zur richtigen Zeit am richtigen Ort zu sein. Die Hütte brodelt, als ob wir uns in Sizilien befänden. Wir hatten nichts von dem italienischen Sender gehört, der mit seinen Anschuldigungen den Ausschluss von Torsten Frings verursacht hatte. Wir wussten nicht, dass gehässige Internetforen in Deutschland zum „Pizza bestellen" während des Halbfinales aufgerufen hatten. Wir empfanden auch nicht, dass Italien unberechtigt so weit gekommen war. Dennoch bilden sich sehr schnell zwei Fan-Lager: Sylvie und ich gegen den Rest.

Das Spiel ist nicht gut, lebt aber von der Magenkrämpfe verursachenden Spannung und als nach 90 Minuten noch immer keine Tore gefallen sind, ordern auch wir erste Beruhigungsschnäpse. Mauro, der heißblütige und zugleich so schelmisch grinsende Kerl, dessen einziger deutscher Satz: „Du bist eine Scheiße-Italiener" ist, platziert zur Verlängerung Heiligenfiguren im Raum.

Die weihevolle Madonna direkt auf dem Fernseher wirkt in der 119. Minute. Das muss sie, denn Fabio Grosso ist der Torschütze. Der spielt bei Mauros Lieblingsverein: Palermo. Nach dem zweiten Tor dreht unser Hotelier endgültig frei. Die ganz große Freude. Zumindest für ihn und alle Italien-Fans auf dieser Welt. Erstmals im Leben füllen sich meine Augen wegen eines Fußballspiels mit Tränen und Sylvie nimmt mich tröstend in die Arme. Nach und nach kommen die Gäste an unseren Tisch und drücken ihr Mitgefühl aus. Barbesitzer Cassio stellt die Flasche Cachaça vor uns ab und Mauro setzt sich dazu. Er bettelt fast, dass wir nun bis zum Finale bleiben, in der Suite – ohne Aufpreis. Ich spüre, wie meine Trauer allmählich verfliegt, erhebe mein Glas und rufe: „Du bist eine Scheiße-Italiener!"

Tatsächlich falle ich in kein depressives Fußball-WM-Loch. Noch am Abend habe ich die bittere Niederlage verdaut und in den nächsten Tagen bekommen wir als Entschädigung, kostenlos Bier und Caipis an den Pool geliefert. Dazu gibt es süditalienische Kost. „Sylvie, Mark – Mangiare!" (Essen!), ruft Mauro ständig.

Im Spiel um die goldene Ananas gegen Portugal ist das komplette Dorf für „uns". So niedlich: Sandro hatte sogar deutsche Musik aus dem Internet herunter geladen. Rammstein und Marlene Dietrich. Wir singen lachend „Du hast mich" und bejubeln gemeinsam das grandiose 3 : 1. Cassio schießt nach den Schweini-Toren riesige Böller vor der Kneipe in die Luft, die eigentlich für das Finalspiel von Brasilien gedacht waren. Deutschland ist WM-Dritter. Alles macht Sinn.

Am Morgen des Finales ist Mauro hibbelig und vollkommen überdreht. Erstmals sehe ich ihn rauchen und auch, dass er die ersten Caipis vor 13 Uhr serviert, ist neu. Immer mehr Leute kommen in die Bar von Cassio. Mittlerweile kennen wir 80 Prozent von ihnen. Beim letzten Anpfiff der WM ist die Stimmung ausgelassen und zugleich hochexplosiv. Bereits in der siebten Minute werden unzählige neue Heiligenfiguren auf dem Fernseher drapiert, die Zidane im weiteren Verlauf des Spiels verhexen sollen. Der hatte den Elfmeter mit einer unglaublichen Überheblichkeit unter die Latte gelupft. Wieder einmal wirkt der Zauber, da ausgerechnet der Strafstoßverursacher Materazzi wenig später zum Ausgleich einköpft. Durch einen coolen Spruch in der 110. Minute der Verlängerung sorgt er zudem dafür, dass „Monsieur Lichtgestalt" die Nerven verliert. In Cassios Kneipe gibt es nach dem brutalen Kopfstoß kein Halten mehr. Mauro brüllt eine Salve wüster Beschimpfungen durch den Raum. „Bist du bescheuert oder was? Rote Karte!", feuere ich ihn an. Der französische Kapitän läuft mit hängendem Kopf vom Platz.

Den WM-Titel hat Italien dann auch ein bisschen mir zu verdanken, da ich vor dem Elfmeterschießen eindringlich dazu rate, einen Extra-Heiligen für den oftmals unsicheren Schützen Del Piero zu platzieren. Es hilft und als Grosso das entscheidende Tor in die Maschen donnert, drehen alle durch. Ein Aufschrei ungeahnten Ausmaßes erfüllt die Kneipe minutenlang. Frankreich ist nicht Weltmeister, Deutschland bekommt Freibier und Brasilien schießt die restlichen WM-Böller in den Himmel. Vor Freude taumelnd, singen die Gäste mit portugiesisch-italienischem Slang: „We are the champions."

Als ich schon richtig einen sitzen habe, bittet mich Mauro, beim eigenen Fußballspiel mitzumachen. Ich ziehe dafür sogar extra mein Hellas Verona-Trikot an. Die Partie findet auf einem Kleinfeld gegen die ballverliebte Dorfjugend statt. Ich, Klosi, wie sie mich trotz des blau-gelben Shirts, nennen, spiele ganz manierlich und erziele sogar einen Treffer. Ohne Kopfstöße und Elfmeterschießen trennen wir uns friedlich 6 : 6. Mit Mauro springe ich kreischend in den Pool und Marie drückt uns lächelnd eine frische Caipi in die Hand. Was für ein Abschluss einer Fußball-WM!

In der hitzigen Nacht beugt sich Sylvie zu mir herüber und flüstert: „Wollen wir in Brasilien eine kleine Pousada aufmachen? Bist du dabei?" Warum eigentlich nicht? Ich habe aufgegeben, nach einem höheren Sinn im Leben zu suchen und möchte einfach nur glücklich sein. Vielleicht gibt es ja doch ein Paradies auf Erden!

*   *   *

Im Fischerörtchen Taganga an der Karibikküste Kolumbiens treffen wir eine Spezies, der wir aufgrund unserer Reiseroute lange erfolgreich aus dem Weg gegangen waren. Es sind nicht nur fünf oder sechs Leute, sondern regelrechte – vorzugsweise englisch, hebräisch und französisch sprechende – Backpackerhorden. Alle Hotels direkt am Strand sind von ihnen blockiert und stylishe Typen und gackernde Bikini-Püppchen beobachten hinter schwarzen Marken-Sonnenbrillen, unsere Suche nach einem geeigneten Quartier.

Für die globalisierte Gemeinschaft der „Lonely Planet Generation" scheint dieser Ort der Endpunkt ihres Südamerika-Kreuzzuges zu sein, denn tatsächlich liegen auch zwei Schottinnen im Sand, die wir zuletzt kotzend in Nordargentinien gesehen hatten. Sie wären seit Monaten mit der gleichen Truppe unterwegs gewesen, berichten sie stolz, und sind nach Bolivien, Peru und Ecuador nun in Kolumbien gelandet. Die coole Gang hatte fast alle wichtigen Inkaruinen, Berggipfel, Flussläufe und Wasserfälle des Kontinents gesehen und auf tausenden Digitalfotos verewigt. Ob in großen Städten oder bei zurückgezogenen Indiostämmen, überall hätten sie extrem gechillt und legendäre Partys gefeiert. „Amazing!", ist ihr bevorzugtes Wort.

Als wir uns von den Hühnern verabschieden, denke ich darüber nach, was mich von diesen stumpfsinnigen und dennoch so unbekümmerten Rucksackreisenden auf unserer Reise unterschieden hatte. War ich gebildeter, kultivierter oder niveauvoller gewesen? Nein! Auch ich war in Landschaften und Orte gereist, in denen ich mit meinem weißen Arsch eigentlich überhaupt nichts zu suchen hatte. Oftmals ohne Sinn und Verstand war ich durch vormals unberührte Landschaften gefahren und in eine heile Welt mit bis dato glücklichen Menschen eingedrungen, die von mir weder etwas brauchten noch etwas lernen konnten. Allein durch mein Erscheinen hatte ich vielleicht ein letztes Stück Paradies zerstört.

Was werde ich also zu Hause erzählen auf die Fragen: „Was hat dir die Weltreise gebracht? Hast du gefunden, wonach du gesucht hast?" Wir haben nur noch wenige Tage bevor es zurück nach Deutschland geht. Ich nehme mir vor, nun endlich auf eine intensive Suche zu gehen.

Natürlich buchen wir die Bootsfahrt in den Tayrona Nationalpark nicht bei den marktschreierischen Touranbietern im Ort, sondern bei einem Fischer namens Francesco, der mich mit den Worten „Ah! Messi!" begrüßt. Ich habe mich daran gewöhnt, dass dies überall geschieht, sobald ich mein Barcelona-Trikot in Südamerika trage. Ich antworte überschwänglich: „Ah! Totti!"

Wir sind uns nicht ganz schlüssig, ob wir die richtige Entscheidung getroffen haben, denn das mit 25 kreischenden Backpackern beladene Boot, welches zehn Minuten vor uns ablegt, sieht wenigstens vertrauenerweckend aus. Unser Äppelkahn gleicht einem Ruderboot mit Außenborder, mit dem man maximal auf einem Baggersee herumgondeln kann. Als wir den deutschen Namen auf der Seite der Nuss-Schale lesen, müssen wir dennoch schmunzeln. Das Ding heißt „Schnecke".

Neben Sylvie, Victoria, dem Kapitän und mir haben wir noch den kleinen „Siete" (Sieben) an Bord. Er ist ein Frühchen, ein Sieben-Monats-Kind und wird seit seiner Geburt deshalb überall nur „Siete" gerufen, erklärt uns Opa „Totti" stolz. Als wir die Bucht gemächlich tuckernd verlassen, lächele ich in mich hinein. Was für eine Gurkentruppe: „Siete", „Totti", „Messi", Victoria „Beckham" und Sylvie „van der Vaart" stechen auf der kriechenden „Schnecke" in See. Da das die anderen wahrscheinlich eh nicht verstehen würden, behalte ich es lieber für mich. Es ist ein sonniger Tag und eine sanfte Brise sorgt für angenehme Temperaturen. Auf dem offenen Meer wird mir jedoch sofort ein bisschen mulmig, da hier draußen ein gehöriger Wellengang herrscht. Knatternd rast eine weitere Touristendschunke an uns vorbei. Die zwei Schottinnen winken uns zu, während der Steuermann verständnislos mit dem Kopf schüttelt und Totti einen Vogel zeigt. Ich verstehe nicht ganz warum, da ich es auf unserem Boot nun ganz angenehm finde. Frau van der Vaart und Frau Beckham sonnen sich im Bikini am Bug, während ich mit Siete versuche, Fische zu fangen. Der Motor röhrt monoton und Totti steuert uns sicher über gleichförmig laufende Wellen. An Land sehen wir die Schnorchelbucht bevor wir eine größere Landzunge mit scharfkantigen Felsen umschiffen. Der Wind nimmt ein wenig zu. Obwohl ich bereits jetzt finde, dass wir ziemlich weit vom Land entfernt fahren, steuern wir hinter der Klippe noch weiter aufs offene Meer hinaus. Das Boot beginnt sich immer mehr zu heben und wieder zu senken. Die Wellen werden um einiges höher, bedenklich viele Strudel kräuseln die Wasseroberfläche und es weht ein böiger Wind, der immer weiter auffrischt.

Plötzlich, wie aus dem Nichts, erwischt uns frontal eine riesige Monsterwelle. Alle schreien panisch auf, da wir gleichzeitig von der schäumenden Wasserfontäne nach hinten geworfen werden. Das Boot schlingert sekundenlang bedenklich hin und her. Während Totti hektisch versucht, uns wieder auf Kurs zu bringen, sucht Sylvie ihre Sonnenbrille und Victoria rubbelt ihre Kamera trocken. Siete kauert sich ängstlich unter die Sitzbank. Dort sehe ich auch, dass wir blassgelbe Schwimmwesten an Bord haben. Drei! Es sieht jetzt so aus, als ob auch von unten Wasser durch die Holzplanken eindringt, denn meine Füße stehen bereits knöcheltief darin. Als ich dies gerade an Sylvie weitergeben will, trifft uns seitlich der nächste Kaventsmann mit voller Wucht. Die „Schnecke" neigt sich um 40 Grad. Ich bekomme Angst und brülle irgendwas von Schwimmwesten durchs Boot. Doch es rauscht bereits die nächste drei Meter hohe Wand auf uns zu. Wassermassen türmen sich vor uns auf und wie in einem Katastrophenfilm fahren wir in Zeitlupe die Welle hinauf, um auf der Kammspitze im Höllentempo wieder herunterzurasen. Mir wird schlecht.

Totti beginnt Wasser aus dem Bootsinneren zu schöpfen. Er benutzt dazu, ein winziges Plastikschüsselchen und ich helfe ihm mit bloßen Händen. Die Brecher, die nun aus allen Richtungen zu kommen scheinen, sind so laut, dass ich es nicht höre. Aber ich spüre es und als ich in Tottis panische Augen schaue, weiß ich es auch. Die „Schnecke" stellt sich quer. Der Motor ist ausgegangen!

Der Ozean spielt jetzt mit uns. Riesige Wellen rollen auf die nun steuerlose Nussschale zu und neben dem Boot öffnen Strudel ihren Schlund in die Tiefe. Die schroffen Felsen am Ufer scheinen auch für gute Schwimmer, unerreichbar zu sein. Der kleine Siete klammert sich an mein Bein. Er zittert am ganzen Leib und weint. Ein neues Ungeheuer prescht heran. Doch obwohl der vielleicht letzte Aufprall kurz bevorsteht, werde ich mit einem Mal ganz ruhig. Ich weiß plötzlich, was mir die Weltreise gebracht hat. Ich habe die Antwort gefunden.

Es war kein langer Trip auf der Suche nach dem Glück, keine Auseinandersetzung mit mir selbst und kein Fahnden nach neuen Werten gewesen. Keine spirituelle Reise. Auch nicht das Aufspüren zufriedenerer Menschen, oder anderer Länder, in denen ich lieber wohnen wollte, war das primäre Ziel. Nein! Ich hatte mich vor unserem Trip oft mit Sylvie gestritten – fast hätten wir uns sogar getrennt. Doch in den letzten Monaten waren wir wieder ein perfektes Team geworden. Wir konnten uns jederzeit blind auf den anderen verlassen, uns vertrauen, aufbauen und glücklich in die Arme nehmen. Und wir waren der absoluten Freiheit begegnet.

Plötzlich begreife ich, was das Reisen mit ihr bedeutet hatte. Ich musste nicht täglich dem Israeli-Amerikaner-Sachsen in einer Rooftop-Bar unterm Sternenhimmel zuhören, wie er einem Pinguin in Chile, oder einem Lama in Peru einen Zungenkuss gegeben hatte. Nicht wieder und wieder anhören, wie jemand in die größten Geysire und höchsten Vulkankrater des Kontinents gespuckt hatte. Keine Geschichten von Urwald-Indianerkindern, die ihren ersten Kaugummi freudestrahlend verschluckten und von Drogen eines mystischen Schamanen, die einen drei Tage lang, bunte Kreise haben sehen lassen. Auch wenn ich den meisten Rucksacktouristen sehr ähnlich sehe, hatte ich keine wildfremden Menschen gebraucht, um ihnen von meinen Erlebnissen zu berichten, musste keine Handynummern speichern, lustige Filmchen auf Mini-Laptops vorspielen und nicht mit anderen den „Lonely Planet" auf der Suche nach dem nächsten Acht-Mann-Schlafsaal durchgehen.

Wir hatten uns durch Südamerika treiben lassen und fast jeden Abend in einem eigenen Zimmer das Erlebte reflektiert. Sylvie war mein Ruhepol, mein vorgehaltener Spiegel, meine Zuhörerin und mein Gewissen gewesen. Die vorbeiziehende Welt war lediglich die Kulisse für unseren Liebesfilm. Genau danach hatte ich gesucht! Trotzdem musste ich sehr weit reisen, um das herauszufinden. Ich hatte es die ganze Zeit dabei gehabt, das Glück namens Sylvie.

Ich schrecke hoch, schaue zum Bug auf mein süßes Mädchen und das vor ihr hereinbrechende Meeresmonster. Jetzt werden wir also sterben, denn hinter mir zieht Totti noch immer vergeblich am Starterseil. Siete krallt sich, mit der viel zu großen Schwimmweste um den Hals, an meiner Wade fest. Es sind nur noch Sekunden bis zum Einschlag, doch plötzlich stellt sich das Boot ein wenig gerade. Ich schaue zu Totti und kann es kaum fassen. Er grinst mich an, streckt den Daumen nach oben und kramt dann in seiner Hemdstasche nach Zigaretten. Der Motor ist angesprungen.

Auch wenn wir unsere Pläne ändern und erst zwei Tage später per Bus und Dschungelwanderung in den Nationalpark kommen, verbringt die Crew der „Schnecke" noch einen herrlichen Tag am sich beruhigenden Meer. Wir fangen bunte Fische nur mit Sehne und Haken, schnorcheln in traumhaften Korallenbuchten, rennen mit Siete um die Wette und grillen gemeinsam am einsamen Strand von Playa del Amor. Dort fragt mich Sylvie irgendwann, warum ich eigentlich in den kritischen Minuten so komische Sachen gebrüllt hätte. Ich sehe sie fragend an. „Ich meine, was sollte das denn? Beckham, van der Vaart und Siete: Schwimmwesten anziehen! Hab ich nicht ganz kapiert." Ich zucke mit den Schultern und lächle in mich hinein. Da sie es wahrscheinlich eh nicht verstehen würde, behalte ich es lieber für mich, nehme sie in die Arme und sage stattdessen: „Ich liebe dich!"

2008: Das Auswärtsspiel

Als Kinder träumten Benny und ich in unserem Neubaublock in Ostberlin oft von Australien. Wir hängten uns sogar eine große Fahne über das Bett und wünschten uns, einmal im Leben so weit reisen zu dürfen. 2006 – viele Jahre nach Benny – erfüllte ich mir mit Sylvie endlich diesen Traum. Wozu eine Weltreise doch alles gut sein kann! Nur wegen meiner „Erfahrungen" hatte ich danach einen Job bekommen, der jährlich eine dreiwöchige Dienstreise nach Down Under beinhaltete. Anfang des Jahres übermittelte mir mein Boss den nächsten Termin: Juni 2008.

Am Tag des Viertelfinales Deutschland gegen Portugal, fährt mich Sylvie um 19 Uhr zum Flughafen. Mit hinein kommt sie nicht – schließlich will sie noch einen guten Platz im „Rockz" bekommen. Heute trifft sich die komplette Tipperrunde in unserer Stammkneipe. Im Gegensatz zu den in Vorfreude auf das Match gefüllten Straßen gleicht der Flughafen Tegel einer Geisterstadt. Noch nie habe ich den Parkplatz so verlassen gesehen. Nur ein einziger Inlandsflug ist an der Abflugtafel für die Zeit des Spiels aufgelistet. Meiner. Im Wartebereich steht ein Fernseher, doch der zeigt Nachrichten auf n-tv. Wütende Reisende kriechen unter den Apparat und versuchen, auf einen anderen Kanal umzuschalten. Kurz nach Anpfiff haben wir endlich den Typen mit der Fernbedienung gefunden und sehen unsere Jungs über den Platz flitzen. Genau in diesem Moment wird zum Boarding aufgerufen. Ich reihe mich ein und denke daran, dass ich über Göte bei jedem Spiel an Karten heran gekommen wäre. In Wien sogar mit Hotel. Beträpfelt drücke ich einer Frau meinen Boardingpass mit falschem Flugziel in die Hand.

Am Eingang zum Flieger frage ich die Stewardess, ob denn der Kapitän die Zwischenergebnisse durchsagen würde. Sie ruft ins Cockpit: „Sagst du die Ergebnisse durch?" Eine leicht tuntige Stimme fragt zurück: „Welche Ergebnisse?" Verstört lasse ich mich auf meinen Platz fallen. Als eine der letzten Passagiere kommt eine aufgeregte ältere Dame ins Flugzeug gerannt. „1 : 0 für Deutschland durch den Schweinsberger!", brüllt sie. Ich könnte heulen vor Wut. „Schweinsteiger!", schreie ich überraschend laut zurück. Als wir in Frankfurt landen und ich den Ankunftsbereich betrete, höre ich nur noch den Schlusspfiff. Das Spiel war 3:2 ausgegangen und ich hatte kein einziges Tor gesehen.

Nach meiner Ankunft in Australien finde ich im Internet heraus, dass es den irischen Bezahlfernsehsender „Setanta" gibt, der in einigen Städten auch in bestimmten Kneipen zu empfangen sei. Meine letzte Hoffnung das gigantische Halbfinale gegen unsere türkischen Freunde doch noch live zu verfolgen.

Der Taxifahrer in Brisbane empfiehlt mir, es in einem englischen Pub zu versuchen, da dort zuletzt ziemlich viel los gewesen sei. Am nächsten Morgen laufe ich frierend durch die Straßenschluchten der schlafenden Metropole zum „Pigs N Whistle". Nach und nach tauchen aus den Seitenstraßen weitere müde Zombies auf. Zu meiner Erleichterung tragen die meisten wie ich ein Deutschland-Trikot. Rechtzeitig vor Anpfiff um 4:45 Uhr Ortszeit bekomme ich einen guten Platz. Auch dutzende Türkei-Anhänger sind hier, doch die Stimmung ist friedlich. Um diese Uhrzeit wird auch im „Traditional British Pub" kein Bier mehr ausgeschenkt.

Bis zur Mitte der zweiten Halbzeit bleibt es, obwohl die Bar jetzt brechend voll ist, relativ ruhig. Doch dann geschieht das Unglaubliche. Beim Stand von 1:1 fällt plötzlich das Bild aus. Einige Leute rufen entsetzt zu Hause an und erfahren, dass auch dort nur Schnee auf dem Bildschirm zu sehen wäre. Doch in Australien gibt es keinen Bela Rethy, der das Spiel in Radiomanier weiter kommentiert. Endlich taucht das Spielfeld wieder auf, aber ein Zwischenstand wird nicht eingeblendet. So sehen ich und die gut hundert anderen Leute erst nach einem ins Aus geschlagenen Ball die Wiederholung von Kloses 2:1. Wir können es gar nicht glauben. Erst als der Reporter das aktuelle Ergebnis bestätigt, liegen wir uns in den Armen. Frenetischer jubeln nur die australischen Türken beim Ausgleich fünf Minuten vor Schluss – doch das 3:2 von Lahm entflammt uns erneut für Deutschland. Schlusspfiff – Brisbane brennt! Ab 7 Uhr wird wieder Bier ausgeschenkt. Ein tobender, schwarz-rot-goldener Mob verstört nach Spielende die Menschen auf ihrem Weg zur Arbeit. Die meisten haben ein wenig Angst vor uns.

Fußball ist natürlich mein Thema im Taxi, als ich am nächsten Tag zum Flughafen fahre. Auch der koreanische Fahrer ist von unserem Team schwer begeistert. Fast im Sekundentakt drückt er seine Begeisterung aus, indem er wiederholt ruft: „Ballack. Oh my god!", „Podolski. Oh my god!", „Sneileger.

(vermutlich Schweinsteiger) Oh my god!" Erst als ich aussteige, fällt ihm scheinbar wieder ein, wer unser Finalgegner sein wird, und er brüllt mir hinterher: „Spain. Oh my god!" Seit der WM 1994 tippe ich immer auf Spanien als Titelträger. So auch dieses Mal. Doch bisher hatten sie immer kläglich versagt. Um unsere Tipprunde sicher zu gewinnen, müsste ich nun auch im Finalspiel auf sie setzen. Gegen Deutschland! Zum ersten Mal verstehe ich die Leute, die grundsätzlich patriotisch tippen. Was soll ich machen: Herz oder Verstand?

Ich komme zu spät in den tropischen Norden nach Cairns. Der örtliche Irish-Pub zeigt das Spiel nicht live und es bleibt nun auch keine Zeit mehr für Recherchen. Doch ich habe „Setanta" auf dem Zimmer. Halb fünf klingelt der Wecker. Unsere Mannschaft spielt schlecht und Torres schießt das einzige Tor. Spanien ist Europameister 2008.

Eine halbe Stunde nach Abpfiff steige ich, noch immer ein wenig bedrückt, aus dem monströsen Pool und gehe zu meiner Liege. Unter dem Deutschland-Trikot, das ich auch allein im Zimmer getragen hatte, liegt mein Handy. „Eine neue Nachricht." Jenna, der das Spiel, zusammen mit unserer Tipprunde, 20 000 Kilometer entfernt geschaut hatte, schreibt: „Du hast den Jackpot gewonnen. Verräter!"

* * *

Ein Nachtbus bringt uns nach Ciudad Bolivar. Bei der Ankunft werden wir vom Busbegleiter unsanft geweckt, nachdem ihn sein Kollege angewiesen hatte: „Die Gringos mal aus dem Bus zu schmeißen", was sich wohl auf Sylvie, mich und zwei Engländer bezieht. Leicht geschockt vom Zustand des Busbahnhofes und den Menschen, die dort herumlungern, überzeugen wir die Briten sich mit uns ein „Por Puesto" – eine Art Sammeltaxi – zu teilen, um an die Küste zu gelangen.

Sie wollen direkt weiter nach Kolumbien „because, Venezuela is too dangerous." Die Karre ist ein uralter Ami-Schlitten mit riesigem Kofferraum und einer Sitzbank für drei Leute vorn. Sie wird nur noch von Rost zusammen gehalten und von einem Möchtegern-Schumi in halsbrecherischer Art über die Straßen gejagt. Bei unserer Nobelkarosse ist die Kilometeranzeige bei 630 000 Meilen stehen geblieben! Dank der Fahrweise brauchen wir für die Strecke, für die der Bus sechs Stunden benötigt hätte, nur vier, inklusive einer Kaffeepause. Der ist mit zwei Dollar genauso teuer, wie eine komplette Tankfüllung. Willkommen im sozialistischen Erdölland!

Die Jungs von der Insel hatten in der Zwischenzeit beschlossen, sich uns anzuschließen, da sie ganz gerne den karibischen Traumstrand sehen wollten, von dem ich ihnen vorgeschwärmt hatte. Doch in Santa Fe muss sich in den letzten Jahren Schreckliches ereignet haben. Der Ort hat sich in ein Drecksloch verwandelt, mit hässlichen Betonbauten und Posadas, die durchweg schäbig wirken. Der Strand ist vollgepackt mit fetten Venezolanern, die den ganzen Tag Bier und Rum in sich hineinlaufen lassen, ständig am Fressen sind und das Meer mit Plastiktüten zumüllen. Das Schlimmste: alle Häuser sind komplett vergittert und umzäunt. Es wird empfohlen, nach Anbruch der Dunkelheit nicht mehr nach draußen zu gehen.

In einem Land, das als viertgrößter Rohöl-Lieferant der Welt gilt, erwartet man einfach nicht, dass ein Großteil der Bevölkerung unter der Armutsgrenze lebt und die Hauptstadt Caracas als zweitgefährlichste Stadt der Welt – nach Bagdad – gilt. Wir bekommen die letzten zwei Zimmer in einer Posada, in der es weder Strom noch Wasser gibt. Dafür rennen unzählige Kakerlaken in den gefängnisartigen Räumen umher. Was machen vor allem Engländer in so einer beschissenen Situation, um nicht völlig zu verzweifeln? Genau. Und wir trinken mit!

Am nächsten Morgen geht es zum Flughafen, um unsere Freunde abzuholen. Für heute haben wir extra zwei Zimmer woanders vorreserviert. Die sollen dort Elektrizität und eine funktionierende Dusche haben. Endlich angekommen, kaufen wir Inlandtickets für den Tag unserer Abreise. Nach drei Versuchen haben sie meinen Namen mit „Schrllt" fast richtig geschrieben. Um 12:30 Uhr begrüßen wir unsere Freunde mit einem Schild auf dem „Major, Leutnant y Meisner" steht. Per Taxi geht es in „unser" Santa Fe. Nach der Venezuela-Reise vor zehn Jahren hatten wir uns feierlich geschworen, dass wir das unberührte Fischerdorf mit dem Strand unter Palmen unbedingt noch einmal im Leben sehen müssten.

Als wir am schmuddeligen Marktplatz an der ehemaligen Eisfabrik vorbeilaufen, kommen sie mir mit ihren Rollkoffern ein bisschen vor, wie Schweine im Weltall. Matze stellt sich zudem beim Ziehen des Gepäcks durch Schlamm und Dreck ziemlich dämlich an. „Bist du bescheuert oder was?", frage ich ihn grinsend. Er schubst mich genervt zur Seite, sodass ich fast in den knietiefen Fluss aus Abwasser und Fäkalien falle. Der Bach ist die Trennlinie zwischen Dorf und Touristenbereich.

Verwundert schütteln sie den Kopf, als sie die von uns gewählte Posada sehen. Die zweitbeste Unterkunft im Ort ist durch eine hohe Mauer, Stromzaun und Gittern vor den Fenstern gesichert. Der Opa hat unsere Reservierung natürlich vergessen, findet dann aber doch noch zwei Zimmer im Keller seines Ferienparadieses.

Sofort beginnt die Jammerei, dass das Klo stinken würde, die Dusche (doch) nicht funktioniert und der Ventilator zu laut sei. Einige Geckos kleben an den Wänden, was entweder ein gutes Zeichen ist, da sie die Mücken fressen, oder ein schlechtes, dass es hier viele Stechviecher gibt. Wir müssen sie besänftigen und gehen in die ehemals schönste Bar der Welt. Die steht zumindest immer noch direkt auf dem Strand und hält Mixgetränke und Bier bereit. Leider schwimmen davor auch heute etliche besoffene Einheimische, zusammen mit dem von ihnen verursachten Müll.

Nach ein paar eisgekühlten Polar-Bieren haben sich die Gemüter ein wenig beruhigt. „18", „20", „Zwo", „23", „24"", rufen wir nacheinander und gehen lachend gemeinsam pinkeln. Dort lernen wir zwei lustige Gesellen aus Chemnitz kennen, die ihre Lebensweisheiten in tiefstem Sächsisch kundtun. Der eine: „Arbeiten ist doch echt Scheiße, das sollen lieber andere für mich machen." Der zweite: „Also ehrlich, die Nutten sind in Brasilien viel besser." „Echt?", fragt Göte und die beiden antworten im Chor: „Nuklear!" (Na klar!). Sie tragen noch immer DDR-Frisuren und Sylvie flüstert mir nicht ganz zu Unrecht ins Ohr: „Mann sind die hässlich." Matze murmelt: „Solln se' mal alle machen."

Den Sachsen macht es sichtlich Freude, riesige Taschenkrebse, die in der Dämmerung über den Strand marschieren, mit bloßen Händen zu fangen und auf unseren Tisch zu werfen. Ich schaue mir die grauen Scherentiere mit den schwarzen Kulleraugen eine Weile an und habe eine Idee. Wir könnten ein Wettrennen veranstalten. Jeder von uns wählt ein Tier und darf ein Land benennen, für das es an den Start geht. Sylvie beginnt und nimmt den allerkleinsten Krebs. Er läuft für Brasilien. Udo und Rico wollen unbedingt den Deutschland-Gliederfüßer haben und einigen sich gemeinsam auf ein 15 cm großes Ungeheuer. Da unser Team nun schon weg ist, nehme ich Spanien und die Viecher von Jenna, Matze und Göte starten für Mexiko, die USA und England. Wahrscheinlich versteht meine gepanzerte Riesenkrabbe als einzige den Sinn unseres Spieles und läuft auf der Tischplatte allen davon. Im Finale schlägt sie das „deutsche Monster" deutlich. „Zählt nicht! Das war ja das letzte EM-Finale", meckert Göte. Doch auch im WM-Lauf für 2010 und im 2012er EM-Rennen ist der „Spanien-Krebs" unschlagbar. „Okay, dann also 2014", brüllt Udo und tunkt seinen Starter ins Cuba Libre Glas. Von Rico euphorisch angefeuert, schlägt ihr Biest Spanien diesmal schon im Halbfinale. Zur Überraschung aller, folgt ihm die brasilianische Minikrabbe in den Endlauf. Mittlerweile stehen auch ein paar Einheimische um unseren Tisch herum und verfolgen das Spektakel amüsiert. Erst im entscheidenden dritten Lauf, gewinnt Deutschland den Titel gegen Brasilien. Auch wenn Sylvie protestiert und eine „Dopingkontrolle" verlangt, sehe ich nur in glückliche Gesichter, denn niemand hat etwas dagegen, dass unser Land 2014 Fußball-Weltmeister wird.

Noch am Abend hatten wir Alvaro kennen gelernt. Der freundliche Typ versprach in gutem Englisch: „Everything is possible", was mich beruhigte, da er sicher etwas für meine anspruchsvollen Kumpels organisieren könnte. Göte hatte per Handschlag auch sofort eine Bootstour für 25 Dollar pro Person in den Nationalpark besiegelt. Der ortsübliche Preis liegt bei 5,- $ pro Nase.

Wie ein Schwein ins Uhrwerk schaut vor allem Matze als er beim Frühstück von einem Sechsjährigen bedient wird. Aber es kommt fast alles, was bestellt wurde. Pünktlich um 10 Uhr legen wir ab. Wir haben den Guide Toni an Bord, etliche eisgekühlte Biere, Fisch zum Grillen und einen zweiten Bootsmann – den niedlichen kleinen Kellner. Da er uns seinen Namen nicht verrät, taufen wir ihn Horst 6. Um Schnorchelzeug zu leihen, müssen wir an einem anderen Ort anlegen. Dort liegt eine Knarre im glasklaren Wasser auf dem Grund. Es ist keine Wasserpistole.

Doch gleich nach den ersten zwei Bieren stoßen wir auf eine Gruppe Delfine, die direkt neben unserem Kutter zu springen beginnt. Besonders Sylvie brüllt unentwegt: „Da! Da! Da!", wie in einem Trio-Song. Zum ersten Mal, seit sie hier sind, sehe ich auch in den Augen meiner Jungs dieses ganz spezielle Funkeln. Wenngleich wir uns über die Jahre ein wenig voneinander entfernt haben, weiß ich, dass auch sie bis ans Lebensende das Jetzt und Hier genießen können, dass die Neugier niemals sterben wird. Wir sind wieder gemeinsam unterwegs. Für einen Moment gibt es nur uns und die Delfine im glitzernden Meer. Und kein

Morgen.

Wir ankern an der vermeintlich schönsten Schnorchelstelle unseres Trips. Es gibt hier abgebrochene und tote Korallenbänke, einige bunte Fische, die umgeben von Ölkanistern und Plastiktüten, nach Luft schnappen und unsere weißen Bäuche umkreisen. Vor zehn Jahren war das hier das Schönste, was ich jemals unter Wasser gesehen hatte. „Aua, ich bin von einer Qualle gepikst worden", ruft Jenna und gibt damit seinen ersten vollständigen Satz des Tages von sich.

Die kleine Insel, auf der wir landen, erinnert nur noch entfernt an einen Karibiktraum, da sie durch gigantische Müllberge entstellt wird. Wie ist bloß dieser ganze Dreck hergekommen? Toni und Horst 6 ignorieren unsere entsetzten Blicke und entzünden den Grill mit Benzin aus einem Kanister. Der Red Snapper schmeckt gut, auch wenn uns hunderte Sandfliegen die Beine zerstechen. Um 13:00 Uhr fragt Matze, ob wir nicht langsam nach Hause fahren können, da er Angst hat, dass das Bier knapp wird. Doch Jenna und Sylvie setzen sich durch und gehen nochmals mit klein Horsti schnorcheln. Das Bier wird knapp! Auf dem Rückweg fahren wir durch extrem Delfin-verseuchtes Wasser und entspannen uns wieder.

Gegen 22 Uhr sind wir völlig abgefüllt. Matze krakeelt: „Jetzt trinken wir aber mal richtig einen" und fragt Alf (Alvaro), wo die örtliche Disko ist. Der antwortet emotionslos, dass wir dort, fünf Strassen vom Strand entfernt, wahrscheinlich totgeschlagen werden. Schon ab 20 Uhr hätte man da nichts mehr zu suchen. Wir gehen geplättet in unseren Hochsicherheitstrakt. Endgültig schwöre ich mir, nie wieder an einen Ort zu fahren, mit dem so schöne Erinnerungen verbunden sind.

Vor Götes und Matzes Zimmer laufen der Mexiko- und der Spanienkrebs auf und ab. Wir erkennen sie gut, da das „M" und „S", was Udo mit Edding auf ihre Panzer gemalt hatte, noch immer sichtbar ist. Wahrscheinlich suchen sie besorgt ihr Kind, den kleinen Brasilien-Flitzer. Doch sie werden es nicht finden. Die Chemnitzer hatten die Babykrabbe, zusammen mit dem „D"-Krebs, als Erinnerung mitgenommen.

* * *

Alle wollen nur noch weg. Sylvie und mir geht das überfüllte Santa Fe auf den Sender, Göte hatte „die schlimmste Nacht seines Lebens", da er von Mücken zerstochen wurde und Matze jammert, dass der Ventilator so laut wie eine MiG 21 gewesen sei.

Er schreit nach einem HILTON. Jenna hat lediglich keine roten Marlboro mehr. Alf hatte sich angeboten, uns nach Puerto la Cruz, das Miami ähneln soll, zu begleiten. Vielleicht könnten wir ja dort auch noch eine Tour buchen.

Wir halten am teuersten Hotel der Stadt, einem staatlichen 5-Sterne-Bunker. Es gibt kein HILTON. Als Göte und Matze aus dem Foyer kommen, glotzen Sylvie und ich erstmals, wie Schweine im Weltall. Die beiden haben eine Suite für 320 Dollar die Nacht gebucht und laden uns ein. „Ich hätte es mir teurer vorgestellt", sagt Matze zu allem Überfluss. Der graue Luxusschuppen sieht von außen aus, wie ein FDGB-Ferienheim im Ost-Harz. Innen eigentlich auch.

Weiter geht's mit Alfi in einer einstündigen Fahrt durch den Stau ins Shopping-Center. Angeblich gibt es nur dort Internet. Alvaro ist die gesamte Zeit sehr zuvorkommend und anständig. Er trinkt kaum Alkohol, liebt seine Frau abgöttisch und hasst Leute zutiefst, die Drogen ins Land schleppen. Nachdem wir in einem Café eine Lagebesprechung abhalten und er die spendierten Biere rülpsend in einem Zug leert, taut er allmählich auf und erzählt voller Stolz, wie er die örtlichen Damen durchknallt. Er will sogar Sylvie mit Nutten versorgen. Bedacht leise flüstert er, dass er den besten kolumbianischen Stoff der Stadt besorgen könne. Touren kann man hier allerdings nirgendwo buchen und wir werden den schizophrenen Vogel nicht mehr los. „Everything is possible." Er läuft mit uns durch die Stadt und als er mal pinkeln muss, verduften wir um die nächste Ecke. Erleichtert schlendern wir zurück zur Deluxe-Herberge. Und wer ist schon da? Alfi liegt zugedröhnt in unserer Badewanne. Jetzt reicht es aber! Wir lassen die Security holen. Ein Albtraum.

Im besten Hotel der Stadt gibt es keine gefüllte Minibar, absolute Handtuchknappheit und keinen funktionierenden Roomservice, obwohl der mit 24 Stunden angepriesen ist. Wir gehen an die Poolbar und werden schroff abgewiesen. Dem Tonfall nach zu urteilen, hätten sie auch „Verpisst euch, ihr Penner!", sagen können. Draußen finden wir einen Kiosk, an dem wir frustriert ein paar Bier trinken. Aus den Boxen erschallt venezolanische Mallorca-Musik. Es fängt an zu regnen.

Wir trauen uns in der Dunkelheit nach Downtown zum Essen, doch bereits kurz vor 21 Uhr beschließen wir, einen Heimabend zu machen, da wir uns ja in einer sehr gefährlichen Stadt befinden. Göte, Jenna und ich kaufen beim Liquorshop zwei Literflaschen Cacique-Rum, Pepsi und 5 kg Eis. Sylvie nimmt sich Rotwein und Matze vier kleine Light-Bier mit. „Der Rum ist das Einzige, was noch genauso gut ist, wie vor zehn Jahren", sagt Göte meckernd. Wie Recht er nur hat.

Die Cacique-Fraktion ist um 23:30 Uhr schrankfertig abgefüllt und Sylvie gibt dem bettelnden Matze noch eine viertel Flasche Wein ab. Dennoch versucht Mr. Lightbier danach vergeblich den Zimmerservice anzurufen und auch an der Rezeption rücken sie keinen Alk mehr heraus. Auf die Frage, warum er denn nicht noch in die Stadt geht, antwortet er: „Für drei Bier lass ich mir doch nicht den Schädel einkloppen."

Am Morgen kommen Göte und Matze freudestrahlend ins Zimmer zurück und erklären, dass wir die Suite weiter behalten können. Somit sind auch die letzten Pläne gekippt, doch noch zum Salto Ángel zu fahren. Wir gehen bei Sonnenschein in die Stadt frühstücken und bei Regen wieder zurück. Da es den ganzen Tag weiter schüttet, lassen wir uns an der heute geöffneten Poolbar nieder.

Göte und Matze hatte ich lange nicht gesehen und während unserer Gespräche fällt mir auf, wie sehr ich sie vermisst habe. Wir reden über ihre Jobs im Ausland, über Berlin, andere Freunde und die letzte Fußball-EM. Göte war bei vielen Spielen dabei gewesen. Er schwärmt noch immer von Spanien, wie sie im Halbfinale Russland auseinander genommen und auch uns Deutschen im Finale eigentlich keine Chance gelassen hatten.

Ich berichte von meinem Auswärtsspiel in Australien, doch die schönste Geschichte erzählt Matze von der WM 2006. Die kannte ich noch gar nicht. Er hatte sich damals fünf Stunden vor das Olympiastadion gestellt, um eine Karte für das Spiel gegen Argentinien zu ergattern. Als er siegestrunken, Stunden nach dem Match, nach Haus fuhr, herrschte noch immer eine unglaubliche Euphorie in der S-Bahn. Wildfremde Menschen umarmten sich und jeder musste dem anderen mitteilen, dass sie gerade etwas Einzigartiges, Unvergleichbares erlebt hatten. Bis sich ein älterer Mann schüchtern zu Wort meldete und von der „Nacht von Sevilla" berichtete. Er hatte 1982 das WM-Halbfinale Deutschland gegen Frankreich live im Stadion gesehen. In der Bahn herrschte für Minuten ehrfurchtsvolle Stille.

Am Abend finden wir ein gemütliches Lokal mit exzellentem Essen, schaumigem Fassbier, guter Weinkarte und vor allem lächelnden Bedienungen. Von Matze kommt die unvermeidliche

Frage nach einem Diskobesuch. Jenna hat keine Lust und so begleiten wir ihn noch nach Hause. Vorher wollen wir Bier kaufen, doch die sozialistischen Spätverkaufsstellen haben alle schon dicht gemacht. Wir laufen, wider besseren Wissens, in eine dunkle Seitenstrasse und sind plötzlich umringt von zehn schimpfenden Venezolanern. Es stellt sich jedoch schnell heraus, dass sie über „El Commandante" Chávez keifen, der ihnen hier alles versaut, auch das späte Saufen. Zu uns sind sie freundlich und besorgen über einen geheimen Kanal ein Sixpack. Als ob ihnen ihr Land peinlich wäre, schenken sie es uns.

An der Promenade von Venezuelas Miami Beach steht ein blau beleuchtetes Kreuz, dass uns den Weg in eine Bar weist. Auch hier sind die Leute wie ausgewechselt und spendieren uns Kakao- und Kaffeelikör, nur weil wir die Liveband beklatschen. Die zwei süßen Opas spielen ausschließlich „Guantanamera", und wir singen dazu „es gibt nur ein' Rudi Völler" mit.

Wenngleich es heute die ersten Lichtblicke gab und es über unsere beiden alleinigen Urlaubswochen auch einige positive Dinge zu berichten gibt, sind wir noch immer schockiert. Wir fragen uns: Wem kommen die Einnahmen des Erdölreichtums zugute? Wo sind die blühenden Landschaften? Was hat Chávez mit seiner Anti-Armuts-Kampagne bewirkt? Ist er der Retter der südamerikanischen Völker?

Obwohl ich viele der sozialen Vorhaben durchaus begrüße, werde ich in diesem Land seit Tagen daran erinnert, wo ich herkomme. Die letzten ostalgischen Gefühle werden hier aus dem Herzen verbannt. Wenn das der erstrebenswerte Sozialismus des 21. Jahrhunderts sein soll, bin ich glücklich, dass die DDR nur noch in meiner Erinnerung existiert. Nicht zum ersten Mal wird mir klar, dass ich nicht hier bin um Südamerika zu ändern, sondern dass es mich verändert.

Gegen Mitternacht wird die Kneipe zu einer Karaokebar und danach zur Disko umfunktioniert. Etliche Speckbarbies werden uns vom Barchef für harte Devisen feilgeboten. Sylvie amüsiert sich prächtig und gegen 3 Uhr wanken wir heim. Als sich die Fahrstuhltür öffnet, sitzt ein völlig dichter Typ nackt auf einem der Stand-Aschenbecher und scheißt offenbar hinein. Wenn wir sein Gebrabbel richtig deuten, war er auf dem Weg zum Klo gewesen und hatte sich in der Tür geirrt, die dann zugefallen war. Er hätte es irgendwann nicht mehr ausgehalten. Sylvie gibt ihm ein Handtuch und ruft unten an, dass man sein Zimmer wieder aufschließt.

Wir sind überrascht, dass bei uns noch Licht brennt und uns Jenna mit verquollenen Augen begrüßt. Er hätte die ganze Zeit wach gelegen, weil Kätzchen im Zimmer wären. Ich suche unter dem Bett tatsächlich nach Samtpfoten, bis mich Jenna aufklärt, dass es sich um Riesenkakerlaken handelt. Schon prima, dass wir in der 320-Dollar-Suite solche Tiere haben (und nur noch zwei Handtücher). Mir gelingt es zudem auf der Terrasse, die letzte Flasche Rotwein fallen zulassen. Matze hatte für zwei Pullen 40 Dollar bezahlt. Ich sammle die Scherben auf und verziehe mich schuldbewusst ins Bett. Zumindest wurde ich dafür nicht totgeschlagen!

Ich wache auf und fühle mich beschissen. Einzelheiten? Übelkeit, Kopfweh, Durchfall, Rückenschmerzen, Blasenschwäche, eine Ekelgriebe und allgemeines Unbehagen. Macht schon Spaß so eine Wellness-Woche mit alten Freunden. Aus dem Ascher im Gang müffelt es und am schmierigen Pool müssen wir wiederholt um Handtücher betteln. Die Diskomucke ist heute nochmals deutlich lauter und 60 aufgedrehte Deppengesichter machen den Animateuren die Übungen nach. Andere beschmeißen sich im Wasser besoffen mit Sahnetorte, oder brutzeln in der Karibik unter der Sonnenbank! Sind die hier alle total bescheuert oder was?

Am Nachmittag verabschieden sich Matze und Jenna, die ihren wohlverdienten Urlaub nach fünf Tagen beendet haben und sich auf den Rückweg nach Miami – ins Original – machen. Wir verbringen den Rest des Abends in unserem neuen Stammlokal, schauen Baseball, essen flambierten Salzfisch und quatschen. Später verschlägt es uns auf unsere kleine Oase, die Terrasse, mit dem Blick auf das Meer und den Hafen. Ab und an hören wir Schüsse aus Schnellfeuerwaffen.

Per Inlandsflug geht es nach Caracas. In der Hauptstadt quatscht uns das örtliche Sicherheitspersonal an und fragt: „Was haben sie in Venezuela gemacht? Warum sind sie hier gewesen?" Wir finden spontan keine Antwort darauf.

2010: Das Heimspiel

„Niemals war der hinter der Linie!", meckert Göte und Jenna sagt trocken: „44 Jahre habe ich auf diesen Moment gewartet." Ich blicke begeistert in die Runde und sehe, dass auch alle anderen aufgesprungen sind. Bei der Wiederholung des Lampard-Schusses, beginnen wir lauthals zu lachen. „Rache für Wembley. Jetzt trinken wir aber mal so richtig einen!", brüllt Matze und erhebt sein Glas. Was für ein rasantes Spiel, was für eine emotional aufgeladene Stimmung. Heute muss man einfach zum Fußballfan werden.

Ich hatte mich mit Stella zum Kaffee in Kreuzberg verabredet und habe es nun eilig, zurück nach Friedrichshain zu gelangen. Doch auf der Oberbaumbrücke lässt mich ein innerer Impuls kurz verweilen. Wie schön sie nur ist, diese – unsere – Brücke.

Nach der Wende war sie aufwendig renoviert worden und erstrahlt seitdem wieder im alten Glanz. Das rote Gewölbeviadukt mit seinen repräsentativen Türmen ist zum Symbol einer wiedervereinten Stadt geworden. Seit einer Reform schmückt sie sogar das Wappen des neuen Berliner Bezirks Friedrichshain-Kreuzberg. Langsam fahre ich mit meinem Rad über das historische Pflaster durch einen immer dichter werdenden Menschenpulk. Ich blicke über die Spree und überlege, wie viele dieser Gebäude damals anders hießen oder noch nicht standen. Meine Stadt hatte sich verändert und mit ihr auch die Menschen. Vor mir laufen nun hunderte, aufgeregt plappernde Leute. Fast alle, Männer wie Frauen, Alte und Kinder, tragen ein Trikot der Deutschen Fußball-Nationalmannschaft, schwenken schwarz-rot-goldene Fahnen und haben sich die Gesichter, Arme und manche sogar die Zehnägel „deutsch" bemalt. Etliche imitieren einen Hornissenschwarm, indem sie in eine Vuvuzela tröten. Doch obwohl sie damit meine Nerven strapazieren, wirken diese Menschen nicht martialisch, böse oder gar gefährlich – eher zuversichtlich, hoffnungsfroh und unglaublich glücklich. Auch sie sind auf dem Weg in eine der unzähligen Kneipen mit Flachbildschirmen und Leinwänden, andere wollen in die 11-Freunde-Arena, wo sogar ein kleines Stadion errichtet wurde. Heute ist das große Spiel, heute beginnt die WM 2010 erst richtig. Heute trifft Deutschland auf den Erzfeind aus England.

Auch ich trage das Trikot der Deutschen, ohne mich dafür zu schämen. Ein wenig „Krakengläubig" das rote 2006er Auswärtstrikot, da unser Team bisher nur einmal gegen Serbien verloren hatte, als ich das weiß-schwarze trug. Nein, es gibt da kein verpflichtendes Gefühl im Zuge der fortschreitenden „Schlandisierung" meiner Heimat, auch keinen übertriebenen Nationalstolz. Während der WM 2006 hatte ich das Shirt erstmals in Südamerika getragen. Ich hatte den Leuten damals zeigen wollen, wo ich herkomme, wo meine Wurzeln sind, wo ich das viele Geld verdient hatte, um durch diesen wunderschönen Kontinent reisen zu können und vor allem, wem ich die Daumen drückte!

Viele Freunde sind schon da und albern nervös herum. Wir sind ein bunt zusammen gewürfelter Haufen aus Nord und Süd, Ost und West. Erst der Mauerfall hatte viele von uns zusammen gebracht und fast alle wissen das sehr zu schätzen. Auch die Jungs, mit denen ich vor 20 Jahren auf den Turmsockeln gehockt und das WM-Endspiel 1990 bewusst ignoriert hatte, sind da. Wochen vorher hatten wir die Bänke vor dem „Rockz" reservieren müssen und mittlerweile kleben sogar kleine Zettelchen mit unseren Tippernamen auf den Tischen. Auch meiner: „larubia" (Die Blonde).

Die WM 2006 und die entscheidenden Spiele der EM 2008 hatte ich ohne meine Freunde erlebt. Es ist heute nicht der erste Tag, an dem ich das bereue, denn ich kann mich noch gut erinnern, dass ich etliche Partien ganz allein verfolgt hatte. In Berlin feiere ich mit bekannten Gesichtern auf Partys und in Kneipen bis tief in die Nacht. Es geht von dieser Gemeinschaft eine ungeheuer positive Energie aus. Lediglich, dass sich ein bisschen viel um unseren Tippschein dreht, nervt ein wenig. Beim derzeit Führenden sahen wir das letzte Vorrundenspiel der Franzosen. Alle freuten sich über deren vorzeitige Heimreise und brüllten sich in den letzten Minuten die Seele aus dem Leib. Nur er sprang nach dem Abpfiff einmal kurz auf und schrie: „Yes, zwei Punkte." Der Tippzettel versaut den Charakter.

Doch das ist heute sicherlich anders. Wenn Deutschland spielt, wird es niemanden ernsthaft interessieren, wie viele Punkte er machen wird. Hauptsache die Engländer werden weggehauen. Marco und Olaf verteilen Bier und Beruhigungs-Mexikaner.

Die Fußball-WM lässt mich endlich vergessen, was für ein beschissenes Jahr das war. Mein Vater, an dem ich viel mehr hing, als mir das je bewusst gewesen war, starb ganz unerwartet – vier Tage nach meiner ersten Lesung zum „Mauergewinner". Bei minus zwanzig Grad fuhr ich in seine verwaiste Wohnung, um dort überall Fotos, Postkarten und E-Mails von meinen Reisen vorzufinden. Mein Job war parallel dazu unerträglich geworden und wegen einer kleinen Finanzkrise wurde ich von heute auf morgen gefeuert. Obwohl ich dort im letzten Jahr nur noch wie ein eingesperrter Jaguar in ewiger Dunkelheit vor dem Gittergehege auf- und abgelaufen bin, war auch das ein kleiner Schock. Sylvie bekam meine Launen deutlich zu spüren und mit einigen Freunden konnte ich nicht mehr viel anfangen.

Tagelang lag ich schlaflos im Bett und grübelte, ob ich es wagen sollte, noch einmal das Fußballfest im Ausland zu verbringen. Ich ahnte, dass ich nach etwas suchte, bei dem es mir gelänge abzuschalten. Letztendlich verwarf ich den Plan wieder. Ich wusste: Gefühle und Emotionen entstehen nicht auf Knopfdruck. Wahrscheinlich würden die Südamerikaner alle früh scheitern und ich säße allein auf einem Kontinent mit traurigen Menschen. Ich beschloss, es auf einen Versuch ankommen zu lassen. Dies würde meine erste bewusst erlebte Fußball-WM in der Heimat werden. Bis zum Ausscheiden von Deutschland bleibe ich definitiv hier und zittere, jubele und feiere mit meinen Freunden in Berlin. Ein ehrliches Heimspiel.

Durch die Straßen schiebt sich noch immer ein unüberschaubarer Strom schwarz-rot-golden gekleideter Fans. Angeblich soll die Stimmung 2006 noch viel ausgelassener gewesen sein. Ich kann mir das beim besten Willen nicht vorstellen. Meine Stadt erstarrt in angespannter Vorfreude. Ein bisschen Herzklopfen, leichtes Aufatmen und ein spürbar wohliges Gefühl im Magen. Das Spiel beginnt.

20. Minute: Langer Abschlag von Neuer direkt in den Lauf von Klose. Er enteilt dem englischen Verteidiger und schiebt, fast im Fallen, den Ball über die Linie.

Ein ohrenbetäubender Schrei donnert durch die Simon-Dach-Straße. Es ist ein Urschrei, der aus tausenden Kehlen gleichzeitig ertönt. Ein Schrei der Erlösung, der grenzenlosen Erleichterung, ein Orgasmus ohne Sex. An den Häuserwänden hallt das Echo sekundenlang nach. Der grenzenlose Jubel lässt mich erschaudern. Ich blicke auf den Bildschirm. Das dort ist mein Land. Es ist mein Team und auch mein Tor. Es ist mein Schrei!

Noch viermal jubeln wir am heutigen Tag – Poldi, zweimal Müller und ein nicht gegebenes Wembleytor – und ebenso oft berauschen wir uns an den Toren im Spiel gegen Argentinien. Ich bin ein wenig beruhigt, dass es nur Uruguay bis ins Halbfinale schafft. Wenigstens habe ich so keine gigantische Party in

Südamerika verpasst. Außer die in Montevideo. Doch auch für Deutschland ist gegen Spanien Schluss. Müdigkeit, Trauer und Depression. Obwohl ich durch „España" bei unserem Tippspiel wieder weit vorne lande und bei „radioeins" sogar den dritten Gesamtrang von 15 000 Leuten belege, falle ich in das nächste schwarze Loch.

* * *

„Wir gehen fünf Minuten vor Schluss. Dabei möchte ich es belassen", kreischt uns Victor von hinten an. Ich stoße Jenna in die Seite und deute auf den vierten Offiziellen, der gegenüber von uns gerade die Tafel mit der Nachspielzeit von zwei Minuten in die Höhe hält. „Der hat ja überhaupt keine Ahnung von Fußball", murmelt Jenna lächelnd. Nicht nur das! Das Spiel hat gerade seinen emotionalen Höhepunkt erreicht. Wir hatten vor kurzem den Ausgleich erlebt und Vasco spielt nur noch mit 10 Mann. Niemand sitzt noch. Wir sind umgeben von einem schwarzroten Fahnenmeer und aufgeregt schreienden Fans. Heißblütig peitschen sie die Mannschaft nach vorn. „Wir bleiben bis fünf Minuten nach Spielende", gebe ich an einen Typen aus unserer Touristengruppe weiter. Der vielleicht letzte Eckball. Alle Abwehrspieler laufen in den Strafraum. „Mengo, Mengo, Mengo", schallt es aus tausenden Kehlen durchs Stadion. Der Ball segelt in den Strafraum. Mehrere Spieler steigen in die Luft. „Bloß kein Tor mehr", schreit mir Jenna ins Ohr. Ein Aufschrei …

Ich wache mit einem beseelten Lächeln im Gesicht auf. Genau so hatte ich mir einen Fußball-Klassiker – einen „Clássico" – in Rio de Janeiro vorgestellt.

Ich bin der König der Fußball konsumierenden Sesselfurzer. Bin die Nummer 1 der Auslands-Supporter vor dem TV, der Mann mit dem unnützen Halbwissen ohne Livespiel-Praxis. Deshalb muss ich Folgendes festhalten: Dies ist kein Fußballbuch und ich kann auch keines schreiben. Lediglich bei ein paar Länderspielen „meiner" Mannschaft war ich vor Ort und nur ein Auswärtsspiel steht in meiner Vita. Auch das fand im Olympiastadion gegen die Türkei statt. Bei keiner einzigen EM- oder WM-Partie habe ich bisher mit Anwesenheit geglänzt. Das ist einfach zu wenig.

Es gibt hunderttausende Menschen, die ihr komplettes Leben rund um den Fußball organisieren, die Urlaubstage nehmen, Hochzeiten und Beerdigungen versäumen, nur, um bei ihrem Team im Stadion zu sein. Fans, die voller Leidenschaft und Hingabe und für viel Geld ihrer Mannschaft bis an den Arsch der

Welt folgen, ganz egal, ob sie vollkommen übernächtigt und mit einer Niederlage im Gepäck die lange Rückreise antreten müssen. Das sind die Menschen, vor denen ich Hochachtung habe, vor denen ich mich verneige und die in meinen Augen das Recht besitzen, Fußballbücher zu schreiben.

Auch meine Südamerikabilanz ist ernüchternd. Wie ein Groundhopper für Arme, habe ich zwar die großen Betonschüsseln des Kontinents, wie das „Aztekenstadion", das „Bombonera" und das „Maracanã" besichtigt, aber ohne dass gerade eine Partie darin stattfand. Anfangs noch zu unwichtig und zu WM-Zeiten 2006 schlichtweg unmöglich, weil die Ligen gerade Pause machten. Angeben kann ich damit nicht.

Neben Sylvie und Jenna ist Pascal im Oktober 2010 mit dabei. Nein, er steht nicht für große Veränderungen in meinem Freundeskreis, dafür kenne ich ihn schon viel zu lange. Göte war gerade im Pärchenurlaub und Matze hatte keine Zeit gehabt.

Pascal ist Mischling. Ja, ein Schwarzer, Dunkelhäutiger, Mulatte, oder eben Deutsch-Afrikaner. Er begreift diese Begriffe nicht als Schimpfwörter, da auch er seine Mitmenschen oft nach Äußerlichkeiten umschreibt. Doch ich tue mich schwer damit. Ich komme aus einem Land der politischen Korrektheit, in dem man, historisch bedingt, äußerst vorsichtig in seiner Wortwahl gegenüber Andersfarbigen sein muss. Gleichzeitig lebe ich im Land der „Weißen", in dem unterschwelliger Rassenhass leider noch immer an der Tagesordnung ist.

Rio ist am Tag unserer Ankunft nicht die Traumstadt aus meinen Erinnerungen. Der Himmel ist wolkenverhangen, verhüllt den Jesus auf dem Corcovado und selbst der Zuckerhut ist nicht zu sehen. Die Favelas auf dem Weg in die Stadt waren mir damals gar nicht aufgefallen und an den betongrauen Häusern entlang der Copacabana sind Schimmel und schwarze Stockflecken nicht zu übersehen. Auch der Strand wirkt im Nieselregen eher trist. Es ist wie ein zweiter Blick hinter die Sehenswürdigkeitskulisse.

Wir setzen uns ins „Gelbe" an die berühmte Promenade unter einen Schirm und trinken Dosenbier. Marco hatte vorher eine dringliche Reisewarnung ausgesprochen: „Trinkt bloß kein Antarctica!" Anhand der Stuhlfarbe der Kioske und Kneipen erkennt man in Brasilien, welche Biersorte ausgeschenkt wird. Wir müssen somit ins „Gelbe" (Skol) oder „Rote" (Brahma) und vermeiden tunlichst die „Blauen" (Antarctica).

Wir beobachten die vorbeischlendernden Menschen: Weiße Kinder, Hand in Hand, mit schwarzen Freundinnen, blonde Frauen, Arm in Arm, mit kakaobraunen Männern, Menschen japanischen und afrikanischen Ursprungs joggen gemeinsam die Straße entlang, dicke und dürre weiß-schwarz-braun-gelbe Liebespärchen schlürfen gemeinsam an einer Kokosnuss oder küssen sich zärtlich. Es gibt hier ein so ergreifendes, vorurteilsfreies Miteinander, eine Harmonie und Ausgewogenheit der Rassen, dass es einem augenblicklich ganz warm ums Herz wird. Ich weiß plötzlich wieder, wo ich mich befinde: in der schönsten Stadt der Welt!

Wir hatten dreimal gefragt, doch sie konnten uns nicht beantworten, ob im Stadion auch Bier ausgeschenkt wird. Um 15 Uhr sitzen wir mit drei Tüten Brahma vor dem Hotel und glühen vor. Niveaulimbo seit 20 Jahren. „Guckt euch den mal an!", ruft Jenna. Ein Arsch wackelnder Typ im Hawaiihemd kommt an unseren Tisch und fragt mit sanfter Stimme, ob wir die Leute sind, die zum Spiel wollen. Er, Victor, wäre unser Guide und schon ganz aufgeregt, da es sein erstes Live-Match wäre. Der eigentliche Tourguide wäre krank. Ich habe nichts gegen Schwule – einige zählen zu meinen besten Freunden, doch dieser Kerl, mit seiner überkandidelten Art, geht mir sofort gehörig auf die Nüsse. Er labert und labert, kann jedoch keinerlei Infos zum Stadion und den beiden Teams liefern. Ich hatte recherchiert, dass wir, auch wenn es ein Klassiker ist, nur das Spiel des 12. (Vasco da Gama) gegen den 13. (Flamengo) verfolgen werden und dass das Spiel im „Engenhão" stattfindet, da das „Maracanã" wegen Renovierungsarbeiten für die WM 2014 geschlossen ist. Als wir den Tour-Bus mit vier Bier im Kopf besteigen und das nächste zischend öffnen, mache ich mir ein wenig Sorgen, wie dort wohl die Toilettensituation aussehen wird. Victor faselt jetzt ununterbrochen. Er erklärt, dass wir noch zwölf andere Leute vom Mercure-Hotel abholen werden. Jeden Satz beendet er mit: „Dabei möchte ich es belassen."

„Bitte keine Franzosen!", rufe ich augenblicklich. Der Gag hatte sich über all die Jahre gehalten. „Werden schon keine Froschfresser sein", antwortet Jenna gewohnt trocken, als die Tür aufgerissen wird und die Jungs mit einem freundlichen „Bonjour" den Wagen betreten. Ein Klassiker zum Clássico! Victor spricht auch diese Sprache fließend. In Deutsch erklärt er, dass Glücksspiel in Brasilien verboten sei und wir deshalb alle heimlich das Ergebnis des Spiels – mit einem Einsatz von 10 Real – tippen sollen. Dabei möchte er es belassen. Jenna tippt 1 : 1, ich 2 : 1 für Flamengo und auch acht Franzosen schreiben etwas auf den Zettel.

Auf der Stirn unseres Führers perlt nun der Schweiß. Er ist so aufgeregt, dass wir ihm regelrecht hinterher rennen müssen. Wir schlängeln uns durch laut singende Menschenmassen in Richtung Einlass. Einer Eingebung folgend, hatte ich mich für das deutsche rot-schwarze Auswärtstrikot entschieden. Vascos Farben sind weiß-schwarz. Dort wäre ich sicherlich unangenehm aufgefallen. So sprechen mich schon vor dem Stadion mehrere Flamengo-Fans an. Alle sind noch immer begeistert von der Spielweise unseres Teams bei der letzten WM. Besonders, dass wir Argentinien mit 4 : 0 zerlegt hatten, würdigen sie gebührend. Zum ersten Mal wird mir bewusst, was die Deutschen im Ausland angerichtet haben. Diese bunte Mischung mit Klose, Podolski, Özil, Khedira, Cacau und Boateng hatte unser Land mit so viel Charme repräsentiert, dass „wir" weltweit viele neue Anhänger gewonnen haben. Die Brasilianer haben gelernt, uns mit anderen Augen zu sehen. Wenn das kein Kompliment ist! Auf die Frage, ob sie die Argentinier hassen würden, antwortet mir ein Typ, auf dessen Shirt Jesus auf dem Corcovado mit Flamengo-Trikot abgebildet ist, mit brasilianischer Arglosigkeit: „Not hate. We respect them."

Victor wirkt nun immer verpeilter. Im Maracanã gibt es scheinbar eine abgesperrte „Touristensektion", doch hier haben wir nicht mal nummerierte Karten. Zielsicher führt er uns auf die oberste Tribüne, auf Plätze, die inmitten der Ultras zu liegen scheinen. Die meisten begrüßen uns jedoch mit erhobenen Daumen und rufen „Tudo bem" (Alles okay). Auch die Klos sind „bem". Als ich herauskomme, steht Pascal mit vier großen Bierbechern da und erklärt Schulter zuckend: „Die hatten nur Antarctica." Was er nicht verstanden hatte: Sem alcohol (ohne Alkohol). Das Zeug schmeckt widerlich, doch die Franzosen schauen bei unserer Rückkehr neidisch zu uns herüber.

Sylvie zeigt mir stolz die Fotos, die sie in der Zwischenzeit geschossen hatte. „Wer ist eigentlich der Typ auf den Fahnen mit der Nummer 10?", fragt sie. Für sie ist es das zweite Fußballspiel im Leben – nach Deutschland gegen Brasilien in Berlin – und so hatte sie scheinbar jeden tätowierten Hardcorefan abgelichtet und zig Bilder davon geschossen, als das schwarz-rote Transparent wie ein gigantisches Bettlaken heruntergelassen wurde.

„Zico", antworte ich, im Wissen, dass sie noch nie zuvor vom „weißen Pelé" gehört hatte. Es wird Zeit, dass Ronaldinho hier unterschreibt.

Zum Glück werden die Choreographien noch einige Male wiederholt und auch den Konfettiregen beim Einlauf verpasse ich nicht. Das Stadion ist mit 26 000 Leuten vielleicht zu zwei Dritteln gefüllt, doch durch die melodischsten Dauergesänge, die ich jemals bei einem Fußballspiel gehört habe, fühlt es sich an wie ausverkauft.

Zur Halbzeit führt Vasco mit 1 : 0. Mit traurigem Dackelgesicht schaut Victor die ganze Zeit in deren Kurve. Seit der Führung tanzen sie dort und halten weiße Luftballons und Wattebäusche in die Höhe. Doch wir unterstützen ein anderes Team. Wir sind für die Mannschaft mit den meisten Fans des Landes. Nach der roten Karte für einen Vasco-Mann treibe ich sie zusammen mit Sylvie, Jenna und Pascal nach vorn und tatsächlich: in der 80. Minute gelingt der Ausgleichstreffer. Wir liegen uns in den Armen und brüllen minutenlang: „Mengo, Mengo, Mengo."

„Hey, du rennst in die falsche Richtung!", ruft Pascal unserem Tourguide hinterher. Es war beim 1 : 1 geblieben und Victor hatte nun spürbar Schiss. Dabei wirken die heimkehrenden Fans so friedlich, dass wir uns ärgern, nicht alleine gekommen zu sein. Nur unser Guide stresst. „Das ist hier sehr gefährlich. Dabei möchte ich es belassen", schnauzt er uns an, obwohl wir ihn freundlich davon abgehalten hatten, in Richtung der Vasco-Kurve zu laufen.

Bei der Rückfahrt erklärt er rotzfrech, dass 50 % der Wetteinsätze vom Casino, also von ihm, einbehalten werden, doch er kann uns die Stimmung nicht mehr versauen. Was für ein geiles Spiel und Jenna hatte auch noch den Jackpot gewonnen. Mit den Banknoten wedelt er grinsend vor den Gesichtern der Franzosen herum. An der Copacabana spendiert er allen im „Gelben" eine frische Caipirinha.

Ich wache auf. Nein, dies war nicht alles nur ein Traum. Erstmals war ich live bei einem Fußballspiel in Südamerika gewesen. Den Club habe ich mir nicht ausgesucht. Ein brasilianisches Sprichwort besagt, dass man eine Ehefrau wechseln kann, aber niemals den Verein seines Herzens. An diesem Abend wurde mir „Flamengo" schlichtweg gegeben. Für immer. Dabei möchte ich es auch belassen!

*   *   *

Die Erinnerungen an das Amazonasgebiet sind unauslöschbar. Alles war dort überdimensioniert gewesen. Der Fluss, die Vegetation und selbst der Himmel. Pflanzen, die zu Hause in Hydrokulturen vor sich hindümpeln, wuchern hier meterhoch und Supermarktfrüchte hängen in den Bäumen. Vögel mit schillernden Gefiedern, rosafarbene Flussdelfine, fiese Kaimane und Piranhas, brüllende Affen und zigarettenschachtelgroße Käfer, die wir dort 2006 sahen, scheinen sich aus einer unerschöpflichen Nahrungspalette bedienen zu können. Am Amazonas wurde mir das „Wunder Natur" im Superlativ um die Ohren gehauen und ich glaubte lange, dass es landschaftlich, keinen schöneren Ort in Südamerika gibt.

„Brasilien vor den USA, Deutschland und Japan. Das macht ja überhaupt keinen Sinn", sage ich lächelnd zu Jenna und Pascal. Wir sitzen an einem Fluss im Pantanal und genießen den Sonnenuntergang. Soeben hatten wir ein Piranha-Wettangeln veranstaltet und der Ausgang passt mir gar nicht. Ich hatte extra mein Deutschland-Trikot angezogen, um später Beweisfotos zu haben, die, bei einem grandiosen Sieg, meine Theorien zum WM-Ausgang 2014 untermauern sollten.

Ich bin der König der sinnlos durch die Weltgeschichte reisenden Menschen. Bin die Nummer 1 der Anekdotenerzähler, die nichts begriffen haben. Der Mann mit den nutzlosen roten Punkten auf der Weltkarte. Deshalb muss ich festhalten: Dies ist kein Reiseroman und ich kann auch keinen schreiben. Okay, ich habe in fast alle Ecken des Kontinents meine Füße gesetzt, sah hunderte Strände, Städte, Berge und Flüsse in unterschiedlichen Klimazonen und tausende unterschiedliche Leute sind mir auf den Touren begegnet. Doch das ist einfach zu wenig.

Denn Sehen ist nur die eine Seite der Medaille. Das Erlebte zu reflektieren, zu verstehen und richtig zu deuten, die andere. Es gibt unzählige Menschen, die ihr komplettes Leben dem Reisen gewidmet haben. Sie erforschen auf abenteuerlichen Wegen unsere spektakuläre Welt und berichten voller Leidenschaft und Hingabe davon, wie andere Völker leben und welche Sorgen sie haben. Mit bildhafter Sprache gelingt es einigen, sich für den Umwelt- und Artenschutz einzusetzen und gleichzeitig die Leser zu fesseln. Das sind die Menschen, vor denen ich Hochachtung habe, vor denen ich mich verneige und die in meinen Augen das Recht besitzen, ihre Bücher auch Reiseromane zu nennen.

Mein Resümee ist geradezu ernüchternd. Wie ein dummer Junge, der nie erwachsen wird, fahre ich seit zwanzig Jahren durch Südamerika, ohne politische Zusammenhänge groß zu hinterfragen, ohne in Armutssiedlungen nach Ursachen für sie zu forschen und ohne – außer dem Geld, dass ich dort ausgegeben hatte – etwas Hilfreiches für Mensch oder Natur unternommen zu haben. Es stellt sich die Frage: Wieso habe ich auf all meinen Reisen so viel Zeit mit solch unwichtigem Scheiß, wie Saufen und Fußballglotzen verschwendet? Angeben kann ich damit nicht.

Pascal, der 1,90 Meter-Hüne nimmt nicht teil. Er ist der gütigste Mensch den ich kenne und tötet keine Tiere. Sylvie, die für Brasilien antritt, und die kleine Japanerin sind zu vernachlässigen und Jenna, der, nur um mich zu ärgern, für die USA ins Rennen geht, eigentlich auch. Der Typ hat noch nie zuvor gefischt und ich war in meiner Jugend sogar im Angelverein. Doch ich habe nicht damit gerechnet, dass man hier, im Gegensatz zum Amazonas, wo Sylvie und ich, Familie Reintsch aus Österreich gemeinsam mit 3:0 geschlagen hatten („I werd narrisch"), bei jedem einzelnen Auswerfen einen Biss hat. Während Sylvie einen Piranha nach dem anderen an Land zieht, bekomme ich das rohe Fleisch mit meinen Wurstfingern nicht schnell genug auf den Haken oder kriege die Fische mit den messerscharfen Beißern dann nicht mehr ab. Gleichzeitig stehe ich außen, dort, wo ständig ein zwei Meter großer Kaiman mit gierigem Maul, bedenklich nah an mich heran gekrochen kommt.

Als unser Guide Alex „time is over" ruft, hängen dennoch sechs Zahnfische an meinem Stöckchen. Doch Sylvie hat acht aufgefädelt und auch Jenna, obwohl ebenso sechs, schlägt mich, da er die größeren gefangen hat. Nur die Japanerin landet mit zwei Piranhas abgeschlagen auf dem vierten Platz.

Wir sitzen in Liegestühlen auf einem Hügel und lauschen dem vielstimmigen Kreischen der Vögel, das den nahenden Sonnenuntergang verkündet. Einige Kaimane lümmeln träge am Flussufer herum und schauen uninspiriert auf, wenn wir eine neue Brahma-Dose aufzischen lassen. Das mit dem Wettangeln hat also nicht funktioniert, doch es ist mir egal. Mutter Natur zeigt sich gerade von seiner Honigseite. Jenna dreht sich zur Seite und prostet mir zu. „War doch nur die Weiber-WM 2011, Scheppi." Er ist der Einzige, der weiß, was ich vorgehabt hatte. Ich lächle dankbar zurück. Richtig! Sylvie hatte gewonnen. Erster Brasilien, Zweiter USA und Dritter Deutschland. Das macht ja sogar Sinn!

Als wir zum Camp zurücklaufen, kommen mir die Australierinnen aufgeregt entgegen gerannt. Schlechte Nachrichten: Sylvie geht es überhaupt nicht gut. Geschockt begleite ich sie ins Dormitorio der Frauen und betrachte mein süßes Mädchen. Sie ist von Kopf bis Fuß mit dicken, roten Beulen übersät, so als wäre sie von hunderten Hornissen gestochen worden. Stolz, wie eine Indianerin, hatte sie vorhin nicht groß über den Stich des wespenartigen Viehs gejammert und lediglich gesagt, dass sie schon vorgeht. Doch scheinbar hatte sie allergisch darauf reagiert.

Sich selber nicht so wichtig nehmen, ist ihre Lebensdevise. Mir gefällt das eigentlich, doch augenblicklich spüre auch ich einen Stich – in der Herzgegend. Das Reisen in Südamerika kitzelt seit jeher große Gefühle aus mir heraus. Ich liebe dieses kleine Wesen dort unten im Bett abgöttisch und weiß plötzlich wieder, dass ich nie mehr im Leben ohne sie sein kann.

Pascal beruhigt mich und zusammen mit Diane, die gestern noch erzählt hatte, wie sie einen, sich anschleichenden Dieb in Cusco mit einem Schlag in die Fresse umgehauen hatte, besuchen wir Sylvie jede Stunde. Antiallergikum und Wasser scheinen zu helfen und bevor sie einschläft, beglückwünsche ich sie nochmals zum Angelsieg und zum Gewinn der Frauen-WM. Sie flüstert: „Kennst du denn auch eine Spielerin von Brasilien? „Ja, Marta!", antworte ich überraschend spontan und gebe ihr einen Gute-Nacht-Kuss. Am nächsten Morgen geht es ihr besser, doch sie fühlt sich noch zu schwach, um mit auf die Bootstour zu kommen.

Ich hatte es schon in den ersten Tagen festgestellt: für Normaltouristen wie uns, schlägt das Pantanal das Amazonasgebiet um Längen. Sicherlich gibt es im Dschungel am großen Fluss mehr Tier- und Pflanzenarten, doch man sieht sie dort einfach nicht. Das unkontrollierte Wuchern von Bäumen und Sträuchern verhindert oft einen Blick in diese einzigartige Welt. Im Pantanal, dem größten Binnenland-Feuchtgebiet der Erde, laufen wir durch lichtdurchflutete Wälder, reiten über steppenartige Ebenen und beobachten an großen Wasserlöchern, wie sich Brehms-Tierwelt versammelt. Der „Scheiß-Sumpf", wie ihn Jenna vorher noch bezeichnet hatte, ist das schönste und artenreichste Naturparadies, das ich je gesehen habe. Es ist die Serengeti Südamerikas. Die sportbegeisterten Aussies rufen einen regelrechten Wettkampf aus, wer die spektakulärsten Tiere fotografiert. Doch obwohl wir in unterschiedlichen Tourgruppen unterwegs

sind, sehen wir letztendlich die gleichen Sumpfhirsche, Ameisen-
bären, hyazinthfarbene Aras, Tukane, Raubvögel, Riesenstörche,
Brüllaffen, Riesenotter, Leguane, Kaimane und und und ...

Als wir mit dem Boot starten, sind wir ihnen lediglich zwei
Gürteltiere voraus, während sie schon ein Wasserschwein gesehen haben. Diane und Sue werfen die Angeln aus und brüllen uns
hinterher: „More than eight." ‚Niemals werden sie mehr als acht
Piranhas fangen', denke ich und schreie zurück: „And we will see
a jaguar!"

Torsten, das Wasserschwein, ist schnell abgehakt, doch einen
Jaguar sehen wir natürlich nicht. Er ist die größte Katze und das
Tier der Tiere auf diesem Kontinent. In fast allen alten Kulturen
wurde er gottgleich verehrt, doch in unserem Zeitalter sieht man
ihn nur noch sehr selten. Den letzten hat hier jemand vor sechs
Wochen gesichtet und Alex sogar noch nie einen. Er hat allerdings auch kein besonders gutes „Tierauge". Oftmals erblicken
wir eine Spezies zuerst und fragen unseren erstaunten Guide,
was das eigentlich ist.

Die Flussfahrt gleicht einer Biologiestunde und begeistert
treiben wir das Gewässer in umgekehrter Richtung wieder zurück. Wahrscheinlich sind wir zu schwer, denn wir stranden auf
einer Sandbank und Alex fordert uns lächelnd auf, auszusteigen.
Das Gehirn verarbeitet erst, als wir wieder an Bord sind, dass
wir soeben in extrem Piranha-verseuchtem Gewässer gestanden haben. Horror.

In diesem Moment raschelt es neben uns im Dickicht. Bis auf
Alex sehen wir ihn alle gleichzeitig. Mit funkelnden Augen schaut
uns ein ausgewachsener Jaguar an. Es ist der magische Augenblick, das Non-Plus-Ultra, das unbeschreibliche Highlight und
das intensivste Gefühl meiner bisherigen Reisen. Das muskulöse
Raubtier könnte mit einem Satz jederzeit auf unseren Bug springen, doch es schaut uns nur fragend an und schlägt seine Pfoten
elegant übereinander. Als die Großkatze fast geräuschlos wieder
im Urwald verschwindet, schweigen wir minutenlang andachts-
voll. Alex stehen Tränen der Rührung in den Augen und ehrlich
gesagt: mir auch.

Diane (4 Piranhas) und Sue (2) können es nicht fassen, als wir
ihnen freudestrahlend die Bilder zeigen und auch die anderen
Leute im Camp sind neidvoll begeistert. Obwohl ich gleich zu
Sylvie rennen will, soll ich die Fotos zunächst noch Carlos zeigen.
Er unterhält eine Datenbank, in der alle Jaguare geführt sind,

die in dieser Region bisher gesichtet wurden. Anhand der markanten schwarzen Ringflecken könne er uns sofort den Namen nennen. Doch unser Weibchen wurde noch nie zuvor gesehen. Er bittet Alex, Jenna, Pascal und mich, das Tier zu taufen und alle haben scheinbar dieselbe Idee. „Wartet!", rufe ich.

Natürlich ist Sylvie todtraurig, dass sie soeben nicht dabei gewesen war und zugleich gerührt, dass sie die Namensgeberin eines so bedeutenden Tieres werden soll. Sie zieht mich nach unten ins Bett, nimmt mich in die Arme und flüstert: „Das ist ja süß, aber ich möchte nicht, dass euer Jaguar Sylvie heißt." „Warum denn nicht?", antworte ich enttäuscht. „Hast du eine bessere Idee?" Sie lächelt mich an. „Wir sind ja schließlich in Brasilien. Nennt ihn bitte Marta!"

* * *

Am Tag nach unserer Niederlage gegen Spanien buche ich mir einen Flug nach Madrid. Ich möchte dem Hochgefühl hinterher fliegen, kann nicht akzeptieren, dass die WM schon vorüber ist. In meinem Herzen gibt es ein unordentliches Gefühl und eine innere Stimme sagt mir, dass ich dort etwas finden werde.

Ernüchtert laufe ich am Samstag durch die Stadt. Der Bronzeplatz existiert im Fußball praktisch nicht und interessiert hier natürlich niemanden. Dennoch versuche ich es vor dem Estadio Bernabéu. Ich hatte recherchiert, dass hier die Spiele der Spanier auf einer Großbildleinwand übertragen wurden. Nichts! Ein Typ kommt auf mich zu und fragt in Englisch, ob ich ihm ein Interview geben kann. Er arbeitet für den Sender „Times now", den etwa 22 Millionen Inder täglich verfolgen. Ich fühle mich geehrt und labere bei 41 Grad im Schatten dummes Zeug über „Octopus Paul". Obwohl er mir anbietet, die Partie zusammen in einer Kneipe zu schauen, fahre ich mir der Metro ins Zentrum. Auch tote Hose!

Doch an der Plaza Colon treffe einen Gleichgesinnten. Der ebenso in unseren Farben gekleidete Typ kennt einen Geheimtipp. Die deutschsprachige evangelische Gemeinde Madrids hatte bisher zu allen Spielen geladen. So auch heute. Mich erwarten fast hundert Landsleute, die sich bei Bratwurst und Weißbier das Spiel gegen Uruguay anschauen wollen. Viele tragen das Trikot mit dem Adler. Das Ananas-Spiel ist unterhaltsam und die Stimmung überraschend gut. Schnell komme ich mit einigen Leuten ins Gespräch. Sie arbeiten oder studieren hier und scheinen, aus fast allen Bundesländern zu kommen. Ich bin der einzige Tourist. Die Jungs und Mädels machen ordentlich Rabatz und sind der Meinung: „Wer nicht hüpft, der ist kein Deutscher." Ich bin einer und zelebriere auch etliche Male das „Humba, humba, tätärä" mit ihnen, auch wenn das bei uns „Uffta" heißt. Das Kirchenpersonal füllt uns nach dem 3 : 2 mit Freibier ab und singend ziehe ich mit 20 Leuten durch die Stadt zum „Puerta del Sol". Auf dem Weg grüßen uns die Spanier euphorisch, da wir ununterbrochen: „Mañana España, hoy Alemania" (Morgen Spanien, heute Deutschland) brüllen. Drei unserer Leute springen unter Jubel in den Brunnen am „Sol", schwenken eine große deutsche Fahne und hunderte Touristen knipsen die ungewöhnlichen Szenen. Letztendlich müssen spanische Polizisten unsere Feierorgien beenden. In einer Polonaise laufen wir in einen Club, in dem ich böse versacke. Deutschland ist WM-Dritter. Alles macht Sinn!

Am Tag des Finales geht es mir gar nicht gut. Draußen sind gefühlte 46 Grad und so lasse ich mich bis 18 Uhr von der Klimaanlage bestrahlen. Da ich mit meinen Klamotten gestern fast nicht in die Disko gekommen wäre, betrete ich die glühenden Straßen mit Bluejeans, schwarzen Turnschuhen und weißem Hemd. Klitschnass geschwitzt kehre ich, nach einer U-Bahn-fahrt und 10-minütigem Fußmarsch auf der Fanmeile, wieder um. Ich dusche kalt, ziehe mir kurze Hosen, Schlappen und mein rotes „España" Trikot an, welches mir meine Freunde zum Tipp-sieg 2008 geschenkt hatten. Auch eine Flasche Wasser und drei Dosen Bier nehme ich mit, da ich bei meiner ersten Stippvisite keinen Alkoholausschank erspähen konnte. Die Spanier müssen sich scheinbar nicht warm saufen.

Fünf gigantische Leinwände sind zwischen der Plaza de Cibelles und der Plaza Colon aufgebaut. Die komplette Stadt scheint auf den Beinen zu sein und ersehnt seit Stunden den Anpfiff des ersten WM-Finales mit spanischer Beteiligung. Ich sehe die Vorfreude in ihren Augen, höre ihr Herzklopfen, kann ihr wohliges Gefühl im Magen nachempfinden und vernehme ihr Aufatmen. Das Spiel beginnt.

116. Minute: Van der Vaart passt unglücklich auf Fábregas, der den Ball weiter zu Iniesta spielt. Iniesta nimmt Maß und trifft platziert zum 1 : 0. Für den Bruchteil einer Sekunde verharren die Leute in ungläubigem Staunen, doch dann brüllen sie es heraus. Wie eine zerstörerische Lawine bricht das hunderttausendstimmige „Gooool" über die Stadt herein. Es ist ein nie

enden wollender Schrei, so als ob ganz Spanien jahrzehntelang dafür Luft geholt hatte. Die Straßen beginnen zu beben und die Häuserzeilen zu wanken. Noch immer nimmt die Lautstärke orkanartig zu. Die Menschen dehnen ihren Jubel auf eine unglaubliche Länge aus. Plötzlich ahne ich, was sie vorhaben. Das immer länger werdende Gebrüll soll ihre Mannschaft zum ersehnten Schlusspfiff tragen. Es gelingt. Schon Sekunden später weiß ich, dass ich dieses markdurchdringende Kreischen nie wieder im Leben hören werde. Spanien wird nur einmal zum ersten Mal Fußball-Weltmeister. Was für ein Schrei!

Ich beginne zu heulen. Alles fällt plötzlich von mir ab. Der schreckliche Tod meines Vaters, der beschissene Stress auf Arbeit und die Anspannung der letzten Monate. Doch es sind nicht nur Tränen der Trauer. Es ist auch ein Bekenntnis zu meiner Sylvie, zu meinen Freunden, zum Leben und zu diesem Spiel – zum Fußball.

Eine wild gewordene Meute tanzt durch Straßen. Ich laufe den Weg zurück zu meinem Hotel, obwohl das fünf U-Bahnstationen sind. Bis tief in die Nacht will ich diese Emotionen auf mich wirken lassen. Möchte beobachten, wie die Iberer ihren Gefühlen freien Lauf lassen, wie sie vor Freude lachen und weinen. Ohne Neid und Missgunst, aber voller Hoffnung, dass auch ich, wir, mein Land, Deutschland, dies noch einmal in unserem Dasein erleben dürfen.

Wie auf ein unhörbares Kommando beginnen die Madrilenen ein Lied zu singen. Nicht vier, oder fünf, sondern alle. Hunderttausende gleichzeitig. „Yo soy español, español, español! Yo soy español, español, español!" (Ich bin Spanier). Gerührt beobachte ich das Schauspiel. Nach 20 Jahren des rastlosen Reisens begreife ich plötzlich ergriffen: Eine lange Suche wurde soeben beendet. Ich identifiziere mich endgültig mit meinem Heimatland. Die Wiedervereinigung hat nun auch in meinem Herzen stattgefunden. Doch manchmal muss man wahrscheinlich sehr weit reisen, um in solch einem Moment, genau das herauszufinden. Zunächst flüstere ich es nur, doch sie können mich nicht hören. Mit Inbrunst stimme ich in ihren Chor ein und schreie es in den Abendhimmel: „Yo soy alemán, alemán, alemán! Yo soy alemán, alemán, alemán!" Ja, ich bin Deutscher! Es ist die Nacht des 11. Juli 2010.

2012: Die Wünsche

Die letzten Zeilen für dieses Buch habe ich im Februar 2011 geschrieben. Vielleicht kann ich ja meine Erlebnisse und Eindrücke von der Europameisterschaft 2012 in einer späteren Auflage noch verarbeiten.

Bis dahin wünsche ich mir allerdings, dass unsere Nationalmannschaft und vor allem die deutschen Fans in Polen und in der Ukraine genauso sympathisch herüberkommen, wie bei den letzten großen Turnieren.

Ach so: Meine kleine Nichte spielt nun schon seit einiger Zeit Fußball in einem Verein. Nicht nur deshalb wünsche ich auch unseren Frauen 2011 - bei der WM im eigenen Land - viel Glück.

2014: Die Danksagung

Wie immer habe ich fast alle Namen eigenmächtig geändert. Dennoch möchte ich hier auch die echten veröffentlichen, um mich zu bedanken:

Schmifu, Sexmachine, Age End, Die Dicke, Dibo, Sportfreundin, Null Null Sieben, Schnulli Bier-Off, Steifi Mülla, Poldi, DeLunge, Prinzessin Lulu die Gütige, Guido, Babs, Denton, Vollpfosten, Eierlikörkönig, Levinja, Major G., Henna, Shaka Ziggi, Die Letzte, Kaulsdorfer Brotherhut, Eckfahne, Jarno, Das Phantom, Gasalex, FlowinMo, Ullibulli, Pfeily, Katta, Gürgen, Paulioner, Spence, Dodo, Micoslav Erni, Larifari Charlie, Carry, Groni, Koschi, Robbi, Gerdi, Skirts alive, Ruppi, Engeland, Elli, Sancho, Rayquaza, The Voice, Dillinger, MarcoRockz, Scotty, Schaffi, Linda, Baron, 5-Min-Ei, Flori, 2 Freunde, Trueman, Kogge, Sven HH, BFC Assi, Hacke-Spitze 123, Ben H., Bielefeld, Kuliwuli, Johnny Rambo, Timinger, Da Queens, Beate, L&M, Daniel the dog, Georg-Gregor, Ölaf, Taktiker, Cracker, Didi, Kaltduscher, Kartman, Akim, Ramius, Sampdoria, Zinedine, Quadhuul, Eckensteher, Phillipi, Tinka, Gulbi, Bankziggy, FG96, Owei, HC-ET, Stefus, Juemie, Tippanfänger, Olinda, Rummenigge, Royba, Sachbearbeiter, Woisthorst, Moren, Sockenbeger, Ghost, Oskar001, Kartman, Mettwurst, Günni, Mahatma Lampe, Arlt, Dirkulöse, Norbert, Dirkuleit und natürlich all jene, die nicht bei unseren Fußball-Tippspielen im „Rockz", in der „Tagung", in der „Guten Quelle", oder bei „radioeins" mitmachen.

*   *   *

Geheimnisvolle Wahrsagungen, Spinnen, Krebse und eine innere Stimme sagen mir, dass Deutschland 2014 Fußball-Weltmeister wird. Falls ihr schon jetzt in die Vorplanungen gehen solltet – hier unser Treffpunkt in Brasilien:

13. Juni 2014, Rio de Janeiro,
14 Uhr an der Copacabana
gegenüber vom Marriott-Hotel
am „gelben" Kiosk.

Bis die Tage,
larubia alias El rubio

Mark Scheppert
**Mauergewinner oder
ein Wessi des Ostens**

30 vergnügliche Geschichten
aus dem Alltag der DDR

228 Seiten
Edition BoD
ISBN 978-3-8391-9250-4

www.markscheppert.de

Als Mark Scheppert diese Geschichten zu schreiben begann, hatte er sich vorgenommen, stellvertretend für seine Generation etwas Neues und Einzigartiges über die DDR zu schreiben. Denn seltsam: In keinem der angeblich so „typischen" literarischen Denkmälern für dieses verschwundene Land fand er sich wieder. Er gehörte auch nicht zu der Generation von „Zonenkindern" und wohnte in keiner „Sonnenallee" und in keinem „Turm". Seine Jugend, seine Auseinandersetzung mit diesem seltsamen Ort namens DDR, seine Erfahrungen und seine Kämpfe, kamen nirgendwo vor. Und erst recht nicht das Gefühl, das er mit dieser Zeit verband. Komisch. War er so ein Sonderfall?

»Faulig-feuchte Klamotten, eiskalte Füße und unzählige Sorten Alkohol: Mark Schepperts Erinnerungen an seine DDR-Kindheit in der Kleingarten-Parzelle sind düster. Komisch nur, dass die Fotos im Familienalbum eine ganz andere Geschichte erzählen.«
Spiegel Online

»Es ist wirklich eine Bereicherung, den „Mauergewinner" zu verschlingen und es macht großen Spaß, auch mal einen vergnügten Blick auf diese DDR zu werfen.«
kadekMedien